Si os sobrevivo

Jonathan Escoffery

SI OS SOBREVIVO

Traducido del inglés por Julia Osuna Aguilar

AdN Alianza de Novelas

Título original: *If I Survive You*

Diseño de colección: Estudio de Pep Carrió

PAPEL DE FIBRA
CERTIFICADA

Calle Valentín Beato, 21
28037 Madrid
www.AdNovelas.com

ISBN: 978-84-1148-419-0
Depósito legal: M. 23.855-2023
Printed in Spain

Para mamá, papá y Jason

En cambio

Empieza con el «¿Tú qué eres?» gritado desde la frontera del jardín delantero cuando tienes nueve años, o seguramente menos. Te lo volverán a preguntar en el colegio y el instituto, todos los cursos, y más tarde en el mundo real, en bares de estriptis, en cafeterías de centros comerciales, por teléfono y en distintos puestos de trabajo precarios. Quienes preguntan se quedan expectantes. Exigen una gratificación inmediata. La pregunta te eleva ligeramente de tus pies preadolescentes y te deja descolocado, no solo porque no la entiendes, sino porque, aunque la entendieras, seguirías sin tener respuesta.

Puede que empiece con un «¿En qué idioma está hablando tu madre?». Esa podría ser la génesis, no porque surja primero, sino porque al menos en esa ocasión cuentas con un poco de contexto para la pregunta cuando esta llega.

Es una pregunta que te molesta desde el primer momento.

«¿Por qué habla tan raro tu madre?», insiste tu vecino.

Tu madre te llama desde el porche; te lleva llamando desde esa atalaya sobre el jardín en pendiente desde que te dejan salir a jugar con los niños del barrio. Esto ha sido siempre lo que señala el fin del juego, solo que ahora la vergüenza se ha aferrado como una lapa al ritual.

Quizá tuvieras la esperanza de que no se dieran cuenta nunca. Puede que ni tú mismo te hubieras fijado. Quizá preguntes en una protesta huera: «¿Cómo que en qué idioma?». Tal vez solo lo pienses para tus adentros. Al final, mascullas entre dientes: «Inglés. Está hablando inglés», antes de entrar, con la cabeza gacha por el bochorno.

Ese momento es la primera vez que te avergüenzas de tu madre, y te avergüenzas de ti mismo por no defenderla. Pero, más que la cobardía o la deslealtad, lo vergonzoso es ser extranjero. Si algo has aprendido en tu corta estancia en la tierra es eso.

Estamos en Estados Unidos y es la década de los ochenta y, en el colegio, en clase, juras ante una única bandera verdadera, la de estrellas y barras. El himno de la mañana es *El mejor país del mundo*. Es la programación de aula, un mantra taladrado día sí día también —un hecho tan irrebatible como que dos más dos igual a cuatro—, y lo que empiezas a escuchar, mientras lo repites para tus adentros, es lo que implica: que las demás naciones, aunque estas rara vez se mencionen en el colegio, son inferiores.

Te lo crees.

Es una lección que no cuesta interiorizar, salvo porque tu hermano Delano, tus padres y prácticamente todos tus parientes vivos son jamaicanos. Cuando una amiguita de Kingston, casi una prima, se muda a Miami, justo al pueblo donde tú vives, Cutler Ridge, e irrumpe en tu clase de tercero negándose a jurar lealtad a tu bandera, te cuidas de poner distancia. Para tus adentros das las gracias de que no os apellidéis igual.

Si la primera vez que te la hicieron hubieras tenido algún contexto para la pregunta del tú qué eres, tal vez habrías respondido: «Americano».

Naciste en Estados Unidos y así consta en tus papeles. Te sientes orgulloso de ello, de esa condición inalienable. Cantas a viva voz el *God bless the U.S.A.* de Lee Greenwood los Cuatro de Julio, y le pones incluso más tesón después de pasar dos semanas en la isla donde nacieron tus padres durante el verano de noveno. Te parecen mal todos los aspectos de la vida de la isla, hasta la ausencia generalizada de aire acondicionado central. Prefieres las hamburguesas y los perritos a cualquier cosa adobada con jerk o al curri.

De vuelta en casa, tus padres te acusan de hablar, e incluso de comportarte, «como un auténtico yanqui». Pero, si con *yanqui* quieren decir *americano,* que así sea. «Es que yo hablo inglés», replicas.

El patois de tus padres y lo que muchos consideran un acento indescifrable sigue pasando por normal, casi desapercibido, a tus oídos, salvo porque cada vez va más de la mano de lo punitivo. Por ejemplo, cuando tu madre dice:

—Ah, bien que lo espileas todo por el suelo, pero lo dejas derti derti.

Y tu hermano dice:

—Yo no lo hice, momi.

Y tú dices:

—Yo no he sido, mamá.

—¿Quién ha sido den? Habrá sido el duppy.

El duppy va a convertirse en el chivo expiatorio de toda actividad inexplicable que se produzca dentro o fuera de la casa. Fue el duppy quien rompió el jarrón de tu madre y luego intentó pegarlo. El duppy escondió las notas de tu hermano bajo el colchón de su cuarto. El duppy poseía a tu padre y arrastraba su cuerpo hasta los bares después del trabajo y no lo devolvía a casa hasta por la mañana.

Un duppy, un espíritu o incluso un hombre adulto son difíciles de disciplinar, de ahí que los castigos os los llevarais solo tu hermano y tú.

En el colegio, cuando se anuncia el proyecto de Geografía Mundial y tienes que escoger de entre una lista de países para hacer una presentación, te decides por Mongolia. Hasta que otro alumno elige Jamaica no te planteas que esa isla diminuta sea una opción válida.

Parte de tu proyecto pasa por preparar un plato típico del país que has escogido. Estás en cuarto. Son las madres las que cocinan. Cuando se encuentran el día de la presentación, con ojeras por haber forcejeado con recetas extranjeras hasta bien entrada la noche, se saludan imperceptiblemente con la cabeza, demasiado agotadas para formalidades.

Cuando tu compañera de clase empieza su presentación sobre Jamaica, tu madre aspira con fuerza por las paletas —un gesto muy jamaicano con un sonido que se parece a despegar un velcro de los fuertes—, lo que atrae las miradas de otros progenitores presentes. «Podía haber traído sobras —te susurra al oído—, si hubieras elegido nuestro cauntri.»

El día de los oficios, tu padre se planta delante de la clase y se presenta como «contratista general». El alfabeto de letras de molde tendido por el borde superior de la pizarra forma un arco por lo alto de su ensortijado pelo negro. Bajo el arco, tu padre saca con la punta del pulgar un palmo de la cinta métrica y luego la suelta, lo que provoca que vuelva de golpe a la carcasa. El silbido penetrante que emite la rauda violencia del metro al retraerse concita el asombro unánime de tus compañeros de clase. Repite varias veces esta acción antes de dignarse a hablar. Tus compañeros contienen la respiración, expectantes.

Cuando explica que «cuando uno tiene que fixear el wecé, soy yo el que compra el pláster, el pevecé, guaréver, y soy yo el que te busca a un man para que te deje la jaus biútiful biútiful», una ristra de risitas se eleva desde la última fila de la clase.

Tu maestra manda callar a los alumnos, pero, conforme tu padre sigue su discurso, la mujer arruga el gesto, su cabeza moviéndose al ritmo del patois. Tú te concentras en el color que va asomándole en las mejillas, con la gama de tonos como guía para determinar la magnitud del desastre. Si se queda en un rosa claro —un sonrojo superficial, un pétalo de rosa, una zapatilla de ballet—, sabrás que es una degradación pasajera, que se olvidará en las semanas venideras. Pero, cuando la piel se le ilumina y destella más allá del color granadina, rozando el violeta, lo calificas como catastrófico.

Ahora te planteas por qué no le insististe a tu madre para que fuera ella en lugar de tu padre. Sabe planchar mejor las palabras para oídos estadounidenses porque lo hace a diario en el trabajo.

Unos días antes, le pediste detalles sobre su puesto de administrativa. Desde el borde de tu cama, tu madre te contó que trabaja en la oficina de una empresa que fleta motores de avión por medio mundo. El dobladillo del camisón le brilló cuando atravesó el cuarto para coger el globo terráqueo de encima de la librería.

—¿Lo ves? Jíar, y jíar y jíar. —Se arrodilló al lado de la cama y señaló Alemania, luego Brasil y luego la cadena del archipiélago hawaiano, diciendo en tono cantarín—: Damos la vuelta al muuundo. —Movió sus alargados dedos índice y corazón por los océanos y los continentes verde intenso antes de levantarlos para darte un toquecito en la nariz.

—¿Damos? —le preguntaste—. Pero a ti no te llevan a esos sitios, ¿no?

Tu madre parpadeó dos veces y luego devolvió el globo al estante.

—Algún día —dijo—. Meibi algún día cuando seáis ya grandes. Mejor dile a tu dadi que vaya él a la escul. Él les parecerá más emocionante.

En la asignatura de Historia de quinto, aprendes más cosas sobre la fundación de Estados Unidos. Aprendes sobre el tema que se denomina simplemente *esclavitud.* Es una lección abreviada y bastante rebajada, como su propio título. Se resume así: «Unas personas en su mayoría buenas cometieron un gran error». O así: «Eso fue hace mucho, muchísimo tiempo». O bien: «El bueno y honrado de Lincoln, Harriet Tubman y el reverendo Martin arreglaron todo ese desaguisado de mal gusto». O: «Ahora ya no vemos razas».

Un aire de incomodidad compartida se cuela en el aula durante esta lección; los alumnos están de acuerdo con que fue un acontecimiento espantoso. Eres ligeramente consciente de que, en teoría, algunos de tus compañeros de clase descienden de los autores de dicha atrocidad, mientras que otros descienden de sus víctimas. No eres del todo consciente de que muchos descienden de ambos. ¿Deberías sentirte ofendido por este país al que tanto quieres?

No es la primera vez que te hablan del comercio transatlántico de esclavos, puesto que tu padre nunca deja pasar cualquier oportunidad para denigrar tu patria. En su exaltada exegesis de la lección, aprendes que «por eso los negros de aquí actúan así; son unos monkis ignorantes. Hace dos segundos que son libres ¿y ahora tienen que comportarse civilizadamente? Boy, escúchame, los blancos son bad, eso se sabe». En el momento cumbre de su clase magistral, añadirá que la esclavitud terminó en Jamaica *cientos de años* antes de que acabara en Estados Unidos, una afirmación que con el tiempo sabrás que está descalabrada en unos cientos de años.

Tiene una palabra, jamaicana, para los negros de ambos países a los que considera deshonrosos: *butu*. Siempre que haces algo que lo avergüenza, te dice: «Santaims te comportas como un auténtico butu».

«¿Yo qué soy?», le has repetido a tu madre ya en varias ocasiones. Te lo han preguntado ya tantas veces distintos desconocidos que es hora de empezar a buscar respuestas.

La reacción de tu madre parece ensayada, aunque no está tan claramente definida como exigiría tu pregunta. Te dice que estás hecho de *toda clase de cosas*. Enumera países, varios, y va asignando tataracual y tataratal a esas muchas naciones. Rara vez pone nombres a esos antepasados, de modo que se te mezclan con facilidad.

—Nuestro apellido viene de Italia, a través de Inglaterra.

La mayoría de los países que enumera son de Europa y, si bien se asegura de añadir África —como si fuera un país o se le hubiera ocurrido en el último momento—, nunca habla de razas.

Tú quieres un monosílabo por respuesta.

—Pero ¿yo soy negro? —le preguntas.

Al fin y al cabo, es eso lo que quieres saber. La raza ha descendido sobre tu mundo en una caída repentina y chirriante, y lo que más temes es que los demás reconozcan en ti algo que tú todavía ni entiendes.

Cuando eran solo los niños los que preguntaban, dabas por hecho que su limitada experiencia en este mundo los situaba en el mismo estado de ignorancia que a ti. Pero ahora son los adultos quienes están empezando a buscar respuestas. Algunos maestros se limitan a mirarte boquiabiertos, mientras que otros te preguntan cómo es que *hablas tan bien*.

Al principio respondes «Es que yo soy de aquí», convencido de que aluden a la diferencia de tu acento con el de tus padres. Esa respuesta no hace sino confundir aún más a tus maestros. Con el tiempo, sobre todo cuando te lo preguntan quienes no conocen a tus padres, te das cuenta de que se refieren a algo totalmente distinto.

—¿Somos negros? —le preguntas a tu madre.

La agitación se apodera de ella. Un escalofrío le recorre la carne reluciente y pecosa y le sacude todos los huesos mientras se apresura a terminar la genealogía familiar, hasta los detalles más delicados.

—La madre del padre de tu padre era judía. La madre de tu abuela era irlandesa. El padre de tu abuela... —va diciendo, y baja entonces la voz hasta un susurro cuando añade—: puede que fuera árabe.

La miras con cara de no entender nada y le haces ver:

—No has respondido a mi pregunta.

La agitación de tu madre se inflama de ira.

—Chuh. Antes de venir a este país nunca me habían preguntado semejante nonsens. Si alguien te pregunta, le dices que eres ei lítel de aquí, ei lítel de allá.

Comprendes que su respuesta es tajante. Una vez más ha rehuido el monosílabo, cuando tú soñabas con un simple sí o un no.

Para los pocos chicos decididamente negros del colegio resultas confuso. Son de los primeros que te insisten para que te posiciones.

—¿Tú eres negro o no? —exigen saber.

Eres más bien de un marrón muy claro, en el supuesto de que el color de piel tenga algo que ver con la raza. Tus padres son de la misma tonalidad. Al igual que los suyos. Los de estos, tus tatarabuelos, ocupan los álbumes familiares con fotos en blanco y negro y tonos sepias que velan el color de la piel. Algunos tienen pinta de poder salir como estrellas invitadas en *Los Jefferson,* mientras que otros serían más fáciles de encajar en el reparto de *Todo en familia*. Más allá de tu casa, tus mejores amigos del colegio, José y Luis, son los que tienen la piel más parecida a la tuya. Pero, cuando ellos pasan del inglés al español y viceversa tan tranquilamente, te sientes excluido. Y, cuando mueven el pelo adelante y atrás como si se dieran de cabezazos mientras cantáis vuestras canciones de rock favoritas, compruebas con dolor que el tuyo no es ni lo suficientemente largo ni liso para menearse al son.

Por lo demás, tu vecina Julie te informa de que —tras media década de amistad— no le dejan seguir jugando contigo.

—Es que tu familia no cree en Dios.

—Claro que creemos en Dios —sabes que debes responder.

Pero ella se limita a encogerse de hombros y dice:

—Papá dice que los jamaicanos no creen.

Un día tu madre os dice a tu hermano y a ti:

—No me vayáis a traer girlsitas de pelo nappy.

En defensa de tu madre, o quizá para dejarla en peor lugar, la lista de chicas no llevables a casa se alargará hasta el punto de que llegarás a dudar de que quiera en realidad que lleves a alguna. «No me vengáis con culíes», empezará a advertiros en la escuela intermedia. Después de ver a tu cita del baile, panameña y color café solo, se encierra en su cuarto. Tu madre no se dignará a dirigirle la palabra. Y, cuando termines el instituto, te dirá: «Plis, lo que sea menos una blanquita. Prométemelo».

Pero estás todavía en quinto y esa primera advertencia te confunde. ¿Qué quiere decir tu madre con «nappy»? Estudias el de ella —fino como las hebras de cuerda de guitarra que tienen por pelo José y Luis— y luego examinas los rizos de algodón de azúcar de tu propia cabeza. Te cuestionas lo nappy o no nappy de tu pelo. Te preguntas quién no te puede llevar a ti a su casa.

El duppy regresa, más pícaro que nunca. Esconde a tu padre en un bar, en una bacanal, en una dimensión donde tu madre no puede alcanzarlo. Antes de que vuelva a materializarse, embadurnado en pintura del J'ouvert, tu madre denuncia su desaparición a la policía. Cuando habla por teléfono, tu hermano y tú estáis lo suficientemente pegados a ella para oír desde el otro lado de la línea:

—Señora, no entiendo ni una palabra de lo que dice. ¿Hay alguien por ahí que hable mi idioma?

Ella te pasa el auricular antes de estallar en sollozos. El hombre te pide que describas a tu padre.

—Mide metro ochenta y cinco —le dices—. Muy delgado.

—¿Negro o blanco?

Miras a tu hermano de reojo.

—No blanco —dices.

—Negro entonces.

—Marrón —dice tu hermano.

—¿Tu padre desaparece a menudo?

—¿Cuánto es *a menudo*?

La voz incorpórea te dice:

—Alguna vez.

—Ah, entonces bastante a menudo.

El día que en teoría deberías empezar sexto, un huracán llamado Andrew le arranca el techo a vuestra casa como si fuera la tapa de un bote de sopa Campbell y vierte una porción del Atlántico en tu cuarto, el salón, por todas partes, lo que empapa la moqueta, el pladur y el aglomerado con la corrosión de la sal marina. Exhuma la fibra de vidrio color riñón de las paredes y del techo y desparrama las entrañas de la casa por el jardín. La tormenta hace escombros la casa de los vecinos y aparca un remolcador al fondo de la calle.

Tras el Andrew, tu familia huye de Miami-Dade y se va al condado de Broward, donde se ha reubicado temporalmente la empresa de tu madre.

En tu nuevo colegio vuelves a congeniar con los chicos marrones. Estos, aprendes ahora, son los puertorriqueños. Uno, Osvaldo, te convierte en su protegido. Te sientas con su grupito en el comedor y cuando, de tanto en tanto, se ponen a hablar en español, tú te quedas mirando la bandeja, los compartimentos de guisantes verdes y de zanahorias en cubitos naranjas. Si te quedas muy quieto, nadie se fija en ti en esos momentos, te vuelves invisible. Si nadie puede verte, nadie se dará cuenta de que *tú no entiendes,* de que en realidad no encajas con ellos. Osvaldo parece ser consciente de que no hablas el idioma, pero se muestra benévolo con este defecto y deriva la conversación de vuelta al inglés.

Puede que sea porque últimamente te ha dado por afeitarte la cabeza, quitarte los espesos rizos que de lo contrario podrían encasillarte como distinto; o quizá te parezcas bastante a esos chicos pese a tener un punto más africano corriéndote por las venas; o a lo mejor han dado por hecho que te haces cargo de que, en ese colegio y a esa edad, la gente se junta «con sus iguales». Sea como sea, llegas a la conclusión, más tarde que temprano, de que esos chicos se creen que también tú eres puertorriqueño.

Hacen chistes sobre blancos: «Los blancos huelen como los *cocker spaniels.* Aunque solo cuando están húmedos».

Hacen chistes sobre negros: «¿Por qué huelen tan mal los negros? Para que los ciegos también puedan odiarlos».

Al final, un día en el comedor, un miembro del grupo te pregunta, no sin cierto deje desdeñoso, por qué tus padres no se molestaron en enseñarte español. Esperas que Osvaldo intervenga, pero él aguarda tu respuesta con la misma expectación.

—Porque no hablan español —dices.

Los chicos intercambian miradas de confusión.

—¿Tus abuelos no les enseñaron español?

—Mis padres, que son jamaicanos de Jamaica, solo hablan inglés —aclaras.

—Un momento... ¿Tú eres negro? —pregunta Osvaldo.

El problema no es solo que te hayas desenmascarado tú solo, sino que hay otra pandilla con la que esta resulta estar en guerra. Las facciones se disputan el patio, a menudo se enzarzan bajo un paso elevado cercano. Ser nuevo te deja sin saber de qué va el pique entre ambos bandos, pero te cuentan que estos rivales son de una isla a solo dos de Puerto Rico: Jamaica. Osvaldo te da la información como regalo de despedida. Dejas de ser bienvenido a su mesa.

Los jamaicanos, con algunos de los cuales compartes asignaturas, no se parecen en nada a tu familia o a los amigos de tu familia que vienen de visita. Y, por el escepticismo con que te reciben sus caras, estás convencido de que tú no te pareces a nadie por quien alberguen afecto. Te planteas si no será que hay dos Jamaicas.

La diferencia se aprecia en los apelativos que ellos y sus homólogos estadounidenses te asignan: *light bright, red naygah, blanquito*. En ocasiones se limitan a llamarte *español*. Ahora que te han vedado del coto marrón, tu vulnerabilidad se convierte en tu frágil, frenética y solitaria amiga.

Tu hermano, Delano, que te saca cuatro años de experiencia, por fin te aclara las cosas cuando se da cuenta de tu atrincheramiento cada vez más profundo en ese espacio liminal:

—Eres negro, Trelawny. En Jamaica no lo éramos, pero aquí sí. Aquí reina la «regla de una gota». —Con una sonrisa socarrona, añade—: Siento ser yo quien te dé la noticia.

Intentas hacerte amigo de tus compañeros jamaicanos. Esas tentativas implican soportar humillaciones, como concursos sobre cuántas ciudades jamaicanas puedes nombrar («Todo el mundo conoce Kingston. Esa no cuenta») y qué patois hablas («¿Sabes que es un bati boy?») o qué bailes típicos conoces («¿Bailas el bogle? ¡A ver que te veamos!») hasta que queda patente que jamás te aceptarán entre sus filas, sobre todo después de haber pasado tiempo con los marrones. Miembros de ambos bandos ponen todo su empeño en hacerte zancadillas por los pasillos o tirarte la bandeja de la comida.

A la hora del almuerzo te pierdes en la sección de Ciencia Ficción y Conspiraciones de la biblioteca. Es el único sitio donde te sientes seguro. Esta doble exclusión hará que una idea arraigue en ti: eres, si no otra cosa, una oveja negra.

Tu hermano empieza a viajar con frecuencia al sur, vuelve con tu padre a Miami los fines de semana, con la bolsa de cuero cuarteado de las herramientas cruzada por el hombro, como un cinturón de campeonato de los pesos pesados. Le crecen los bíceps y se le ponen duros de la noche a la mañana, como si le hubieran implantado pelotas de tenis bajo la piel que le cubre los brazos, remetidas con calzador por el envés del codo. En los hombros le brotan *softballs*. La piel se le oscurece, teñida de terracota bajo el vello facial que le brota por las mejillas, los pómulos color ceniza tostada.

—Curro arriba en el ruf —explica—. El sol pega jard. —Dice esto con una gran sonrisa, pasándose el pulgar por el asomo de barba, presumiendo de nudillos pelados.

Está reconstruyendo bajo la dirección de tu padre: reconstruyendo la casa, la vida que el Andrew arrastró al olvido consigo. Y está construyendo virilidad.

Desaparecen los viernes por la noche y reaparecen los domingos. Te cuentan que duermen en una tienda de campaña plantada en medio de los escombros del salón o la cocina, según en qué estén trabajando ese día.

Le suplicas a tu padre que te lleve en esos viajes, para que te deje participar en la reconstrucción.

—No es yob para pickneys, boy —te dice.

Su decisión es definitiva, tomada antes de que preguntes siquiera.

Tú te pasas los fines de semana con tu Sega, matando cosas: vampiros, marcianitos y tiempo.

Un domingo por la noche tu hermano vuelve al cuarto con una peste tremenda. Podrías quitarle con una espátula la sal y el sudor hechos costra en los brazos. Si sacudieras su ropa, desaparecerías en la nube de yeso que saldría. Hueles la cerveza de su aliento, cálida y como a guiso. Sube a la litera de arriba y se derrumba en ella, su bota amarillo arena colgando por el filo del colchón. Te preguntas si al día siguiente será capaz de ir a clase, pero no dices nada.

—¿Cuánto queda? —quieres saber.

Se lo preguntas todos los domingos por la noche. La respuesta es siempre vaga, apaciguadora:

—Lítel.

Lo traduces y luego se lo repites a tus maestros, a cualquiera que quiera escucharte.

—Ya queda poco —les cuentas—. Aquí están las tareas. Si quiere, puede ponerme la nota, pero no espere que vuelva este lunes. Un día de estos ya no estaré.

Cuando vuelves todos los lunes, te dicen:

—¿Sigues con nosotros otra semana, Miami?

Te quedas mirando la pizarra, forzando la vista para que se desdoble, poniendo tu empeño en matar toda expresión de tus ojos, de tu voz.

—No por mucho tiempo —respondes sin alterarte.

Esta vez tu «¿Cuánto queda?» recibe un «Ya casi está. Se va a quedar biútiful, bredren. Mejor que bifor. Más recia» de tu hermano dicho entre bostezos.

—Ojalá sea pronto. Yo aquí no encajo.

—La cosa es que... —dice Delano ahogando un eructo contra el puño— ... que tú no vas a volver. Al menos a esa jaus.

—¿Cómo que yo no voy a volver?

Tu hermano hace una pausa, puede que para recobrar la sobriedad, al darse cuenta de que ha dicho algo que no debería. Después cede.

—Me lo ha dicho dadi este finde. Que momi y tú no venís con nosotros.

El día que se mudan, tu padre te estrecha con fuerza la mano y te dice: «Hasta pronto, ¿yeah?». La expresión de su cara sugiere que habría que decir algo más en una ocasión como esa, pero no da con qué podría ser.

Tu madre apenas consigue separarse de Delano y, cuando por fin lo libera de su abrazo, vuelve flechada al piso sin siquiera mirar a tu padre. Tu hermano te ofrece el puño, cerrando la mano para chocar los nudillos con los tuyos.

—Nos vemos, rud boy.

Se despide sonriéndote.

Es un gesto. «No es para tanto», significa, aunque todos reconocéis que es para tanto y más.

Una semana antes de empezar séptimo, tu madre vuelve contigo al condado de Miami-Dade, en concreto al pueblo de Kendall, donde nadie es estadounidense. Tú podrías ser gringo, podrías ser incluso afroamericano, pero la solidaridad que auspiciaba la de estrellas y barras se ha acabado para ti.

En el colegio las chicas negras siguen gritándote *piel roja* cuando atraviesas los pasillos. Los chicos siguen burlándose de tu forma de hablar, llamándola *de blancos*. Tú, por supuesto, niegas todo vínculo con la blanquitud. Juras lealtad a la negritud. Es la música que escuchas ahora, la ropa enorme que llevas.

Los más populares de la escuela intermedia predominantemente hispana a la que vas son negros. Se consideran los más carismáticos, los más atléticos, los más pasotas de todos. Quieres formar parte de esa negritud, de su enigmática atracción. Los imitas. Remedas cómo andan y cómo hablan. En concreto, empiezas a arrastrar los pies y a renquear, luego pequeño cabeceo, renqueo, pequeño cabeceo, renqueo, en el camino de tu casa a la escuela. Tus nuevos andares, lejos de ayudarte a socializar, hacen que te perciban como una persona con necesidades especiales, pero, como nadie gana puntos de popularidad pegándole a un crío discapacitado, sigues con tu eo-eo. Empiezas a arrastrar las palabras y a comerte consonantes, a comerte sílabas enteras, porque fuck'em, estenegrostanegrocomelquemás.

Las ventajas de la membresía son sencillas: nadie se mete contigo si tienes el carné del club. Las bandas del barrio, que incluyen a latinos en su mayoría de clase media y barrio residencial, recelan de los negros, a quienes superan de largo en número, pero estos tienen hermanos, primos y tíos en barrios chungos como Overtown y Liberty City o en la cárcel, famosos por haber asesinado a peña. Ser negro, comprendes, podría salvarte la vida.

De un modo u otro, sin embargo, sigues sin dar la talla.

Cuando tú haces estupideces es bochornoso. Cuando las hacen ellos es contagioso.

Entre sí se llaman *nigga* y *dog*. Luego los latinos dicen *my nigga* y *dog*. Luego los blancos dicen *my nigga dog*, aunque sea por lo bajo, aunque sea antes de nada mirando a ambos lados. Aunque sea irónicamente, es así como va infectándote.

Al principio dices *my bad* y te ríes nervioso. Al poco te suena mejor en la boca que un perdón. Años después lo dirán en *Friends* y lo escucharás en el telediario de la noche.

Cuando ahora la gente te pregunta «¿Tú qué eres?», la respuesta es sencilla: «Negro». Y no tiene que pasar mucho tiempo para que la gente empiece a creerte.

En días laborables tu madre sale del trabajo a las cinco y llega a casa sobre las siete. La reubicación de su empresa en Fort Lauderdale tras el Andrew ha acabado siendo permanente, ineludible. El tiempo que pierde entre ida y vuelta amenaza con quitarle horas de vida, así que tu madre rellena esas horas con *Speak Italian Now!* en cintas. Curiosamente, es el inglés estadounidense lo que va reforzando. Por las noches se desploma ante el televisor con apenas energía para preguntar:

—¿Cómo te va todo?

—Va todo bien —respondes, independientemente de cómo vaya.

—¿Cómo van esas notas?

—Las notas van bien.

—¿Y los amigos? ¿Sigues haciendo amigos?

—Los amigos van bien.

La casa que ha comprado tu madre es más grande que la otra en la que te criaste; también está mucho más vacía. Ella se pasa los fines de semana amueblando las zonas comunes con sillones, cuadros y alfombras, aunque los cuartos no parecen llenarse nunca. Un tercer dormitorio, el que reserva para tu hermano —la principal razón por la que habéis vuelto a Miami-Dade—, se queda en gran medida sin uso.

Aunque el dinero que entra se ha quedado a la mitad al irse tu padre, ella puede permitirse esa vivienda gracias a la magia obrada por una hipoteca con interés variable.

—Es una inversión —te explica—. Es buena época para comprar.

—No entiendo bien. ¿Has comprado la casa o es del banco?

—Yo la he comprado y el banco es el dueño.

Tu padre viene rara vez a verte y te lleva exactamente una vez a la casa que comparte con tu hermano. En el camino hasta allí, va escuchando una tertulia por la radio. Te da todo un recital de escucha activa. La sección del programa se titula «Guerras raciales».

—Yo apuesto por los hispanos —dice el presentador— porque, bueno, son gente que ha demostrado una capacidad notable, señoras y señores, para llegar allá donde se propongan. Para atravesar fronteras, límites..., llegan adonde haga falta. Pueden sobrevivir sin agua mucho tiempo y harían cosas que otra gente no quiere hacer, como lavar platos, cuidar jardines...

Tu padre se da una palmada en la rodilla y suelta una risa desdeñosa.

—Monki arrogante —dice antes de inclinarse para subir el volumen dos o tres puntos.

Luego se alisa el bigote con dos dedos y borra la sonrisa de la cara cuando se da cuenta de que estás mirándolo.

—Los negros, en cambio..., y sé que vais a decir que soy un racista, pero es que los negros llevan las de perder. Todos. Y os diré por qué. No saben nadar. Lo pone aquí mismo: casi la mitad de las muertes por ahogamiento que se registran entre personas de cinco y veinticuatro años son de negros, según este estudio del *American Journal of Public Opinion.*

—Pero ¿qué clase de... chuh... nonsens...? —Baja el volumen, pero, después de diez segundos o así, se le escapa una risita y dice como para sí mismo—: Aunque no le falta razón...

En cuanto entras a la casa de tu padre, ves que a la moqueta azul grisácea del salón la ha sustituido una solería de un blanco reluciente. Las manchas de zumo y las zonas de tela tiesas que cartografiaron tu infancia se han desvanecido con la moqueta. Una ausencia más notable es la del tabique que en otros tiempos separaba tu dormitorio de la cocina. Han convertido tu cuarto en una especie de comedor. Hay una silla verde y blanca de jardín y una silla de oficina burdeos a los lados de una mesa sin barnizar. Todo está muy limpio, salvo por las tazas de café y los periódicos que llenan la superficie de madera áspera.

Tu hermano, que está en su primer año de instituto, se reclina sin camiseta contra las tiras de plástico de la silla de jardín y hojea los anuncios clasificados. Está delgado y musculado y parece más que nunca el hijo de tu padre.

Mientras tú escrutas el interior, él les da un repaso a tus ropas con gesto de desaprobación; se le erizan los oídos ante palabras que usas y que no usas. No tienes claro cuáles, tampoco es que hayas utilizado muchas en su presencia.

—Boy, ¿qué andas, juntándote con esos pickneys negros? —te pregunta tu padre.

Miras a tu hermano, que encoge los hombros musculosos y vuelve a dejarlos en su sitio antes de seguir rodeando anuncios de trabajos.

—Cada vez pareces más un butu yanqui —insiste tu padre.

—A mí no me eches la culpa —le respondes—, que fuiste tú el que me utilizó a mí para tener los papeles. Yo no elegí nacer aquí.

Cada vez comprendes más cosas sobre tu posición en el mundo, aunque entiendas poco sobre qué podrías hacer para cambiarla.

En el instituto, los profesores dejan de preguntarte cómo has aprendido a hablar tan bien. En general, dejan de preguntar cosas sobre ti hasta que te acusan de plagio cuando tus trabajos de investigación suenan *demasiado sofisticados*. Puede que ahora hables y vistas negro, pero sigues escribiendo blanco, y ahí existe una discrepancia que debes explicar.

Tu falso acento, comprendes, puede hacer que te expulsen del instituto.

Tu profesor de ciencias, el señor Garcia, te obliga a reescribir la redacción para que «parezca más como si la hubieras escrito tú». Reescribes tu tesis: «Los niggas se preguntan en plan ¿por qué será que, cuando vuelan las balas, mueren niggas? Newton dice que es porque los objetos en movimiento seguirán estando en movimiento. Ese sí que era un científico nigga, my nigga».

Esa versión revisada te granjea un visto bien grande y un insuficiente bajo.

En febrero, cuando los profesores hablan de las atrocidades perpetradas contra los negros en Estados Unidos, tú asientes, y luego te desvinculas al pensar: «No es mi historia. Mi familia ni siquiera estaba aquí en esa época». Al mismo tiempo, cultivas desdén por Estados Unidos, aunque es el propio país quien hace casi todo el trabajo de campo. Sospechas que, en cierto plano, ese desdén opera en ti porque crees que esa historia es tu historia.

Aun así, esperas que mirar más allá de Estados Unidos te brinde una alternativa más amable a la narrativa en torno a la opresión que se impone para las personas de la diáspora africana. Lo más que descubres son resquicios léxicos para designar la negritud, términos como *half-caste* o *mulatto,* paracaídas semánticos que podrían permitir una vía de escape. Rechazas esos términos, te inventas unos propios: *halfricano* y *clarinegro.*

Cuando conoces a chicos de tu color y más oscuros de piel, chicos con el pelo más nappy, los labios más gruesos y las narices más anchas que se aferran a su herencia puertorriqueña, cubana o dominicana como algo excluyente (en la línea de «No soy negro, soy dominicano»), te unes a tus amigos cuando los llaman vendidos: tíos Tom-tos, negros que se odian a sí mismos. Al fin y al cabo, tú lo que quieres es un pueblo negro fuerte y unido.

Un día, sin embargo, después de que una injusticia racial, en lo que es ya una ristra interminable de estas, concite la atención de los medios, una panda de chicos negros te pasa al lado gritando en español *chico* y *oye* y tú, al principio, te quedas tan tranquilo, buscando a quién están interpelando, pensando que «Alguien va a cobrar» sin darte cuenta de que serás tú quien reciba el lado más afilado de su venganza. Una docena de manos oscuras te empotran contra una alambrada y te vapulean, como si intentaran extraer la negritud de tus carnes antes de golpear con razón el blanco subyacente.

Pero no ha aterrizado el primer puñetazo cuando Shells, un amigo incuestionablemente negro de ese grupo y también tuyo, pasa por allí y te consigue un indulto.

—Nah, es buena gente —dice sin mucho convencimiento, pero eso basta.

¿Cómo puede ser tan tenue tu negritud?

¿Cómo es posible que hablar español te convierta en no negro?, quieres saber. ¿Cómo puede ser que provenir de una isla del Caribe te haga no negro?

No, en serio, de verdad querrás saberlo, porque algunos de los jamaicanos de tu entorno empiezan a hacer reivindicaciones similares. «Somos muy distintos *en lo cultural*», dicen. Has oído eso mismo en tu propia familia. Se vuelve algo tan popular que incluso tus amigos estadounidenses negros te lo repiten a ti.

En el almacén de construcción donde trabajas, un compañero blanco te pregunta si lo ayudas a cargar un palé «como un negro».

—¿Seguro que quieres utilizar esa expresión conmigo?

—¿Qué pasa? Pero si tú no eres negro... Eres jamaicano —te dice—. Yo tengo un amigo jamaicano que me explicó la diferencia.

Ojalá ese amigo fuera a explicártela a ti también.

De pronto los estadounidenses negros son los únicos negros. Más negros que los africanos. Negros en el (bajada de volumen) *mal sentido*.

Conforme vas aprendiendo lo que significa ser negro en Estados Unidos, das por fin pasos para comprender tu herencia jamaicana.

Empiezas por lo básico.

De pronto te gusta todo adobado con jerk o al curri. Tu bandera cambia del rojo, blanco y azul al dorado, verde y negro. Llenas los cajones con bandanas y muñequeras de la bandera jamaicana. Tu respuesta uniléxica cambia a «Jamaicano», que te parece más inclusivo, más abarcador.

Además, antes, las veces que *negro* no conseguía satisfacer la curiosidad y añadías un *estadounidense,* los que preguntaban negaban con la cabeza y te decían: «No, tonto, que de dónde son tus padres... Ya sabes a lo que me refiero».

La solución es «Jamaica». «Jamaicano» es el colmo de la precisión.

Con todo, la mitad de las veces, cuando respondes al «¿Tú qué eres?» con «Jamaicano», te dicen: «Pues no suenas jamaicano. Si eres jamaicano, ¿cómo es que hablas así?».

Profundizas. Pero no a profundidad Shaggy, *Mr. Lover Lover,* simpaticón. Hablamos de profundidad Capleton, *More fire,* Mixx 96 de la radio underground. Profundidad irte a bailar dancehall en la nave del Panyard. Profundidad de estás faltándole al respeto al rap si no dices que Kool Herc, un yardi, inventó el hiphop. O profundidad la madre de Notorious BIG es jamaicana. Y profundidad Biggie es el mejor de todos los tiempos.

Profundidad no te haces rastafari, pero hablas de principios I and I. Profundidad no flipas con Selassie, pero ¡grande, Marcus Garvey! Profundidad cantar el *Fire 'pon Bush,* pero aun así respeto para Colin Powell.

Profundidad corned beef. Profundidad preparar sopa de sábado con cidra cayote. Profundidad comer empanadillas e ir al Sango's, vivir por Colonial Drive, vivir a base de akí con bacalao salado. Profundidad fish and festival. Profundidad johnnycake y fritters.

Profundidad poder charlar de Seaga versus Manley, de la política del JLP versus el PNP; profundidad Red Stripe versus Heineken. Hablamos de profundidad ir al Bayside Hut, y darle al punta-tacón con el riddim Bookshelf.

Profundidad del palo ¿por qué los Wayan tienen que retratarnos así? Profundidad del palo animar a Screwface en las batallitas del *Marked for Death*.

Cuando estés por Miami, en el Dolphin Mall, por ejemplo, y la cajera te hable en español y tú contestes que «Perdona, no hablo español», y luego respondas a la encuesta de rigor sobre por qué no, te ofenderás si la cajera te dice:

—Pero si no tienes pinta de jamaicano.

—¿Qué pinta tienen los jamaicanos?

Ella se frotará el índice contra la piel de la muñeca, como si intentara quitarse un manchurrón, y afirmará:

—Negra.

Te promete que en realidad tienes que ser dominicano.

Cuando por fin te vas de casa para estudiar fuera, lo que más te llama la atención es que en el Medio Oeste nadie da por hecho que eres puertorriqueño o dominicano. Allí eres, simple e incuestionablemente, negro. Nadie te pregunta «¿Tú qué eres?».

Tus compañeros de clase te preguntan en cambio cómo ha sido sobrevivir al reciente Katrina. Les explicas que trece años antes viviste el huracán Andrew, que el Andrew fue el Katrina de Miami. Ante eso, parpadean y pierden interés.

En las clases, la gente quiere conocer la perspectiva negra de las cosas. La decepción sobrevuela sus miradas cuando dices: «Seguramente yo no sea el más indicado para responder a eso». Sospechas que esta es siempre la respuesta correcta, da igual a quién se le pregunte. Te preguntas si negar ante los demás y ante ti mismo que has vivido la típica *experiencia negra* es inherente a la experiencia negra.

Te preguntas qué habría pasado si un hombre negro de verdad hubiera sido admitido en la universidad. Te imaginas a tus compañeros de clase huyendo despavoridos. Los ves arrojando sus cuerpos desnudos y pálidos ante sus pies negrísimos. Te preguntas si volverán a admitir a otra persona negra. Ves pasar los años sin que se dé el caso.

En el Medio Oeste eres incuestionablemente negro; aun así, te pasma lo blanca que puede ponérsete allí la piel en verano. Te puedes pasar horas mirándote el pelo en el espejo, los rizos sueltos, liberados por una vez en su vida del peso de la humedad de Miami. Algunos se te quedan de punta en mechones individuales, mientras que otras zonas se adhieren en matas onduladas y esponjosas, y los hay que incluso forman espirales en volutas ceñidas. Ni tu pelo es capaz de decidirse sobre lo que es.

Por los pasillos de la Facultad de Filología de tu universidad, tu amigo coreano te acusa de hacerte la permanente. Tus compañeros blancos te tiran del pelo en clase, luego te piden perdón, luego te tiran de él en los bares y no te piden nada. Creías que esa práctica era un estereotipo, un mito que habían sacado de quicio. La humanidad te da vergüenza ajena.

Una noche sales dando tumbos de un antro, borracho, y te metes en un taxi.

—Llévame donde haya peña negra —le dices al taxista somalí.

Este asiente y te lleva al centro, a un club de hiphop. Cuando entras, por poco lloras de alegría al sentir cómo los graves te atraviesan el cuerpo con su vibración. Pero, cuando miras a la peña, el patrón bicromático, la repetición de hombres muy oscuros rozándose con mujeres muy pálidas, te deja de piedra.

En el Medio Oeste lo que se pone en cuestión no es si tú eres negro, sino si otras personas que te rodean son realmente blancas. Tu amiga chinoamericana, Caitlyn, te confiesa que *se siente* blanca.

—¿Cómo es sentirse blanco? —le preguntas—. Me imagino que será como andar descalzo por una alfombra de pelo.

—Ay, se me olvidaba. Tú debes de odiar a los blancos.

—¿Por qué iba yo a odiar a los blancos? Me vine aquí al Medio Oeste para descubrir a la gente blanca.

—No sé, es que se espera de mí que tenga una perspectiva de las cosas como minoría. Como que en teoría tendría que ser la embajadora de la chineidad. Mis padres son los únicos chinos que conozco. Aparte, vivimos con mucho desahogo. Supongo que me siento demasiado privilegiada para no ser blanca...

—Tiene que ser duro.

—Sé que sonará fatal, sobre todo a ti, pero eso no cambia cómo me siento yo. Tú no lo entenderías. ¿Cómo vas a entenderlo?

—Me da que preferirías que la gente te tratara menos como a una generalización y más como a un ser humano. Como los blancos tratan a los blancos.

Se muerde el labio, con cautela, y luego admite:

—Exacto.

—Y tu aspecto exterior es lo único que impide que eso se convierta en una realidad.

—¡Eso es!

—Yo sé cómo te sientes. Y no me parece que eso sea ser blanca.

Vas a lo que los estudiantes de tu universidad llaman fiesta. Tú, por supuesto, has ido a fiestas, pero allí hay una diferencia entre *fiestas* y *fiestas de bailar.* En las de bailar, a la gente se le permite bailar. En las fiestas a secas, a la gente se le permite o bien quedarse de pie, incómoda, mientras hablan sobre sus estudios, utilizando vasos de plástico rojo a modo de escudo ante la barriga y el pecho, o bien mecerse medio mareados alrededor de esos mismos vasos, aferrándose a ellos como si les fuera la vida.

En Miami, que tú sepas, todas las fiestas son fiestas de bailar. Vas muy rezagado en la curva de aprendizaje del arte de la cháchara.

Serpenteas por el atestado salón de tu anfitrión hacia un corro a medio formar de mujeres que reconoces de clase. Se van turnando para hablar apasionadamente sobre esto o aquello. Tienes la esperanza de que estén tratando un tema en el que puedas aportar algo. Estáis todos estudiando Filología y todos sois injertos en el Medio Oeste: deberías tener intereses y experiencias en común.

Te hacen sitio para que completes el corro, pero siguen hablando a toda velocidad, mirándose solo entre ellas. Una está diciendo:

—A mí lo que me pasa aquí es que, cuando le digo a quien sea que soy de México, ¡van y piensan en los mayas! Mi estirpe familiar proviene directamente de España. Yo no soy indígena. A ver, que tampoco pasaría nada, pero es que hay una clara diferencia.

—Ya —dice la otra mujer morena de la conversación—, yo soy de Argentina. Allí nos parecemos más a los europeos que a los sudamericanos.

—Es que es verdad —dice una tercera, de pelo castaño—. Solo porque mi madre es judía, aquí de pronto me tratan como si no fuera blanca.

—Pero si eres blanquísima. —La mexicana le pone una mano solidaria en el brazo a la del pelo castaño—. No te preocupes.

—Ay, y tú también eres blanca —le dice devolviéndole la palmadita en el brazo.

—¡Es que lo soy! —dice la argentina con voz temblorosa y conteniendo las lágrimas.

—¡Pues claro, mujer! —dicen las otras dos—. Las tres somos blancas.

—Lo somos.

—¡Somos blancas!

—Lo somos —dicen.

Empiezas a salir con dos estadounidenses blancas a la vez, algo informal. Da la casualidad de que ambas se llaman Katie. Casi todas las mujeres del Medio Oeste se llaman Katie, o Caitlin, o Kathryn, o Kathleen. Pero estas dos son Katie. Tienen treinta y tantos y parecen estar pasando por la misma crisis que las llevó a salir contigo.

Expresan en voz alta su preocupación por cómo se les cierra cada vez más rápido la puerta del tener hijos. Hablan despreocupadamente sobre el hecho de que provienen de familias más acomodadas que tú (aunque en realidad ni te han preguntado por tus orígenes). Te sientes insultado, sobre todo teniendo en cuenta la cantidad de dinero de la beca y del préstamo estudiantil que gastas en ropa y el tiempo que dedicas a tu aspecto general, aunque en última instancia consigues comprender que ambas tienen razón. Si bien no lo han dicho abiertamente, ambas Katies creen ser más inteligentes que tú, pero tú eres más guapo que ellas y están dispuestas a intercambiar su dinero y su cerebro por tu atractivo juvenil.

Lo que no les dices, lo que te guardas para ti, es que cuando terminaste el instituto estuviste hueveando un tiempo, haciendo trabajos manuales no cualificados durante años antes de molestarte en intentar entrar en la universidad, así que eres unos años mayor de lo que ellas creen. A los tíos marrones no les salen arrugas en la frente, así que nunca te preguntan qué haces estudiando todavía. Además, las Katies ya tienen tu narrativa escrita en su cabeza y ¿quién eres tú para decepcionarlas?

Y lo que te gusta de ellas es que estén tan pilladas por... ¿por qué exactamente?

Al principio intentan hacer como si nada. Pero pronto empiezan a soltar comparaciones entre otros hombres con los que han salido y tú. O con los que han imaginado salir. En teoría estas comparaciones deberían resultar halagadoras.

—Tienes la piel mucho más suave que los tíos con los que he estado —dice Katie—. No me la imaginaba tan suave. Da gracias por no ser un paliducho.

—¿Cómo iba a saber que tenías tan blandos los labios? —dice Katie—. Como almohaditas rellenas y rosas. Menos mal que no los tienes cuarteados ni parecen quemados.

—¡Tienes los pezones rosas! —llega a decir Katie—. Rosa tirando a marrón, pero rosa. No sabía que podían ser así.

Tarde o temprano, ambas empiezan a insistir, obsesivamente, una y otra vez:

—Pero pareces mixto.

—Es que lo soy.

—No, me refiero a birracial.

—Bueno, si tenemos en cuenta...

—No —dicen—, me refiero a que uno de tus padres sea blanco.

Las dos amigas negras que tienes en el Medio Oeste no paran de preguntarte qué has hecho para tener el pelo tan bien. De hecho, lo señalan y te dicen:

—Tú así no te despiertas, ¿no?

—No, imposible —dice la otra.

—De vez en cuando me lo lavo —contestas.

Se enfadan contigo por *salir solo con blancas* y luego por *salir solo con asiáticas*. Se enfadan contigo por salir con su amiga haitiana. Se enfadan cuando rompes con ella.

—Ni que me importara a mí dónde metes tú la polla, so guarro —dice Sheila cuando se lo comentas—. Por cierto, le he dicho a Gabriella que se olvide de ti —añade—, que estás con tu rollo explorando el arcoíris.

—Dale otro mordisquito al Amor Negro —dice Neya meneando la cabeza así y asá.

Te planteas si lo tuyo con Gabriella pasaría por Amor Negro. Tu tez está más lejos de la de ella que de la piel de las Katies. Te cuidas de no comentar nada de esto en voz alta.

Cuando Sheila y Neya se fijan en una foto de familia que tienes en la estantería, la única en la que sale tu padre, se ponen como locas.

—Ah, es que mira qué bien tiene el pelo tu padre —dicen.

Y:

—Claro, así no me extraña. Yo creía que tu padre era negro. Pensaba que tú simplemente eras claro de piel.

Te entran ganas de señalarles el uso de una frase tan denigrante como *tener el pelo bien,* de preguntarles de dónde se supone que proviene esa tribu de gente *simplemente clara de piel.* Quieres saber por qué tu padre no es negro según ellas y si es solo su pelo lo que lo inhabilita como tal. En lugar de eso, les sueltas:

—Mi madre lo tiene más liso. ¿Por qué decís que lo tiene *bien?*

Se inclinan para inspeccionar la fotografía más de cerca y se apartan riendo.

—Tu madre no tiene el pelo liso —dice Sheila con una ristra de risitas siguiendo de cerca sus palabras.

Miras la imagen de tu madre —el flequillo, el pelo cayéndole por los hombros— y luego a Neya, cuya risa se ha tensado en una mueca irónica.

—En realidad su pelo no es liso —coincide—. Eso es de permanente para arriba.

En los actos formales a los que asistes en el Medio Oeste, todavía logra sorprenderte que las únicas personas negras presentes estén allí para servir. Curiosamente, sigue sorprendiéndote que el personal negro te pare para decirte: «Te pareces a uno que trabaja aquí».

Los camareros negros se niegan a tomarte la comanda hasta que te haces eco de esa afirmación. Corren para servir a tus amigos y compañeros, pero para ti se quedan parados, sonriendo de medio lado, como si hubieras contado un chiste o se hubieran acordado de algo divertido por mucho que no les hayas dicho ni una palabra. Puede que saquen un trapo húmedo y lo pasen por la barra antes de hacer contacto visual. Puede que se pongan a remover la pinza en la cubitera de la nevera o a apilar servilletas de cóctel sobre el dispensador, da igual que la torre de cuadraditos blancos empiece a inclinarse.

Cuando por fin reconocen tu existencia, te toman las medidas con muchos aspavientos. Mueven la cabeza especialmente despacio si vas acompañado de una cita.

—Te pareces a uno que trabaja aquí —te dicen.

Y, si te repites, si pides «¿Nos puede poner dos whiskeys con ginger ale, por favor?», retraerán el labio, te mirarán a los ojos y dirán con la cadencia más lenta posible:

—Eres clavado a uno que trabaja aquí.

Y tú asentirás. Asentirás o pasarás sed.

—Qué raro lo de antes —quizá te diga tu acompañante cuando pasáis a la mesa comunal; tal vez incluso llegue al punto de explicarte a ti lo que son las microagresiones.

Os acomodaréis en vuestros asientos, apartándoos de esa ignominia, hasta que venga la camarera, que se pondrá a colocar platos con sigilo y agilidad ante los demás comensales de vuestra mesa vestida de blanco. Dejará tu plato para el último, como parece ser el protocolo. Cuando estés prestando atención, conversando con alguien, te dará un toquecito en el hombro, frase interrupta, y te dirá:

—Eres clavado a uno que trabaja aquí.

Serás consciente de que lo que quiere decir ella es que «Eres clavado a uno que debería trabajar solo aquí», por supuesto, sobre todo porque desde que dejaste Miami te ha corroído la idea de que nadie en todo el estado se parece en nada a ti. Ojalá se mudaran a la ciudad unos cuantos dominicanos.

Aun así, en los autobuses o por las esquinas de las calles del centro, negros borrachos se paran para señalarte y te dicen:

—Somos hermanos. No lo olvides.

En Jamaica eres marrón. Tus iguales se asemejan tanto a ti que te abruma, combinaciones varias de africano con europeo más un ligero chorreón de India o China. Parecen y suenan como tu familia, y eso te hace sentir en casa incluso entre desconocidos. Allí tus iguales reconocen los rasgos mixtos como comunes a la clase media y, por una vez, en esta excursión al país de tus padres financiada por una beca, los ojos que se posan sobre ti ni cuestionan ni juzgan, solo aceptan.

Hasta que abres la boca.

—Ah, un yanquicito —dicen cuando te escuchan—. Pero tus padres tienen que ser yardies. Se te ve.

Algunos te aseguran que, sin importar dónde hayas nacido, tienes «sangre jamaicana». A otros, especialmente a los más jóvenes, les parece ridículo que utilices las palabras *jamaicano* o *jamaicano-estadounidense* para describir tu etnicidad o cualquier otro tipo de identificación personal. «Pero ¿qué sabes tú de Jamaica?», preguntan.

Ha sido esta combinación especialmente escéptica de hombres y mujeres de veintipocos años la que te ha acogido, quizá porque les da pena que no hayas tenido una educación jamaicana en condiciones, o tal vez porque todos parecen haber vuelto a casa por vacaciones desde sus facultades de Medicina o de Derecho en el extranjero y, como ellos mismos tampoco viven ya allí, necesitan una presencia extranjera para recordarles que ellos sí son de allí.

En cualquiera de los casos, entre todos logran convencerte de que tus padres te arruinaron la vida en cuanto pusieron un pie fuera de la isla. Tus nuevas compañías te llevan a comer fish and festival en Hellshire Beach, donde los cuerpos color ónice y habano relucen en el agua turquesa. Te llevan al National Stadium para que veas a los hombres y a las mujeres más rápidos de la faz de la Tierra cuando se clasifican para sus carreras olímpicas. Les piden a sus asistentas que te cocinen cerdo adobado con jerk, guisantes estofados y pan de fruta asado. Te llevan de paseo en barco y a discotecas con nombres como Fiction y Envy. Cuentas todo esto como investigación, posponiendo indefinidamente tu visita a la biblioteca de la Universidad de las Antillas.

Los padres de tus amistades te insisten para presentarte a hijas de amigos o sobrinas. Por primera vez en tu vida, una madre —varias— cree que eres un partido apropiado para su hija, y tú estás de acuerdo. Quieres pedirles matrimonio a todas, para sumarte cuanto antes a esa población beis caramelo. Estas son las chicas que tu madre quería que llevases a casa, ahora lo comprendes: esos mosaicos multiculti andantes, esas novias de la ambigüedad racial.

«¿En qué otra parte del mundo se producen en masa personas como yo?», te preguntas. Y «¿Cómo voy a ser capaz de volver a Miami?».

En las noches de borrachera intentas utilizar tu mejor inglés jamaicano, que puede colar bajo los atronadores graves de unos subwoofers o cuando todos los que te rodean están ciegos perdidos, pero, después de haber pasado los últimos años secuestrado en el Medio Oeste, lejos de la música, la comida y la gente que en Miami eran fáciles de localizar, ya has perdido un buen porcentaje de la lengua de tus padres. Al escuchar tus intentos, a tus amistades se les dibuja una sonrisa, pero luego apartan la vista, fingiendo no sentir vergüenza ajena.

Al final tendrás que reconocerte a ti mismo que estás cansado. Cansado de intentar convencer a todos de todo, en especial a ti.

Cuando te llevan a la casa donde vivían tus abuelos antes de morir, a la que ibas de pequeño, te das cuenta de lo diminuta que es comparada con tus recuerdos. Te das cuenta de que todo es relativo.

Una tarde, al echarte en una tumbona de la veranda de tus anfitriones, dejas a un lado la botella de Wray & Nephew el tiempo suficiente para hacerles a dos de tus acompañantes la pregunta que te trajo a Jamaica, esa sobre la que has venido a escribir.

—Entre vuestros amigos —empiezas a decir—, ¿la gente tiende a pensar o a hablar sobre sus raíces ancestrales? Prejamaicanas, me refiero.

Tú has estado dándole vueltas a la lista de antepasados europeos que te hizo tu madre, a cómo tus padres todavía tienen en gran estima el sistema escolar británico que los educó antes de la independencia, y piensas también en los rastafaris que ensalzan Etiopía y Mama África. Pero tú lo que quieres saber es cuál es el caso entre los veinteañeros de clase media de hoy en día. Quieres saber cómo te sentirías tú si tu familia no se hubiese ido.

—¿Alguno de vosotros considera Inglaterra o África occidental como..., esto..., su madre patria?

—Pero ¿qué nonsens estás preguntando? —dice Zoë, la browning de ojos claros.

Te has enamorado de ella a una velocidad alarmante. Has pasado las últimas noches fantaseando con escribirle una carta a tu padre suplicándole que te mande una especie de dote, cualquier apoyo financiero que te permita quedarte en Kingston y hacerle la corte a Zoë. En el caso de que te casaras con ella y tu estirpe regresara a la isla, es posible que, en cuestión de diez o veinte años, América no fuera más que un puntito en vuestra historia familiar, una pesadilla para olvidar. Mientras tanto, en Miami, Delano y su reciente esposa han empezado ya a hacer bebés jamericanos que crecerán para abrazar o no su herencia.

Zoë, por su parte, responde a tus flirteos, pero se carcajea con lo lento que hablas, con la manera chirriante que tienes de doblar las vocales y con lo fuerte que pronuncias las consonantes.

—¿Es que Á-frrri-ca es tu madre patria? —dice en una voz que pretende imitarte—. Solo los yanquis piensan en esas cosas, porque no tienen cultura propia. Están losts.

—Entonces, por lo general, ¿los jamaicanos se sienten simplemente... jamaicanos?

Su primo Steven le dice:

—Este boy está creizi, ¿me ves? Los blancos le han sorbido el brein y se ha quedado creizi creizi.

Y a ti:

—Tranqui, man. El ron acabará con lo lítel que te queda entre las orejas.

Steven es el hijo de una amiga de una amiga de tu madre. Se suponía que era él quien iba a enseñarte Kingston, pero al instante te dejó colgado con Zoë y su grupito. Le besarías los morros por ello.

—¿Es que crees que los franceses no se creen franceses? —pregunta Zoë—. ¿Te crees que los irlandeses no se sienten irlandeses?

—No es lo mismo. Vosotros no sois los pobladores originarios de la isla.

—¿Souguat? ¿Cuánto hay que remontarse atrás en el tiempo? ¿Qué te crees, que en Europa no migró noubadi?

—Te hablo de colonialismo, de una esclavización masiva.

—Chuh. Onli los yanquis os aferráis a eso. Eso es lo que nos separa de vosotros.

Te cuestionas si no habrá un vínculo directo entre pensamiento ahistórico y satisfacción.

Te sorprende lo benévolo que eres con las posturas políticas de Zoë. Puede que no se equivoque del todo. O quizá así sea el amor: cegador. Cuando le dijiste que querías ir hasta Accompong para rendir homenaje a los cimarrones que lograron combatir con éxito y echar a los esclavistas británicos, te dijo: «¿Te refieres a la pípol esa de las chozas de adobe?».

Ahora le dices:

—Pero es imposible que esa gente pobre que nos cruzamos por la calle, los que viven en chabolas y se hacen kilómetros en autobús para venir a limpiaros la casa, os vean a todos vosotros en coches bonitos y ropas y casas buenas y piensen que hay una sola Jamaica. Ellos siguen sufriendo las consecuencias del colonialismo, ¿no?

—Bueno, es que hay pípol que no quiere trabajar jard —dice Zoë—. Sé que suena agli, pero...

—Será que lo que tú quieres es que la gente marrón viva en casas y los negros en sus chozas de chapa.

—Son problemas de clase, bredren —interviene Steven—. No es cosa de racismo. Aquí somos todos negros, man.

Decides no ahondar en el tema, temeroso de ofender a tus anfitriones. Más tarde, sin embargo, cuando preguntas por las fuerzas de seguridad privadas que ensucian el horizonte de Kingston con sus vallas publicitarias —esos sobre los que se cuenta que llegan en pleno allanamiento de morada y disparan a matar a los ladrones— y cómo harán para distinguir entre el ladrón y el dueño de la casa, Steven apunta: «A la pípol como nosotros no le dispararían. Solo disparan a los que son negros negros».

Tu regreso al Medio Oeste te deja conmocionado, más descolocado incluso que cuando te mudaste allí desde Miami. Empiezas a sentir punzadas de soledad, de descontento. Te das cuenta —al principio con perplejidad y luego con una desesperación que te entra como un témpano por el diafragma y te atraviesa hasta la base del estómago— de que no te gusta ningún aspecto de la vida en tu ciudad del norte del Medio Oeste, desde las rifas de carne y los avisos de tornado, pasando por las tater tots al horno y la idiosincrasia pasivo-agresiva y hasta la ausencia generalizada de aire acondicionado.

Echas de menos Jamaica y sus gentes. Le escribes a Zoë durante varias semanas, pero los mensajes se van espaciando conforme avanza el semestre de otoño.

Una noche discutes con Neya y Sheila cuando les hablas de esa sensación de sentirte aislado allí.

—¿A qué saben las lágrimas de piel clara? —pregunta Sheila—. ¿Son hidratantes?

—A lo mejor si salieras con mujeres negras de aquí... —dice Neya.

—¿Y dónde se meten esas mujeres si puede saberse? —preguntas mientras repasas la habitación con la vista, haciendo muchos aspavientos—. Yo no veo ninguna más en este bar. Y en mi facultad no hay ni una.

—¿Lo ves? Ese es tu problema de partida —replica Sheila—. ¿A qué clase de hombre negro se le ocurre estudiar literatura? No podemos permitirnos tener artistas con estudios universitarios. Necesitamos construir riqueza en nuestras comunidades.

—Claro, ¡porque el mundo necesita otro titulado en Dirección de Empresas! —dices aludiendo a las ambiciones de posgrado de Sheila—. O, peor, otro abogado —añades, esta vez pensando en Neya.

Vais por los tres chupitos de tequila y vuestra mesa alta está llena de jarras de cerveza, todas vacías. Miras a la izquierda, hacia la barra, con la esperanza de ver al camarero para pedir otra ronda.

Pero en su lugar ves lo que, por una fracción de segundo, te parece tu propia imagen reflejada. Hay un joven de un marrón muy claro sentado en un taburete y, cuando te vuelves para verlo, él también se vuelve hacia ti. Pero tiene el pelo más corto que tú y los ojos más claros. Los labios, rosados sobre el rostro bruñido.

Normalmente apartarías la vista, pero permaneces unos segundos escrutándolo de hito en hito. El intenso interés que tienes por estudiar los rasgos de las personas mixtas, por analizar lo que los hace como tú, no ha hecho sino intensificarse desde que te mudaste a esa ciudad donde apenas se ven. Es como pertenecer a un club del que no te permiten hablar.

El hombre de la barra te sonríe y se acerca a vuestra mesa. Se presenta como Justin. Parece estar solo. Quizá padezca la misma aflicción que tú.

—Siéntate, Justin —lo invitas—. Solo estábamos hablando de la responsabilidad de la población negra en el siglo veintiuno.

Justin mira a tus acompañantes como diciéndoles: «¿Va en serio?». Te preguntas si entrará al trapo, si siquiera se dará por aludido.

—De lo que hablábamos —aclara Sheila— es de si necesitamos otro artista en la comunidad negra. ¿Cómo puede eso hacernos progresar?

—Bueno... —dice Justin, y hay un asomo de cavilación en la manera en que habla, o puede que en la pausa de justo antes—. Los artistas son los heraldos. Son nuestros espejos, nuestra luz. Reflejan nuestra realidad, pasada, presente y futura. Sin ellos, no tendríamos muchos indicadores de si estamos avanzando o no. Seríamos como críos buscándonos a tientas en la oscuridad.

Neya ríe.

—Lo que nos faltaba —dice Sheila.

—Un poeta —dices tú.

—No, tanto como eso no —dice Justin—. Pero me estoy especializando en teatro musical.

—A ver, amigo de los musicales —dice Sheila—, ¿qué pueden revelar tus obras que no pueda revelar un censo o un informe del Pew?

—Bueno... —vuelve a empezar así Justin, que entorna la mirada y por un momento tensa mínimamente la mandíbula; después suelta el aire poco a poco, como si estuviera dejando escapar el humo de un cigarro, y relaja la mandíbula mientras los lunares le bailan por la cara con los gestos—. Un censo nos habla del qué, pero no del porqué. De todas formas, aunque conociéramos el porqué (como, por ejemplo, que las desigualdades económicas son consecuencia de políticas de vivienda pública discriminatorias), seguiríamos sin tener la humanidad esencial para trasladar el verdadero mensaje: que hay vidas humanas en juego.

—Además, súmale a eso la representación en un sentido más amplio —dices tú—. Si yo no creo personajes que se parezcan a mí, ¿quién lo hará? La visibilidad es importante. De lo contrario, es como si no existiéramos.

—Exacto —concede Justin.

—Bueno, bueno, pero si tenemos aquí a Ernie y Bert —dice Neya.

—¿Eres escritor? —pregunta Justin—. ¿A ti te importaría echarle un vistazo a una obra en la que estoy trabajando? Cuatro ojos ven más que dos.

Quedas con Justin en una cafetería. Habéis quedado para que te pase una copia de la historia, obra o guion en el que está trabajando. No tienes muy claros los detalles. Lo lleva en la mano cuando te saluda.

—¿Esta es la obra a la que querías que le echara un vistazo?

Te dice que sí, pero deja el manuscrito en la mesa, bajo los brazos cruzados.

—Gracias por decir que sí. —Repasa el local con la mirada—. Nunca había estado aquí. Buena elección. —Dobla con las yemas de los dedos las esquinas del manuscrito, haciéndole orejitas de conejo—. Perdón, es que estoy nervioso, supongo…

—¿Y eso?

Se encoge de hombros y se mira las manos.

—En realidad es la primera vez que hago algo así.

—Mira, tú tranquilo —le dices—. Al principio se te puede hacer raro, exponerte de esa manera. Poner tanta confianza en otra persona. Verte desnudo. Que aquí a todos nos preocupa lo que piensen los demás. Es normal. Pero, cuando lo haces varias veces, ya no cuesta tanto. Te acostumbrarás y dentro de poco hasta estarás deseándolo.

—Eso espero —dice mientras le da vueltas a un anillo de plata en el meñique.

—¿Te puedo preguntar una cosa? No quiero ser entrometido, pero me puede la curiosidad.

—Claro, ya que estamos… —Justin sonríe.

—¿De dónde vienes tú?

Se endereza un poco en el sitio.

—¿Que dónde he estudiado, quieres decir?

—Me refiero a de dónde son originariamente tus padres.

—Qué pregunta más rara. Son de aquí. Igual que sus padres a su vez.

—Ya, pero en lo racial…

Se queda mirándote en silencio, mira alrededor, vuelve a encararte.

—¿Es que tienes algún fetiche o algo así?

—¿Fetiche?

—Entiendo que tengas un tipo y eso, pero…

—¿Tipo?

—A mí no me va el rollo de la exotificación.

—¿Tipo? ¿Para qué crees que hemos quedado?

Os quedáis mirando, ambos a la espera de que el otro aclare las cosas.

—Yo solo he venido a leer tu historia, tío.

—¿Y a ayudarme a verme desnudo?

—Me refería en lo creativo.

—Creo que mejor me voy.

—Espera —le pides y él vacila por un momento, las manos ya en la mesa para coger impulso—. ¿No podemos ser amigos?

Se ríe.

—Yo ya tengo amigos. Aparte, creo que tienes cosas que deberías resolver contigo mismo.

En el último semestre de otoño de la carrera, te obligas a contemplar en serio el rojo fuego que supuran las hojas, a inspirar la brisa, fría y vigorizante sobre la piel que te sobresale del jersey, para decirte: «Esto es mágico. Esto no pasa donde yo nací… He llegado hasta aquí».

Sin embargo, en las noches que siguen, de un frío que te levanta la piel, lo único que deseas es volver a Miami, que te impregne su calor de pantano, que te engulla su bochorno pegajoso. Pero no estás en Miami. Así que echas bocanadas calientes contra la bufanda para recuperar el tacto en la cara. Agachas la cabeza y levantas las botas, vadeas en silencio la nieve.

En medio del primer temporal de nieve del último semestre —antes de que las luces de la cocina parpadeen y te quedes a oscuras y con el móvil sin cobertura—, tomas una decisión. Llamas a tu madre para decírselo.

—Tengo novedades —dices subiendo la voz por encima del viento que azota la ventana de tu salón, la que no tiene el refuerzo contra tormentas, y, presionando la carne de la palma contra el pabellón acústico de la oreja izquierda, gritas por el auricular—: Este verano me vuelvo a casa. Después de la graduación.

—Tengo novedades —replica tu madre, con una voz que irrita por su suavidad—: Este verano me vuelvo a casa, después de la graduación.

El marco de la ventana tiembla y contraes la cara para apartar de tu cabeza la idea de que tu madre te está remedando, de que llevas tanto tiempo fuera que está ya senil.

—Pero si estás en casa —dices.

—No. A Kingston. Me han ofrecido un yob.

—Llevas casi treinta años sin vivir allí.

—Pues ya va siendo hora. Este cauntri es demasiado jard para ser guoman y además negra.

—¿Quién es negra?

—Yo. ¿Te encuentras bien, son?

Cuelgas y llamas a tu hermano.

—Mamá dice que es negra y que se vuelve a Jamaica. Pueden ser síntomas de demencia.

Tu hermano ríe para sus adentros, un sonido que ratifica que nunca le ha importado especialmente lo que pueda pasar en la vida de los demás.

—Cada cual es cada cual.

Te entran ganas de decirle dónde puede meterse su perogrullada, de soltarle: «No son imaginaciones mías; no es solo cosa mía». A punto estás de decirle: «Tiene que estar bien que te reciban con los brazos abiertos en tu país de nacimiento, tener una patria a la que escapar».

Pero lo que dices es:

—Tengo mala cobertura. Ya te llamo.

Marcas el número de tu padre.

—Me vuelvo a casa —le dices.

Él hace una pausa larga, tan larga que tienes que mirar la pantalla del móvil para comprobar que no ha colgado.

—Trelawny..., ¿crees que es buena idea?

—¿Tú no lo crees?

—Güel, es que ¿qué vas a hacer jíar? No hay trabajo. —Suelta una ristra de palabras clave, al parecer extraídas del telediario nocturno: *crisis bancaria, ejecuciones hipotecarias, crisis, parón económico*—. Es mejor que te quedes der.

—Pero bajaría con un título. Con eso me saldrá algo.

—¿Un título en qué? ¿En lengua inglesa? Jíar ni siquiera se habla inglés. ¿De qué te va a servir eso para conseguir un yob?

—Podría trabajar contigo.

—Estamos parados. La pípol no puede ni conservar las jauses que tiene y menos aún construirse una nueva. Hasta a tu momi le ha quitado la jaus el banco.

—¿De verdad? —Piensas en su hipoteca a interés variable, en que ha sido el banco el que ha variado lo que ha querido.

—¿Dónde vas a vivir si te vuelves? —pregunta tu padre.

Buscas a tientas las palabras:

—Ya me las arreglaré. Oye, tengo que dejarte —dices antes de sucumbir a la constatación de que su invitación de que te vayas a vivir con él, la que llegaría más de una década tarde, una vez más no va a hacerse realidad.

Un par de meses antes de terminar la carrera, antes de que cargues tu Dodge Raider y conduzcas los casi tres mil kilómetros que te separan de Miami para ver si te aclaras las ideas, decides hacerte un análisis de ADN. Escupes en un tubo, lo mandas por correo y esperas las averiguaciones. Seis semanas después un correo electrónico te notifica que el resultado está listo. Inicias sesión en tu cuenta y te salta una ventana en la que se afirma que tienes un 38 por ciento de África occidental. Es el porcentaje más alto de una única región (por vasta y variada que sea esta región a su vez). Tiene sentido, o al menos no te parece que sea especialmente erróneo, dada tu procedencia jamaicana y la historia de la repoblación de la isla.

Pero, cuando pinchas para que te aparezca el análisis de ancestros completo, al principio de la página se te muestra un 59,9 por ciento de ascendencia europea (británica, mayormente, más los pequeños porcentajes desglosados que cubren medio continente). Al final aparece un 1 por ciento de ascendencia de Oriente Próximo. El resto es inconcluyente.

—Ostras, tío —dice Katie a tu lado en el sofá; se echa hacia atrás para poder mirarte de nuevas—. Estoy saliendo con un blanquito.

Tú, ese hombre negro, eres prácticamente europeo.

—Sigues siendo negro —dice Katie poniéndose seria.

Es el primer dato concreto que te dan sobre tu raza, aunque en realidad es más bien tu configuración étnica ancestral. La raza, ya lo sabes, es un constructo social. No puede medirse porque no existe desde un punto de vista biológico. Si los resultados hubiesen mostrado un 99 por ciento de europeo y un 1 por ciento de africano, mientras tu piel conserve un grado de marrón y tu pelo siga caracoleándose, tú seguirás siendo negro y solo negro según los estándares de Estados Unidos.

Piensas en las veces en las que te han pedido que marques una casilla: en el padrón o en un formulario de admisión de la consulta de un médico o en una evaluación al final del semestre. Es una de las pocas veces en que una entidad incapaz de corregirte o llevarte la contraria —al menos en el momento— te pide que te identifiques a ti mismo. Ahora podrías escribir: «Ei lítel de aquí, ei lítel de allá» al lado de la casilla Otros, pero esta nueva información no significa que tengas que señalar Negro *y* Blanco. En primer lugar, porque el proyecto entero de la blanquitud pasa por excluir los *y*. En segundo lugar, porque no eres progenie de una persona negra y una blanca. Eres el vástago de dos Otros.

Eres marrón, pero ni de ese tipo, ni tampoco de ese, ni de ese.

Negro significa lo suficientemente expansivo, lo suficientemente inclusivo, para contener toda tu ascendencia europea, para acarrear encima el continente entero: tu parte francesa, italiana, irlandesa, inglesa y negra, tu parte negra, eres negro, así que ¿por qué siguen preguntando?

Tenías la esperanza de que recibir pruebas científicas te facilitara el proceso de reivindicar una cosa concreta o de abrazar tu ser multitudinario. ¿Te habría empoderado decir «Independientemente de cómo me veáis, yo soy esto»? ¿Decir «Soy esto, independientemente de en qué ciudad, en qué país o en compañía de quién me encuentre»? Nada ha cambiado, sin embargo. Ni el análisis de tu ADN puede ayudarte a responder, con una única palabra irrefutable, al «¿Tú qué eres?».

Bajo el akí del jardín

Si eres el son único de unos padres del centro de Kingston, entonces tendrás opciones. Podrás coger el Datsun de dadi o el nuevo bítel de momi y pasar volando por delante de los golfillos callejeros que venden sirope en bolsa y akí por los semáforos de Hope Road cuando vayas a recoger a Reyha, Sanya o Cherie.

Cuando sea a Reyha a quien recojas, la llevarás al autocine, donde puedes acariciarle el jer mientras veis a Bond en pantalla grande. La familia de Reyha es la de la panadería de Barbican Road, donde ella trabaja casi todas las tardes, y te gusta olisquearle el jer porque siempre le huele a bollito de coco o a bizcocho de especias.

Con Cherie es con la que te gustan las noches eslou y ful de vino en algún local del nuevo Kingston, sea el Epiphany o el Dizzy. Juega contigo, ¿me ves? Se aprieta contra ti por las esquinas y restriega la pelvis contra la tuya para luego reírse y apartarse.

Con Sanya te gusta hablar con palabrotas, así que a ella la llevas a la playa de Hellshire, a comer pargo escabichado y hablar chorradas nonsens hasta que os dicen oye, que se ha puesto el sol y es hora de mover el bati, ¿no me veis?

Si te descuidas, la vida pasa tan tranquila hasta que tu dadi dice que es hora de ponerse serios, boy, y dejarse de pleisitos. Hora de conseguir un yob. Hora de ser un man.

Cuando te diga eso, le dirás que quieres ir a estudiar a una escul de Bellas Artes en el extranjero para aprender Diseño de Moda, y es que ¿no ha visto tu cuaderno ful de conceptos y el estail que tienes?

Pero, si le dijeras eso, te respondería ¿moda? Ningún son mío va a ponerse a coser bragas y vestidos. ¿Qué fantasía de girlsita es esa?

Pero, dadi, en Europa los manes estudian moda desde hace años, le dirás.

Ya lo sé, te contestará. Los manes del bati.

¿Cómo puedes ser tan retrógrado?, le replicarás. Sacarás pecho e irás de un lado a otro de la veranda y querrás volcarle algún mueble, porque ya no puede pegarte como te pegaba cuando eras pickney.

Hasta él sabe que ya no puede castigarte como bifor, así que dice tranquilamente: déjate de esculs de bellas artes de ful ful. Si no puedes ser serio, te vienes a trabajar para tu dadi. Y, si no quieres, ya te puedes ir yendo de mi jaus.

Y ahora ya no te parece que tengas tantas opciones.

Así que empiezas a supervisar obras, aunque lítel sabes tú sobre cómo se construyen las jauses. Más que nada, es asegurarte de que los manes llegan a su hora y no se van antes de la cuenta. Más que nada, es ir a cazar a albañiles a los bares cuando desaparecen después del lanch. Las veces que acorralas a alguno, el albañil en cuestión fackea contigo y te llama niñito rico de dadi, a pesar de que la empresa de tu padre no da tanto moni.

No te gusta el trabajo, pero tu padre te dice ¿desde cuándo a un man tiene que gustarle su yob?

Como te paga y te deja utilizar el carro de la empresa, no tardas mucho en poder pagarte un apartamento en Mandeville, y después de eso te sientes big.

Cuando sigas como bifor con Reyha, Sanya y Cherie, será Sanya la que llegue a aporrear tu dor y a echarte el puteo mientras Cherie se escabulle por la bákdor. Le jurarás y le prometerás y hasta le rogarás que te conceda la mano y os caséis. Es a Sanya a quien quieres, como quieres el budín de pan y un buen estofado de bif, que es más de lo que has amado en tu vida. Te encanta que, cuando vais cogidos de la mano, no se sabe dónde empieza el bronce de la suya y termina el tuyo. Te encanta que, donde tú ves soluciones prácticas para los problemas del mundo, Sanya onli ve cómo deberían ser las cosas; donde tú ves a un boy mendigando en Coronation Market, Sanya ve un potencial infinito.

Y lo que te vuelve más creizi es su esmail. Impecables los dientes y los hoyuelos de Sanya, y ojalá lo hereden vuestros pickneys, y que hereden también tus ojos claros que tu dadi te legó a ti.

Sanya es alta. Tú eres alto del jel.

Ella es rápida de lengua y tú has aprobado seis asignaturas con sobresaliente. Así que vuestros sones serán brillantes.

Tú onli pides que los dientes los hereden de ella.

Cuando te cases, tendréis una boda de jardín, y tú diseñarás tu propio traje y se lo encargarás a un téilor para que te lo cosa bien cosido. Mandarás invitaciones y parecerá que todo Kingston está allí para celebrarlo con vosotros, para verte a ti y a Sanya con vuestro estail. Las nueve sísters Panton se ponen en fila como damas de honor, y menos mal que conservas plenti de amigos de la escul para equilibrar tu lado. Es la señora Panton la que lleva a Sanya al altar porque su dadi ya murió. Tiempo después, en Mandeville, cuando le pongas tu lítel semilla, te dará un boy y parecerá que todos tus deseos se hacen realidad. Le darás las gracias a Sanya por que sea niño, a pesar de que sabes que son los manes los que pasan el cromosoma Y porque no eres un chaval ignorante del gueto. Pero aun así le das las gracias. Y, aunque es demasiado pronto para saber si el beibi tendrá los dientes de ella o los ojos tuyos, de un blu que es casi violeta, le pides para tus adentros que no interfiera en eso. Al niño le pondrás Christopher de segundo nombre, por ti, aunque la mayoría de la pípol te conoce como Topper. De primer nombre le pondrás Delano.

Llevarás a Delano monte arriba monte abajo en el carro cuando no pare de berrear y no pueda dormir. Y ya no correrás como corrías cuando era onli tu vida la que amenazaban los baches de la isla: conduces el carro eslou eslou. Sanya le cantará himnos irlandeses a Delano, los mismos que le cantaba su momi a ella cuando era pickney. Y, cuando ni tú ni ella podáis mantener abiertos los ojos, le pedirás a Jodie, vuestra jélper, que dé vueltas a la manzana con el carro del niño hasta que se quede dormido.

Cuando los sonidos de la noche cambien del croar de los gecos al ratatatá de las metralletas, le dirás a Jodie que no salga aut con Delano por la noche.

Tu padre culpará a la independencia de cómo están las cosas, pero tú dirás que no, man, son el praim mínister y sus mierdas socialistas las que lo están fackeando todo.

—Pero ¿tú no habías votado por Manley? —te preguntará, como si tú hubieras sido el único que lo hubiese votado.

—Me ha engañado una vez —reconocerás—, pero en el setenta y seis no pienso votarlo.

Según los rumores, Manley se ha hecho badi de Castro, ¿y qué se creía, que los yanquis iban a dejar que una isla que tienen clous clous se vuelva comunista? Se rumorea que es la CIA la que inunda de coca las gárrisons y hacen que el rud boy del Partido Laborista se pelee contra el badman del Partido Nacional del Pueblo con rifles automáticos, cuando hasta ayer onli podían kilearse con piedras y cuchillas oxidadas.

Si onli se mataran entre los boys idiotas, a nadie le interesaría su guerra de butus. Pero los disparos no tardan en acercarse y kilean a una mujer de un barrio bien en un fuego cruzado y la poli dice que no puede ir a buscar al boy a los arrabales porque ahora los jóvenes del gueto superan en número a los policías. Los militares tienen entonces que intervenir.

Tu dadi llama y sabes, por cómo le tiembla la voz, que la guerra ha llegado a su dor. Un ganman ha tirado su puerta y los ha atado a los dos y les ha estileado el moni, las joyas, todo. A tu dadi lo han dejado kao con la pistola y a tu mami... la habrán manoseado, aunque sea más vieja que todas las cosas. Pero él te dice que podría haber sido peor.

¿Cómo podría haber sido peor?, le preguntas. Pero no pasa un mes cuando violan a tu vecina y kilean al jásband delante de ella.

Los que lo han jodido todo son para ti un solo man. No, dos manes: Seaga y Manley. Aunque el Tío Sam también está intentando manipular las elecciones de la isla.

A partir de ahí solicitas la visa para los Esteits y le pides al bróder de tu padre que os esponsoree a los tres, porque él lleva ya un tiempo en los Esteits. Pasa todo fast fast: te conceden el permiso y les preguntas a tus padres si ellos realmente creen que deberías irte, y te dicen boy, ¿a ti qué te pasa in da jed? ¿Es que no ves que han convertido toda la isla en una zona de guerra? Y ¿para esto ganamos la independencia? Mejor gou, dicen, salvaos vosotros.

Jodie te pregunta si podéis llevarla con vosotros, pero ahora no puedes permitirte mantener una jélper. Le contestas que tus padres la acogerán porque la de ellos es ya mayor y pronto va a necesitar jelp.

Piensas en Niuyork, pero es en Mayami donde te instalas, porque a tu ánquel Michael lo visitas en Brúklin en noviembre y, si el otoño te puede lamer así el bati con su fría lengua, entonces no quieres saber cómo será el invierno. Además, la síster de Sanya está más cerca, Daphne, que se ha liado con un man de Mayami y ahora anda pasando allí la mitad del tiempo.

Es en Mayami donde tenéis a vuestro segundo son. En el hospital, cuando te dan la partida de nacimiento del boy para que la firmes, han escrito, bajo su año de nacimiento, 1980, en un apartado en el que pone RAZA DEL PADRE, *negroid* a máquina. Le dices a la enfermera que lo de *negro,* okey, pero ¿qué es eso de *id*? Pero ella te ignora totalmente.

A tu segundo lo llamas Trelawny para que te recuerde a tu patria. Te cuesta bastante tiempo darte cuenta de que te falta mucho la isla. Echas de menos ir andando por la estrit y coger mangos Julie de un árbol de la acera. Cuando una vez intentaste coger un mango de la estrit en Mayami, una leidi salió de su casa con una escopeta y te llenó de perdigones la barriga y el bati. En el bákiard de tu jaus de Cutler Ridge, intentas una y otra vez plantar un mango y un akí con cualquier hueso que pillas, pero ni todo el guáter ni el fertilizante del mundo consiguen hacerlos brotar.

A pesar de su nombre, Trelawny te sale extranjero. Foreign. Culpas a las maestras de la kindergarden en la que Sanya y tú lo dejáis cuando vais a trabajar por las mañanas, donde lo lleváis desde que tiene seis meses. Te culpas a ti mismo porque no puedes permitirte que Sanya se quede en la jaus cuidándolo como cuando nació Delano. Aun así, cuando el boy empieza a hablar, no te lo crees: lo que escupe por la boca es una voz yanqui. Le lees y le hablas todo lo que puedes, pero el boy no quiere coger nada de lo que dices, no como su bróder.

Su primera palabra de él no es *mami,* es *mom.* Tiene los ojos oscuros de Sanya y ni sus dientes ni los hoyuelos. Va creciendo y pronto te pitan los oídos cuando el boy dice *guáter* y lo pronuncia *güórer.*

No puedes pasarte el día tolkeándole al boy. Trabajas turnos de doce horas en un concesionario de carros de segunda mano, a veces vendiendo coches, la mayoría del tiempo vendiendo nada, hasta el día que te llevas a un man a probar un carro y este te pone una pistola en la barriga y conduce hasta Everglades y der te dice bájate y anda y, como te vuelvas, estás ded.

Andas y andas y esperas que te kilee, y, cuando oyes que se aleja con el coche, sigues andando un poco más. No te molestas en volver al yob. ¿Trabajar para qué? ¿Para que te peguen un tiro? Si quisieras una bálet en la espalda, te habrías quedado en Kingston.

Tardas cuatro semanas en reconocer ante Sanya lo que te ha pasado y que has dejado el yob. En ese tiempo, cuando la casa está vacía, empiezas a dibujar paisajes de tu tierra. Dibujas de memoria las cascadas de Dunn, el Cockpit Country, los helechos de Fern Gully, y al principio el trazo es sheiki, pero luego recuperas la mano firme. El güiquen llevas un puñado de dibujos al flimárket que ponen en tu misma estrit y te pasas la mañana de pie, pero nadie quiere comprar paisajes sin colores. Quieren acuarelas chillonas con flamencos, como las que vende la leidi de al lado. Pero tú no puedes permitirte ni pinturas ni lienzos, ni el tiempo para unir ambas cosas. Y, cuando Sanya empieza a preguntar que de dónde sacas rato para pintar y que cómo es que tus ventas de carros han caído de lítel a cero, tienes que contarle la verdad.

Ella te mira angri y te dice ¿no crees que yo también preferiría quedarme en casa haciendo dúdels?

Sabes que tiene razón, pero tampoco hacía falta decirlo así.

Llamas a tu dadi y le cuentas que quieres expandir su empresa a los Esteits. Pero él te dice la empresa apenas se tiene en pie desde que Manley cabreó al FMI y consiguió que los precios de todo se pusieran por las nubes. Dices pero, dadi, ¿no es Seaga ahora el praim mínister? Y lo único que puede decir es ¡chuh! Aunque todavía te manda pequeños préstamos por tránsfer.

Empiezas por lo básico. Te das vueltas por ahí y reúnes a manes que han huido de la ola de crímenes de la isla y ves qué sabe hacer cada uno. ¿Que reparas rufs? ¿Sabes de cañerías y fontanería? ¿Tú arreglas aires acondicionados? Utilizas el préstamo de tu padre para poner un anuncio y pronto estás haciendo de intermediario; mandas a uno a un yob y te llevas un moni por eso. No es algo que funcione de golpe, y Sanya gana más con su yob de administrativa. Es muy esmart, así que pronto la hacen encargada, aunque a ningún man le hace gracia que le mande una guoman. Aun así, vuestros dos sueldos tuguéder suman menos de lo que ganabas tú solo en Jamaica y parece que no consigues recuperarte. Pero, si miras mucho por el moni y gorroneas y eres laki, tu familia al menos se mantendrá a flote.

Cuando pasen los años, Delano se pondrá atlético y será a él a quien los boys del barrio querrán de cuárterbak cuando jueguen en la calle; tendrá que hacer de cuárterbak en los dos equipos porque, si no, los boys se quejan, no es justo. Empieza a sonreír con la esmail de su madre y te fijas en que las girlsitas ya se quedan prendadas de él. Parece capaz de cualquier cosa. Pide una guitarra y clases particulares, y lo coge fast fast. El boy canta en voz alta en su cuarto el *Where Did You Sleep Last Night?*, el *Purple Rain,* y toca a la vez que canta. Luego toca *Pass the Dutchie* y sabes que eso jamás se lo habría enseñado la tícher.

A Trelawny no le interesan ni los deportes ni la música. Coge un libro y te lo encuentras escondido en el armario con una linterna. Cuando le preguntas samzin, tuerce la boca y te mira como si estuviera en Babia con esos enormes ojos negros. Si le dices que me respondas, boy, mira hacia su bróder, y cuando Delano le repite la pregunta es cuando Trelawny por fin contesta, como si necesitara a su bróder para que te tradujera.

Todos los días hay samzin. Empieza a pintar por las paredes de su cuarto y, por mucho que lo amenaces con la correa, no puede parar. Saca en todo sobresaliente, pero no es capaz de atarse un zapato, así que las esníkers hay que comprárselas siempre de velcro. Se lo comentas a Sanya, a este boy le pasa algo, pero ella te dice que paciencia. En el día de puertas abiertas de la escul la maestra de Trelawny te cuenta que quiere ponerlo en la clase de los guífted. ¿Eso qué es?, preguntas, ¿de necesidades especiales? Dice que es para que los niños aventajados no se aburran, pero le dices enséñele a atarse las esníkers y luego hablamos.

Luego empieza a hacérselo en los pants, pese a que hace tiempo que dejó el pañal.

Cuando lo lleves a que lo vean, el pediatra saldrá de examinarlo y te dirá que Trelawny tiene ansiedad. ¿Por qué habría de tener ansiedad? Él no paga las bils. Dele tiempo, solo eso, dice el doctor.

Luego el huracán Gilbert machaca Jamaica y no puedes pensar en nada más que en lo destrozada que tiene que estar la pípol en la isla. No consigues contactar con tus padres y en el telediario dicen que hay cientos de deds por todo el Caribe. Llamas a tus amigos y a las sísters de Sanya y a todo el que se te ocurre de Jamaica para que intenten ellos dar con tus padres, pero a nadie le funciona el fon. Tienes la sensación de que están todos ded. Y de que no deberías haberte ido sin ellos.

A la mañana siguiente sientas a Delano y Trelawny a la mesa del brékfast e intentas enseñarles su cultura para asegurarte de que sobrevive. En el márket tropical de Colonial ya traen akí en lata y plátano verde y bacalao salado, así que les preparas akí con bacalao y tratas de explicarles por qué es el plato nacional de Jamaica. ¿Veis esto?, les dices, el fruto del akí sale de una vaina que tiene que abrirse sola o de lo contrario te envenena. Señalas la foto de la lata para que vean cómo es el árbol y te das cuenta de que es la primera vez que comes akí salido de una lata. Les dices los jamaicanos a los que capturaban como esclavos se los daban a los capataces para kilearlos y se liberaban y se iban al monte. Aunque no sabes si la leyenda es cierta.

Recuerdo que Jodie nos lo hacía, dice Delano.

Parecen huevos revueltos, dice Trelawny.

¿Crees que llevaría dos horas en pie para cocinar esto si onli supiera a huevos?

Está más rico que los huevos, dice Delano, pero, cuando Trelawny los prueba, escupe y dice iuu. ¿Cómo puede decir *iuu?*

Tu padre llama entonces y te dice que están todos okei. Los que han muerto son más que nada pípol que vive en casas de chapa o en la calle, los deds son de los guetos. Manes y boys. Dice que casi mejor así, porque la pípol de las gárrisons es tan ignorante que no se molesta con los cuidados prenatales y luego es normal que los beibis salgan malnutridos o deformes. Dadi, ¿cuándo has puesto tú un pie en un bloque de esos? ¿Cómo sabes tú qué hace esa pobre pípol? Y él aspira entre los dientes por toda respuesta.

Manda lo que puedas, te dice, así que vas a comprar comida en conserva y fórmula para beibis y les pides a los boys que junten ropa vieja que tengan. No puedes evitar desear que la tormenta haya matado onli a pípol mala —los que se cargaron la isla con su violencia— y que ahora Jamaica pueda volver a ser la que era cuando tú eras yaun. Pero sabes que las cosas no son así. El azar siempre elige kilear inocentes.

El trabajo mejora, porque ya parece que conoces a todos los que huyeron de Jamaica. Si no fue un ganman, fue el Gilbert el que los mandó para acá. South Dade empieza a estar ful de yardies y, si te pasas el rato donde ellos, consigues yob, porque no quieren saber nada de los hispanos a los que no entienden ni de los blancos que no los entienden a ellos, por mucho que todos sepan inglés.

Pero Sanya no quiere verte en la estrit. Te quiere en la jaus.

Empieza a putearte y te dice, si vas a trabajar, ¿cómo es que hueles a ron de garrafón? ¿Por eso llegas a las dos de la noche? No entiende que es socializando como consigues los yobs. Cada vez que entras por la puerta, allí está ella hablando al fon con Daphne de tus cosas. Y Daphne es a la peor a la que se lo podía contar, porque su man la dejó con el pickney y si te he visto no me acuerdo. Quieres decirle cuéntale lo que quieras, no tengo nada que esconder. Pero, cuando Sanya la cuenta, la verdad suena agli agli en su boca. Parece que estéis loqueados en una única batalla interminable.

Luego Jodie llama un día y le dices Jodie, cuando me llamas por conferencia es que alguien está ded. Pero nunca habrías imaginado que te iba a decir que eran los dos. Sabes que al final ha sido un ganman el que los ha matado y que jamás tendrías que haberte ido de tu cauntri, pero Jodie dice que ha sido en un accidente con el carro.

Llamas al ánquel Michael a Niuyork y le dices que es hora de volver a casa. Ambos cogéis el primer vuelo para organizar el funeral y, cuando vas a recuperar sus cuerpos, el guardia de turno tiene a tu dadi tendido sobre la grava, tostándose al calor del jel.

Tu tío le dice al guardia ¿cómo puede tenerlo ahí en el suelo como un perro? Y le dice plis, plis, trátelo con dignidad. La rabia le hace temblar del pecho a la barriga.

La morgue está ful, explica el guardia. No tengo donde meter eso.

¿Eso?, grita el ánquel Michael. ¿Eso? Y se pone a berrear. Ahí es cuando te das cuenta de que el man se ha vuelto un blando en Nueva York.

Ahora me vas a escuchar tú a mí, boy, le dices al guardia. Ya estás sacando otro cadáver de ahí y metiendo dentro a mi dadi hasta que venga el de la funeraria. Puedes maldecirlo y decir lo que le harías a su mama o que el duppy lo va a perseguir por faltarle al respeto a los deds de esa manera, pero sabes que lo que hará que el hombre te haga caso son los veinte dólares USA.

Entre su compañero y él, levantan a tu dadi y lo meten dentro y dejan el otro cadáver en el arcén con los demás.

Onli Kingston tiene más muertos que morgues, le dices a tu tío. ¿Es que se te ha olvidado cómo se hacen aquí las cosas? Ese no es mi padre, ¿me ves? Él ya no está.

Pero tu tío onli sabe llorar.

El día antes del funeral, recoges a Sanya y a los boys del Norman Manley y los llevas a la jaus de tus padres, donde os estáis quedando el ánquel Michael, Jodie y tú. Y el trayecto en carro, lúgubre como nunca has visto a tu mujer y tus pickneys. Pero luego, cuando pasa el chaparrón de la tarde, Delano y Trelawny salen al bákiard y cogen unos palos y pelean, gritan y ríen, como si sus cuerpecitos no pudieran soportar ya más duelo.

Al funeral vienen multitudes, pípol desde sitios tan lejanos como Negril, de donde se tarda más en llegar que desde Mayami y puede que incluso que desde Niuyork. Asiste tu suegra, la señora Panton, que ahora va con bastón, así como ocho de las sísters de Sanya, todas menos Daphne. Todas te dicen lo siento mucho, Topper, y todas se parecen lo suficiente a Sanya para recordarte que ella lleva siglos sin mirarte con esa bondad. Incluso Reyha viene al responso y te aprieta la mano cuando cree que Sanya no te ve, y te cortas para no olerle el jer y ver si sigue oliéndole a bizcocho de especias porque Sanya no te quita ojo.

Después del funeral, una vez que tu guaif se lleva a los boys de vuelta a Mayami y el ánquel Michael regresa a Niuyork, y después de semanas de arreglar los asuntos de tus padres y de que un colegial se presente a la puerta de la casa y te dé sus notas y te diga que tu dadi le prometió pagarle las clases si sacaba buenas notas, y que le digas que tu padre está ded y el boy se eche a llorar, como si fuera a él al que el destino le ha dado las peores cartas, y entonces le haces un cheque para la academia, y después de abandonarte al ron blanco en una noche de duelo y dejar que Jodie se te suba encima y empiece a cabalgarte mientras los dos lloráis porque tus padres ya no están, y después de volver a Mayami..., Sanya te dice ahora las cosas tienen que cambiar.

¿Cómo puedes decir eso, le preguntas, cuando mis padres no llevan muertos ni tres semanas?

Yo no guana morirme antes de que decidas volver a casa por las noches, te dice.

Pero no estás preparado para oír eso. Prefieres dormir en el soufa. Prefieres que las cosas sean como en Mandeville, cuando podías cuidar de ella y de Delano y tu guaif no se preocupaba tanto por dónde se suponía que estaba su jásband. Te gustaría que hubiese alguna forma de volver atrás, pero, si te hubieras quedado en Kingston, tus padres estarían ded igualmente. Si te hubieras quedado en Kingston, tú también podrías llevar tiempo ded.

Y no quieres reconocer que empiezas a acostumbrarte a la comodidad de los Esteits, demasiado como para volver. Pero sabes que Sanya tiene razón: algo tiene que cambiar.

Y entonces el huracán Andrew arremete y todo cambia.

El techo de la casa sale volando y tenéis que apiñaros todos en un apartamento de Fort Lauderdale. Durante un mes o así, parece que Sanya y tú vais a estar más clous y a hacer las paces. Pero, ahora que a todo el mundo le ha salido volando la casa y que la Agencia Federal de Gestión de Emergencias empieza a repartir cheques, hay más trabajo que en todos los años que llevas allí. Empiezas a reclutar a manes de Miramar, donde hay más yardies que en todos los barrios de South Dade. Y estás on de roud desde que amanece hasta bien entrada la noche poniéndolos a trabajar. Sanya deja de quejarse porque sabe que la pípol necesita que le arreglen la jaus. Y sabe que está entrando trabajo como si fuera la fiebre del oro. Y hasta a ella vuelven a ascenderla, así que, en medio de la destrucción, encontráis vuestro rayito de plata.

Pasa casi un año antes de que puedas fixear vuestra propia jaus porque estás demasiado bisi ganando moni, y solo puedes fixearla en tu tiempo libre. Un día estás todavía por Mayami y es tarde y decides parar en The Fence, donde han empezado a juntarse todos los yardies, incluso aunque la jaus de al lado siga teniendo una lona azul por techo. Estás tomándote eslou tu ron blanco cuando sientes que te tiran de la ropa por detrás y te vuelves y es Cherie, igualita que siempre, como si hubiera viajado en el tiempo. Te da un buen jag y te dice lo sorri que está por lo de tus papás. Te cuenta que se mudó a Mayami cuando el Gilbert le destrozó la jaus. Vaya, boy, dices, cualquiera diría que la tormenta nos ha lanzado al uno en los brazos del otro. Pero no quieres insinuar nada con eso.

Cuando pongan una canción que dice que es su favorita, te coge de la mano y te saca al dánsflor. Empieza a clavarte la pelvis en la tuya y sientes como si volvieras a ser un man yaun. Pero después de tres o cuatro dansins empiezan a dolerte las piernas y sabes que es hora de poner fin a la reunión. Sabes que a la juventud no se vuelve. Le das kiss y kiss en la mejilla y, cuando crees que ella te va a suplicar que te quedes, se despide con la mano y empieza a bailar con otro man.

Largo trayecto de vuelta y cuando llegas Sanya está ap, esperando en el soufa, como si tuviera un sexto sentido solo para Cherie. ¿Qué vas a hacer?, empieza a gritar. ¿Qué vas a hacer? Y lo que tiene en el regazo es el fon. Ha sido onli dansin, empiezas a decir, porque crees que le han ido con el shushu, pero te dice ha llamado Jodie. Ha llamado y el beibi tiene tus ojos.

Cuando ella te tira el fon, no te molestas en esquivarlo. El auricular te da en la frente y te hace una brecha y más tarde una cicatriz porque no vas a que te den estichis. Te mereces la cicatriz y mucho más. Sobre todo porque la vejación marca a Sanya con un mechón blanco que le sale de la noche a la mañana.

¿Estuviste acostándote con ella todo el tiempo?, quiere saber ella. Y sabías que pensaría eso si llegaba a enterarse, a pesar de que antes del funeral jamás te habías fijado en Jodie. Y tú ves en los ojos de Sanya que la sospecha empieza a aflorar en el recuerdo. Ahora todo se ha agriado, a fondo.

Y le suplicas. Le dices que fue Jodie la que se aprovechó de ti en un momento de debilidad. Y por supuesto que nunca tocaste a la girl cuando Sanya estaba embarazada de Delano, ni siquiera cuando Sanya y tú dejasteis de acostaros.

Tu mujer te sonríe cuando dice lo creo. Y vas a abrazarla y ella te punchea la cara, y eso que todavía te cae sangre a los ojos de la brecha de la frente. Lo creo: te arrepentirás de esto el resto de tu vida. Y sabes que lo dice en serio con esa esmail de creizi. Y te odias por arrebatarle una parte de su persona y sustituirla por una desfiguración. Y, lo que es peor, odias que tenga razón.

Cuando vayas a ver al niño, será finales de verano. La familia de Jodie te llama, el fon sonando todo el día, para decirte que tienes que ir a ver a tu beibi, pero nunca te dejan hablar con Jodie y quieres preguntar si hay un crío de verdad o si es todo un montaje para secuestrarte. Aunque tampoco quieres darles ideas.

Con todo, vuelas solo a Kingston, porque la sheim que sientes no te deja llevar testigos. Alquilas un carro y vas a un pueblito de chabolas enterrado en las montañas, a medio camino entre la capital y Spanish Town. La última vez te llamó un primo de Jodie y te dijo que el beibi estaba malo, y fue él quien te dio las indicaciones para llegar porque donde ella vive ahora no hay fon, y, cuando sales de la nacional y empiezas a conducir por caminos de tierra y a ver chabolas hechas de paredes de chapa sueltas, entiendes que allí nadie tenga fon. El pueblito está rodeado por un muro, como si fuera una urbanización, y te preguntas si le habrán puesto nombre, como Tel Aviv o La Jungla o cualquier cosa que le indique a la pípol que no debería estar ahí. Hay un man que meibi está vigilando la entrada y que viene a decirte aparca mejor fuera y entra andando.

Te has asegurado de dejar todo lo de valor en casa: has oído historias de que ahora las cosas están tan agli en Jamaica que a un man pueden cortarle las manos de cuajo con un alfanje porque un ladrón quiera quitarle el reloj y no se moleste en pedírselo. El moni que has traído lo llevas escondido en un calcetín.

Cuando te acercas al guardia, te dice eh, yu, guaitsito, ¿a qué vienes jíar?

Casi te echas a reír, pero dices ¿a mí es a quien llamas blanco? Y te dice eres el man más blanco que he visto in mai laif, y no va en broma.

Le explicas que has ido para ver a Jodie y el hombre te echa un brazo por el hombro y te enseña sus grandes dientes y te dice ¡primo! Sabes que no es el mismo con el que hablaste por teléfono, porque ahora te suelta un montón de palabras juntas y no entiendes ni la mitad, porque nunca has oído hablar un patois del bush como el suyo. Te preguntas si en aquel pueblito no serán todos primos de Jodie.

El man empieza a llevarte para dentro y a decirte lo guapo que te ha salido el beibi, pero tú no puedes pensar en otra cosa que en que menos mal que tus padres ya no viven para ver esto. Y sobre todo piensas en que le has partido el jart a Sanya. Y en que te hizo escoger entre Delano y Trelawny para llevarte a uno contigo a la jaus cuando por fin la reconstruiste y en que te dijo que no volvieras a poner un pie allí en tu vida. Le respondiste que no querías quitarle a ningún son y ella te dijo ¿te crees que te voy a dejar que te vayas sin asumir tus responsabilidades? Como si tú lo hubieras planeado así. Te vas a llevar a Delano, te dijo, porque no me fío de lo que puedas hacer con Trelawny. Y no puedes negar que sentiste ei lítel alivio.

El primo de Jodie te lleva por delante de un grupo de pickneys que juegan descalzos a pasarse una botella de refresco, de mujeres que van todas con cubos de guáter en la cabeza, y, cuando miras por los huecos de las chapas que hacen las veces de paredes y ves que es todo una habitación sin cañerías ni baños, te dan ganas de gritar pero ¿cómo puede vivir alguien aquí, maigod?

Sabes que tienes que sacar de ahí a Jodie y al beibi, porque no vas a permitir que ningún hijo tuyo crezca en esas condiciones… si es que el crío es realmente tuyo.

El hombre que dice ser primo de Jodie te hace pasar a un cuchitril oxidado y allí te la encuentras sentada en el suelo sobre una manta y con el beibi en brazos; cuando te ve, levanta la vista y sonríe. Pero tiene una esmail ida, como sonrió Sanya la noche que se enteró, y hasta ese momento no te das cuenta de que has mutilado a una segunda guoman.

Te arrodillas a su lado y cuando te tiende al beibi comprendes dos cosas: que tiene tus ojos, es innegable, luego tiene que ser tuyo. Y que el crío lleva muerto un tiempo. El primo de Jodie se apuesta en el umbral y te amenaza con los dientes enormes y te dice te ha faltado lítel. Le devuelves el beibi a Jodie, sacas el fajo de dinero que llevas escondido en el calcetín y se lo dejas en el regazo. Después vuelves al carro y te vas directamente al aeropuerto, seguro de que nadie podrá hacerte volver a esa isla del jel nunca más.

Cuando eres un man que le ha fallado por completo a su son, puedes o bien tenderte para unirte a él en la muerte, o bien hacer más por los que quedan. Cuando eliges la segunda opción, lo primero que haces es llamar a tu guaif y suplicarle que vuelva contigo. Puedes dejarle un mensaje en el contestador y explicarle que ya no hay razones para no estar juntos y que, si lo que siente ella es sheim, nadie en los Esteits tiene por qué saberlo. Al menos nadie tiene por qué hablar de ello.

Pero, cuando lo haces, una mañana temprano se presenta un man en tu dor, y cuando le respondes que sí, yo soy Topper, te sonríe y te da un sobre amarillo y te dice se le ha entregado una citación.

Es por Trelawny por quien empiezas a preocuparte, porque, aunque a Delano no le va muy bien en la escul, es un boy que sabe buscarse las bins. En cuanto termina la jáiescul, monta su propia empresa de arboricultura con moni que tú le prestas y tiene a manes de tu edad trabajando para él. En cambio, cuando recoges a Trelawny en la nueva casa de Sanya en Miami Oeste, el boy no es capaz de mirar a noubadi a los ojos cuando habla. Y no habla casi, como si estuviera afreid de su propia voz. Va vestido con pantalones y sudaderas enormes, como si se escondiera, incluso en pleno sámer.

Dejas de llevarlo a tu jaus porque la primera vez que lo llevaste comprendiste lo mucho que le dolía veros a su bróder y a ti viviendo donde en otros tiempos tuvo una familia en condiciones. Lo que siente es pérdida, pero te preguntas si no será también envidia del bróder. En vez de eso, lo sacas a comer aut de vez en cuando.

Y de vez en cuando él parece cambiar quien pretende ser. Primero onli sale de sus auriculares rap cutre de tegaregs. Luego dánsjol de buguyagas. Cuando le preguntas por qué solo escucha música del gueto, te dice que quiere conectar con su gente. Boy, le dices, pero ese cantante butu no es de tu pípol. ¿Tú crees que tu granpa habría dejado entrar en su veranda a un man así?

Pero Trelawny dice que no se acuerda muy bien de su abuelo.

Cuando compras una hectárea de tierra en Palmetto Bay y empiezas a hacer planes para construirte una jaus nueva, intentas involucrar al boy. Haces bocetos de cómo podría ser la jaus y te sienta bien el tacto de la mano sobre el péiper después de tanto tiempo sin dibujar. Pruebas a enseñarle a Trelawny tu maqueta y dónde iría su cuarto cuando viniera de visita, pero no te hace mucho caso y se queda en cambio mirando por la ventana del bar. Sabes que te guarda rencor por lo del divorcio, y te preguntas qué ideas le habrá metido su máder in da jed. A punto estás de decirle que fue Sanya la que dividió a la familia y te hizo elegir a Delano por encima de él, pero no quieres tener que explicarle por qué.

El cáncer está ahora llevándose a Daphne, y Sanya no guana saber nada de que la tengas en tus préiyers.

Cuando al poco empieza la obra, le preguntas a Trelawny si te quiere ayudar, igual que Delano te ayudó a reconstruir la de Cutler Ridge, pero te dice ¿cuánto pagas?

Le contestas que lo que quieres es enseñarle algo, pero él te dice ya me han enseñado en el instituto que Lincoln liberó a los esclavos. Quizá Delano tendría que haber prestado más atención en clase, añade.

El boy se cree muy esmart, ¿me ves?

Cuando vuelves a la jaus, le preguntas a Delano por qué su bróder es tan huraño.

Cada cual es cada cual, dice Delano.

¿De dónde te has sacado eso?, le preguntas. Y, cuando él alza los hombros, dices ya os enteraréis: si uno guana salir adelante en este mundo, hay que ser algo más que cada cual.

Un día que estás comiendo aut con Trelawny, Delano te manda un busca y te dice que tiene una sorpresa, así que quedas con él en la parcela de Palmetto Bay. Cuando llegáis, ves que tu son ha hecho que su cuadrilla te plante un akí bien grande en el bákiard. Te cuenta que un man de Coconut Grove les ha pagado por talarlo, pero que lo ha salvado y te lo ha traído. Han tenido que conseguir un tractor y un tráiler y permisos para transportarlo, pero, si sois lakis, el árbol sobrevivirá y estará dando frutos de aquí a un año. Se te empiezan a guatear los ojos y comprendes que, afterol, no está todo perdido; ves que el legado puede crecer, incluso en tierra extranjera.

Le das las gracias a Delano con un apretón de manos, y por el rabillo del ojo ves que Trelawny parece perplejo, como si no entendiera qué está pasando, como si no comprendiera para qué se molesta su bróder.

Cuando por fin se decide a ir a la universidad, esperas que Trelawny conozca a pípol como él, pípol para la que los libros tienen valor. Pípol sensible. Él se cree muy jard porque retrasó la universidad por un yob en un almacén donde conducía una carretilla y hacía trabajos manuales. Pero, cuando le sugieres que tire todo lo que tiene en el clóset y se compre ropa decente cuando llegue al norte, le sugieres que ya tiene edad para dejar de vestirse como un claun, Trelawny pone una cara como si fuera a llorar. ¿Cómo puede molestarse tan isi? Mayami es demasiado jard, se parece demasiado a la isla para este boy. No ves que pueda sobrevivir aquí, donde todos están siempre poniéndote a prueba y tú siempre intentando pasarla. Así que te sientes japi cuando se va a un pleis donde pueda encontrarse a sí mismo.

Pero, cuando termina la facultad, Trelawny se vuelve.

¿Qué vas a hacer ahora?, le preguntas. Pero se limita a encogerse de hombros, meterse las manos en los bolsillos y decirte que está pensándolo. Pero no ves que piense nada. Lo único que hace es esconderse en el cuarto que le das en la jaus nueva. Está todo el día ahí metido con la láptop haciendo a saber qué. Parece que para lo que ha servido la universidad es para incapacitarlo aún más para trabajar.

Ahora se hacen así las cosas, te dice Trelawny. Se busca el trabajo por internet. Nadie quiere que te presentes en su vestíbulo oliendo a desesperación, te dice. Nadie me contrataría si sospechara que necesito trabajo.

Pero ¿qué forma de pensar tan enrevesada es esa? Le dices que le pregunte a su bróder si tiene yob para él, pero te dice ¿te crees que me he sacado un título para ponerme ahora a cortar el césped?

Casi mejor, porque la empresa de arboricultura de Delano lo está pasando bad bad con esta Gran Crisis. Y ahora Delano tiene guaif y pickneys propios, así que no puede ocuparse de su bróder. Y tu empresa se ha encallado para siempre y lo mejor será que te vayas retirando.

Enigüei, no puedes decirle nada a Trelawny. Se cree que se lo han enseñado todo allí en el norte y que en Mayami son unos ignorantes. Cuando vuelve, le comentas que con todo el paro que hay mejor no se acerque a ciertos barrios, y el boy te dice no existen los barrios chungos, es racismo sistémico y la avaricia capitalista lo que causa los crímenes... Como si uno pudiera parar una bálet por saber de dónde viene; como si él fuera a sentarse con los ladrones y a explicarles lo de las hipotecas subpraim y la vía rápida entre escul y prison.

Aunque las cosas estén apretadas, decides montar una buena parti por tu jubilación, porque te acercas a la edad en que todos tus amigos empiezan a palmar y quieres enseñar la casa mientras haya pípol a la que enseñarla. Además, sientes que no te quedan muchas posibilidades abiertas por delante, sino más bien certezas sórdidas.

Por fin terminas la jaus a tu gusto, con su pul de obra y su barra de bar y más frutales al lado del akí, por todo el bákiard. Es la jaus que siempre soñaste con diseñar, y parte de ti se siente sad de que Sanya no vaya a verla nunca: te sigue odiando jard después de tantos años.

Te llamó antes de que Trelawny terminara la carrera y te contó que iba a volverse a Kingston. Sanya, ¿estás creizi?, le dijiste.

Bueno, tú cuida del boy, nuh, te dijo simplemente.

Y el boisito, Trelawny, no llevaba en la casa ni dos semanas cuando te dijo que quería invitar a una amiga de la isla, una girl a la que conoció el verano que estuvo en Kingston.

Ojo, que no vaya detrás de ti por la gríncard, piensas, pero no está bien decirlo en voz alta. En lugar de eso, le preguntas si ha echado alguna oferta de trabajo ese día y te reconoce que ese día no ha echado ninguna. Te dice en cambio que ha estado escribiendo una carta de motivación para solicitar una beca con la que irse a vivir a Jamaica un año e investigar allí.

¿Qué quieres estudiar, cómo conseguir que te vuelen los breins?, le dices.

Lo siguiente que te dice es que quiere solicitar el pasaporte jamaicano.

Boy, ¿qué es esto, un deseo que compartís tu madre y tú antes de morir?

Pero él se vuelve a su láptop como si no siguieras hablándole.

La noche de la parti le dices a Trelawny que ponga antorchas tiki alrededor de la pul y que corte bien el césped, y pagas a un cáterin para que te monten un bufé en el bákiard y que os pongan cerdo al jerk y como tres curris distintos. Sacas la mesa vieja para que no se carguen la buena de comedor con las piezas del dominó. Pones luces en el ruf de la terraza y enciendes las de la pul, así que todo parece relucir, por mucho que sepas que ninguno de tus amigos va a querer quitarse la camisa y el traje para meterse en la guáter por la noche.

El akí ya ha dado frutos y algunas vainas han empezado a abrirse, de modo que compras bacalao en salazón para comer las dos cosas juntas a la mañana siguiente. La lista de invitados es larga y hasta el ánquel Michael ha volado desde Niuyork y no puedes creer lo mawga que está y él te dice que no puede creer lo viejo que estás tú.

Delano viene con Shelly-Anne y sus dos boys y, cuando ella te pregunta si quieres coger al beibi, le dices que no, porque los niños han salido con los ojos de tu padre y te recuerdan al beibi de Jodie y solo de pensarlo te pones sick.

Tu boy ha traído a su banda y montan el escenario en el patio y tocan música roots y trae a toda la yaun pípol, y también se anima toda tu vieja pandilla de The Fence. Hasta Cherie acaba apareciendo, aunque no quiere nada contigo más allá de la amistad.

La novia de Trelawny, Zoë, también viene, y es increíble lo goryius que es, como las girlsitas con las que tú salías en tu época. Y Trelawny está en el sitio bien plantado y alto como nunca lo has visto. Y por fin lleva ropa que le queda bien. Aun así, no quieres reconocer que no entiendes qué ve ella en él. Pero meibi ella ve algo que tú no ves.

La parti se alarga hasta bien entrada la noche y la pípol empieza a darle al ron blanco y puede que te pases un poco porque Trelawny te mira raro. De todos modos el boy siempre te ha mirado así, así que quién sabe. En la cocina te pones a hablar de política jamaicana con Zoë, pero tu son no para de interrumpirte. Dice que Manley no se equivocaba al querer extender la riqueza a la pípol pobre.

Boy, le dices, es Manley quien se cargó el cauntri. Entre él y tu CIA.

Entonces tendríamos que habernos quedado para defenderlo, te replica el boy como si él hubiera estado allí.

Si nos hubiéramos quedado, tú estarías ded. Eso te lo prometo.

Entonces ¿cómo es que está aquí Zoë?, te pregunta, y se ríe. Su familia se quedó. Y todos han salido bien parados. Mejor que bien.

Zoë asiente, pero se nota que está incómoda.

No se lo quieres decir, pero lo acabas haciendo: ¿Y cuántos barrotes tienes en las ventanas? ¿Cuántos perros tenéis en el bákiard? ¿Puedes salir a la estrit y sentirte seif?

Tengo carro, dice ella, no me hace faltar ir énigüer andando, y también se ríe.

Los pickneys que crecen en el jel no saben distinguir, le dices a Trelawny.

Tiene sus cosas malas, reconoce Zoë, pero…

Trelawny la corta y dice yo he estado allí hace poco y se está mejor que aquí.

¿Mejor en qué sentido?, quieres saber.

Pues mejor que siendo… ciudadanos de segunda, te dice. Y ahora sí que no sabes guat de jel está hablando el boy.

¿Qué te han enseñado en la facultad? ¿Onli a compadecerte de ti mismo?

Mamá y tú no os tendríais que haber ido, te reprocha.

Y eso sí que te pone angri, así que dices luk jíar. Tú a mí no me dices nada de lo mío cuando tú no tuviste que vivirlo. Habla de cosas de yanquis, pero conmigo no te molestes en hablar de Jamaica. Me da igual lo que te hayan enseñado en vacaciones. ¿Estás tres semanas en la isla y te crees que con eso sabes más que un turista?

Tu son se encoge de hombros y mira alrededor con la mirada gacha, como avergonzado, pero tú sigues. Un boy blando como tú jamás habría sobrevivido allí. Un boy que no se puede manchar las manos. Tu bróder a lo mejor, pero tú no habrías durado ni un día. Un blando como tú llevaría tiempo ded. Así que da las gracias de que nos fuéramos, aunque fuera eso lo que te hizo tan… Y sabes que deberías callarte, pero añades la palabra que llevas pensando desde que volvió a Miami, y mucho antes de que se fuera… defectuoso.

Y sabes al ver la cara de todos que te has pasado de la raya. Trelawny no quiere ni mirarte, pero asiente eslou eslou con la cabeza. El ánquel Michael te clava unos ojos decepcionados y Shelly empieza a llevarse a los pickneys. Te parece que necesita que le dé el aire, así que le dices, Trelawny, hazme un féivor y ve a coger un akí, que me lo quiero comer mañana de brékfast. Y el boy sigue asintiendo y no tienes claro ni si te ha oído, pero entonces se levanta y sale por la bákdor. Pero asegúrate de coger uno abierto, le gritas por detrás, porque no sabes si el chico se acordará de algo de lo que le enseñaste de pickney.

Intentas sonreírle a Zoë, pero la girl está mirando hacia la puerta de la calle como preguntándose cómo volver a la isla.

Haces amago de levantarte y el ánquel Michael te dice que no hacía falta que trataras así al chico, ¿sabes? Pero él ya hace tiempo que se volvió un blando, así que no le haces caso al viejo.

Sales al patio y te preguntas por qué está todo el mundo vuelto en las sillas, escrutando la oscuridad, pero entonces lo oyes: un gruñido sonoro y un porrazo sordo. Y ves la silueta de Trelawny bajo el akí, con el hacha en las manos. Y hablando para sí mismo. Y blandiendo el hacha.

Y echas a correr, pero Delano te coge de la muñeca y sacude la cabeza y te retiene. Y es entonces cuando te das cuenta de que va en serio. Y piensas en que Sanya tenía razón y te arrepientes de todo. Y te preguntas si no serás tú el defectuoso, ya que les has fastidiado la vida a todos.

Y sabes que el boy está bien fastidiado, porque no para de repetir las mismas palabras como un disco de 45 rayado:

Te voy a talar el árbol.

Te voy a talar el árbol

Te voy a talar el puto árbol.

Curros insólitos

El vendedor de animales exóticos me hizo ponerme de rodillas encima de la cola de un caimán. El productor de vídeos de reggaetón me pagó en medianoches cubanas. El dueño de la empresa de cáterin me obligó a servir por la piscina en bañador pegado y untado de brillantina. Pero el curro que me salvó después de que mi padre me echara de casa fue el de Chastity. Su anuncio de Craiglist decía así:

> NUNCA HE TENIDO UN OJO MORADO…
>
> … y me gustaría. Necesito cardenales para un proyecto fotográfico, aunque también para ver qué se siente. No estoy buscando ni esteroidados flipados ni que me noqueen, solo un buen sopapo en la cara. Gracias.
>
> Compensación: ¿35-40 dólares? No tenía pensado pagar por eso, pero es negociable.
>
> Se exige no tener ébola ni problemas con pegarle a una chica.
>
> Perdón, abstenerse negros.

Pese a esto último, respondí al anuncio. Había llegado a un punto de inanición en el que ni mi ética personal ni unos rasgos fenotípicos iban a amedrentarme.

Ella quiso quedar en una cafetería, pero yo le dije: «¿Cómo voy a pegarte un tortazo en medio de un Starbucks?». No era mucho dinero, pero, después de intercambiar una ráfaga de correos, descubrí que, de todos los barrios residenciales que se extienden por el gran Miami, ella vivía en Saga Bay, a cinco minutos de donde yo estaba aparcando el jeep en los últimos días.

Cualquier excusa era buena para irme del centro comercial, porque un guardia jurado había empezado a rondarme con su carrito de golf a pesar de que yo había ido cambiando de hueco más o menos cada dos horas. Pero, con un cantoso Dodge Raider rojo del 87, ¿a quién quería engañar? Había aparcado de culo el Raider en un hueco que había frente a la tienda de bagels, muy pegado a la acera, para pillar la wifi con mi, por lo demás, inútil móvil. Cuando el guardia por fin tamborileó con los nudillos carnosos contra el cristal tintado, me retorcí para salir de la cama del Raider y me senté en el asiento del conductor, donde giré la llave en el contacto y abrí la ventanilla.

—Eh, colega, ¿qué haces? No me digas que estás viviendo en tu coche… —Volvió ligeramente la cabeza para examinar el contenido del jeep a través de la rendija abierta.

Yo había abandonado casi todos mis libros y mis álbumes de fotos en el garaje de mi padre, así como mi título universitario, aún sin sacar del sobre rígido en que había llegado. Allí en el coche estaban las pruebas del delito: las cosas de cocina y el edredón de pluma que había comprado cuando estudiaba en el norte. Varios montones de ropa apilada hacían las veces de colchón sobre la zona de carga del jeep.

—Mi chica ha entrado al Publix un momento —le dije al guardia, maniobrando para colar la cabeza en la trayectoria de su vista—. Ya mismo sale.

Puso la cara que cada vez recibía más. La de «Me da igual que me mientas, pero haz el favor de no infectarme con tu pobreza». La de «Si tu familia ha permitido que estés así, entonces seguramente sea porque te lo mereces». La de «No me fío de dejar a mis críos contigo» que me había regalado mi cuñada, Shelly-Anne, la semana anterior, cuando mi hermano me invitó a su casa a cenar, pero no a pasar la noche.

—Un momento. —Al guardia se le escapó una risa ahogada—. ¿Trelawny?

Al otro lado del parabrisas comido de polvo, coches zumbando por la Old Cutler Road. Podía cogerla hacia el norte, enganchar con la US1 y llegar hasta Hollywood Beach o Fort Lauderdale, donde casi nadie sabría cómo me llamo. Hacia el sur me llevaría a Florida City y de ahí a los Cayos. Ojalá hubiera tenido dinero para gasolina.

—Tío, íbamos a la misma clase.

—Sí, es verdad. —Pero se dio cuenta de que yo no me acordaba; una especie de derrota le eclipsó los ojos: no ser recordado le fastidió el martes—. Te apellidabas Johnson, ¿verdad?

—Saint Pierre —dijo.

En realidad me sonaba una cicatriz que tenía por la ceja y que me hizo pensar que nos habíamos conocido, que quizá incluso nos hubiésemos llamado amigos, pero el recuerdo que tenía del instituto era como en los sueños, por oleadas, con pocas evocaciones claras de los rostros o lo que deberían haber significado para mí. Nos miramos por la rendija y ninguno le preguntó al otro cómo había acabado allí.

—Mira, te dejo que te quedes otra hora, pero luego tienes que pirarte. Mi supervisor es un capullo y no puedo perder el trabajo por tu culpa.

Los sesenta minutos de tregua que me ofrecía Saint Pierre eran toda la amabilidad que había recibido en los dos meses y medio que llevaba viviendo en el Raider. Miré de reojo la aguja de la gasolina, con su piloto naranja encendido, y eché cuentas. Con suerte, podría conseguir que el Raider hiciera cinco kilómetros por la carretera. Pero, muriera donde muriera, la poli me lo multaría y se lo llevaría con la grúa en cuestión de días, y entonces ya no volvería a verle el pelo en la vida.

Saint Pierre se quedó ante la puerta del jeep por alguna razón, supongo que para preguntar:

—¿Tú no te habías ido por ahí a no sé qué facultad pija? ¿A Marquette, Nôtre Dame o algo así? ¿Qué ha pasado?

—Que terminé la carrera.

Se rio y estiró los brazos contra el techo del Raider, aunque los apartó rápidamente por el calor y los dejó colgando a los costados. Rozó el cristal con la nariz y sus ojos rellenaron el hueco de arriba.

—Se ve que los títulos no le sirven de mucho a la gente como nosotros. Total, no nos van a dejar levantar cabeza de todas formas. Por eso yo ni me molesté.

—Chico listo —dije, preguntándome de qué iba con eso de *gente como nosotros*.

Yo sí me había molestado: había seguido fielmente el manual de movilidad ascendente para acabar siendo el campeón de los pringaos. Y ahora venía el idiota ese a meternos a los dos en el mismo saco. Había experimentado una camaradería igualmente artificial con otros inmigrantes de segunda generación que conocí en la facultad y que se creían muy transgresores porque habían escogido asignaturas de Filología cuando sus padres esperaban que fueran a la facultad de Medicina. «Yo en teoría tendría que ser médico», decían tan tranquilamente, como si ya hubieran ganado su prestigio futuro y su riqueza, como si estuviera allí esperándolos para ser cosechado en el huerto de la devoción y la formación de sus padres... ¡Imaginaos, ir por la vida con esa confianza! Cuando me invitaban a contarles las expectativas que tenían de mí mis padres jamaicanos, yo evocaba la última recomendación que había recibido de mi padre contratista y explicaba: «Yo en teoría tendría que trabajar en el Home Depot».

—Te vas a asar así —estaba diciendo Saint Pierre—, con las ventanillas subidas. —Sonaba como si yo no me hubiese percatado de que llevaba las últimas ocho horas tostándome—. La semana pasada una tipa frio así a su bebé. Salió en el telediario. —Una punzada en su voz me informó de que era padre.

—¿De qué vas, de padre conmigo? —le pregunté.

—¿Perdona? —El sudor amenazaba con derramársele por los bordes inferiores de los ojos.

—Que si te parezco un bebé, charlatán culogordo.

Saint Pierre puso cara de estar más ofendido de lo que había pretendido y, como yo no soportaba su expresión —una que venía a decir «Al menos yo tengo un colchón y comida casera en la nevera»—, arranqué y salí pitando.

A medio camino de casa de Chastity se me ocurrió que podía haberle preguntado si el capullo de su supervisor estaba contratando personal. Cuando mi padre me puso en la calle, en mayo, llamé al almacén donde había ascendido de mozo de palés a conductor certificado de carretilla elevadora antes de irme a la facultad, pero el encargado, citando mi título, me consideró sobrecualificado: no creía que yo fuera a encontrar satisfacción laboral cargando y descargando cajas plastificadas de plátanos importados. Al departamento de personal no le merecía la pena pagar por mí para que luego me fuera.

Pero ¿a qué más podía aspirar la promoción de 2009? Los puestos de cuarenta mil al año de entrada que llevaban toda la vida prometiéndonos ya no existían después de la crisis, y hasta los trabajos más precarios exigían cinco o más años de experiencia. Me había licenciado con una media bastante alta y no conseguía una entrevista ni para unas prácticas sin remunerar.

Por suerte, Chastity no había expresado interés alguno por ver mi currículum. La suya era una casa unifamiliar de dos plantas con techo abovedado y un jardín amurallado. Pareció sorprendida al abrir la puerta, y pensé que me había equivocado hasta que me acordé de que, como negro que era, en teoría no debía presentarme. Pero eran tantos los que habían asegurado que no sabían decir qué era yo que había aprendido a no cerrarme puertas antes de que me las cerraran. Si me preguntaba «Pero ¿tú no eres...?», le respondería que «Nop» y la dejaría a ella con el entuerto de tener que presentar pruebas de lo contrario. Pero no preguntó. En lugar de eso, extendió los brazos desnudos a todo lo ancho del umbral, obstaculizándome el paso.

Con un vestido blanco hasta los pies ceñido con un cinturón dorado y el pelo ondulado cayéndole por delante y por detrás, parecía recién escapada de una urna griega. Aunque también era posible que mi capacidad para hacer asociaciones erróneas hubiese cobrado fuerza bajo el sol de agosto.

No había coches delante de la casa ni señales de vida al otro lado del umbral.

—¿Quién más hay en casa? —le pregunté.

—¿Por qué? ¿Tienes pensado violarme?

No vi ninguna lona azul en el suelo a sus espaldas, ningún plástico negro ni nada que sugiriera la idea de que yo no saliera de allí vivo. Aun así, tal vez aprovechase la oportunidad para tener una excusa y así afirmar más tarde que yo había puesto en peligro su integridad o el valor de su propiedad o cualquiera de las cosas por las que hoy en día se permite asesinar a mis congéneres de piel.

Como Chastity no parecía estar experimentando ninguna incomodidad en concreto, indagué:

—¿De verdad es para un proyecto fotográfico?

—¿Acaso importa? —Soltó el marco de la puerta y apoyó el hombro encima.

—He impreso los correos que hemos intercambiado y se los he mandado a mi hermano —mentí—. Por si acaso.

Esta última afirmación debería haber sido cierta. Pero Delano no se habría alegrado mucho de saber de mí, no después de la cena en su casa la semana anterior, y menos si su mujer le había contado lo que le confesé. Por lo demás, tampoco hacía falta que supiera lo bajo que había caído su hermano pequeño.

Chastity apoyó el codo en la palma de la mano y se pellizcó la nariz mientras se decidía. Yo me había visto antes reflejado en las ventanillas tintadas del Raider; mi aspecto superaba lo ligeramente pisoteado. Ni muerta me dejaría traspasar esa puerta.

—Eres más alto de lo que estaba buscando. Creo que es mejor que me venga de frente. No quiero que me golpeen desde abajo. Quítate los zapatos antes de nada.

—Se ve que te has parado a pensarlo —dije entrando ya.

Me quité las sandalias en el vestíbulo y la seguí a través de un comedor con el aire acondicionado a tope. Llevaba semanas sin sentir veintiún grados y el frío hizo que la carne pegajosa se me estremeciera. Me planteé qué posibilidades había de que después me dejara ducharme.

Como dicen que es importante entablar lazos con tus empleadores, le pregunté qué había estado haciendo, a lo que me respondió:

—¿Aparte de esto? Comer guarrerías. —Así se dice en Miami *nada relevante*.

En el salón había una pantalla plana de tamaño mamut en paralelo a un sofá azul petróleo. Por encima del aparato, animaba la pared un rosario de retratos de niñas en fiestas de quinceañera. En las fotografías ella llevaba ortodoncia y parecía más pequeña, pero tampoco mucho más.

—¿Estamos en casa de tus padres? —Tirada en el suelo junto al sofá había una mochila morada, las fauces sin cerrar en una necia mueca boquiabierta; metí la mano y saqué de las profundidades la *Política sexual* de Millett: en la portada, un sello afirmaba que el libro era propiedad de la biblioteca de la Florida International University—. O sea, que estás en la facultad. ¿En qué curso?

—Vamos a saltarnos la cháchara. Aquí delante del sofá está bien. ¿Preparado?

Pero me quedé pillado. La realidad empezó a adherirse al momento en forma de fotos familiares por paredes y mesas auxiliares. La joven Chastity y su hermanito en el Epcot Center; en la playa, más pequeña todavía, con un cubo y una pala de plástico amarillo. O puede que la realidad fuera lo que yo había estado viviendo esos meses en la calle y que aquello representara todo lo contrario: una fachada de clase media, con sus códigos de conducta de rigor. Dejé el libro en el suelo y me volví hacia la entrada.

—No tendría que haber venido.

Chastity me cogió de la muñeca para detenerme.

—Para el carro. —Parpadeó y tuve la sensación de que intentaba transmitirme algo profundo—. ¿Es que no entiendes la de respuestas psicóticas que he tenido que cribar para conseguir que estés tú aquí? ¿La de fotopollas que me han mandado? ¿La de frases con faltas que he tenido que leer? No quiero volver a pasar por algo así.

—Siento que haya sido tan traumático. —Le cogí la mano con la que me quedaba libre y se la aparté de mi muñeca—. ¿Por qué no vuelves a repasar la lista de candidatos?

—No entiendo qué problema hay. —Frunció los párpados—. Te voy a pagar a cambio.

—Aun así, yo te recomendaría que buscaras otra clase de ayuda.

—¡Métete tus consejos paternalistas donde te quepan! —chilló Chastity, con lo que salí más flechado todavía por el pasillo.

—De verdad que me gustaría ayudarte —dije sin volverme—. Pero no paso de la teoría.

Aquello no tuvo el efecto calmante que había esperado.

—¡Cobarde! —gritó, y la palabra me hizo encogerme en el vestíbulo.

Me puse las sandalias, aterrado por lo que pudiera pasarme en cuanto cogiera el pomo de la puerta. Lo que me faltaba era que me vieran huir de la casa de una mujer blanca vociferante y que un vecino decidiera hacerse el héroe.

Chastity debió de confundir mi vacilación con una técnica de regateo, porque me dijo:

—Vale, te doy ochenta. Y ni siquiera tienes que pegarme con el puño. Solo una bofetada floja.

Hacía tres meses que me había vuelto a vivir a Miami, y los cuarenta que me había ofrecido de entrada eran la mayor suma de dinero contante que había visto en un solo día. Ochenta dólares eran una pasta.

—¿A qué hora llegan tus padres exactamente?

—Tenemos cuarenta minutos largos —me aseguró.

Con la promesa de los cuatro de veinte grabándoseme a fuego en la médula, senté a Chastity en el filo del sofá. Le deslicé el índice bajo la barbilla para inclinársela hacia arriba y ella me miró a la cara con sus enormes ojos castaños, de esos que —por algún capricho evolucionario— la gente asocia con la inocencia. No era capaz. Me dejé caer a su lado y se lo dije.

—¿Sabes por qué no puedes? —Le miré el mohín de la boca, deseoso de saber si ella sería capaz de nombrar qué virtud remanente superaba mi instinto de conservación—. Porque eres un machista. Tú te crees que el gusanito que tienes entre los muslos te autoriza para saber qué es lo que más me conviene a mí. Serás desgraciado…

Quizá no le faltase razón, pero no me gustaba que me insultaran. Era precisamente eso lo que me había llevado a la situación por la que pasaba. Mi padre, en un arrebato de honestidad, y delante de nuestra familia y de la mujer a la que casi convencí de que merecía ser amado, había revelado lo que realmente pensaba de mí. Se había pasado toda esa semana rondando el tema, diciendo que haber estudiado una profesión liberal y artística me había convertido en un indolente, que había sido un tonto por haberme endeudado con miles de dólares solo para acabar siendo un paria laboral. En lugar de enumerarle las decenas de ofertas de trabajo que había rellenado en las dos semanas que hacía que había vuelto a Miami, le pregunté cómo era posible que a mi hermano le hubiera dejado dinero para montar su empresa de arboricultura y a mí no me hubiese dado ni un dólar para mis estudios. «Delano es una buena inversión», había reconocido, y se cortó, por los pelos, de decir que yo era una mala.

Sin embargo, la noche de su fiesta de jubilación, inspirado por el alcohol y quizá por alguna trivialidad que yo solté, se puso a despotricar, a decir que yo era su hijo inferior, y me llamó defectuoso. Así que, quizá para demostrarle que yo era tan capaz como Delano, o tal vez para darle la razón, cogí un hacha de la caseta, entré en el jardín donde él ha invertido gran parte de su trabajo desde que se retiró y me ensañé con su pieza insignia, el akí que mi hermano le había regalado hacía años.

—¿Te crees que tú controlas lo que le pasa a mi cuerpo?

Le dije que «Por supuesto que no», pero que tenía que confesarle algo, algo que haría que tuviera que descartar mi participación en su proyecto:

—Lo cierto es que soy negro.

—No me digas... —respondió exasperada—. A mí eso me da exactamente igual, lo que pasa es que... mis padres. Son una mierda de normas, pero es su casa igualmente. —Me explicó que una vez, estando en el instituto, su hermana mayor llevó a un chico negro para estudiar juntos y esa noche su padre le pegó una paliza. Solo por dejarle entrar.

—Eres como la duodécima blanca que me cuenta esa historia.

—Soy latina. Marrón.

—El caso es que ya he aguantado suficiente. No quiero saber nada de todo esto. —Pero por alguna razón no conseguía despegarme del sofá.

—Lo más gracioso es que Ravi ni siquiera era negro. Era del sur de Asia.

—Para partirse —concedí.

Sin embargo, el odio estaba poniéndome enfermo. Hacia su padre, sí, pero también hacia todos los padres, por esa tendencia a legar lo peor de sí mismos. ¿Cómo era posible que en su anuncio no hubiese puesto «Perdón, abstenerse racistas» o «Perdón, abstenerse pederastas»?

—Si te sirve de motivación —prosiguió Chastity—, tú eres justo la clase de persona que él no querría que me ayudara.

—Qué suerte la mía. ¿Y se puede saber en qué estoy ayudándote exactamente?

—Hum... Soy yo la que tiene el control. Tú no tienes por qué preguntarme eso.

Mientras cavilaba sobre si realmente aquello tenía que ver con su padre o con un proyecto artístico, o si estaba relacionado con una filia que no había logrado compartir con sus compañeros sexuales, me puse en pie y le dije que iba a volver a intentarlo. No es fácil abofetear a alguien la primera vez. Ni aunque te lo supliquen. Ni aunque te paguen.

—Aparta la vista —le rogué.

—Quiero verlo venir.

—Vale.

Le di una palmada en la mejilla con cuatro dedos.

Me miró como miraría una maestra de guardería a su alumno menos aventajado.

—Vas a tener que darme más fuerte.

Mi brazo, que estaba ya perdiendo la masa muscular que había ganado en el centro de ocio de mi universidad, parecía incapaz. Es increíble el ritmo al que el cuerpo se consume a sí mismo cuando no le das de comer. Reajusté la barbilla de la chica e inspiré hondo. Con aquel segundo intento, Chastity se cayó para atrás.

Estuvo un tiempo sin hablar, tirada inerte sobre el sofá, cosa que me asustó. El pelo moreno se le había extendido por la cara y los hombros como un abanico. Escuché jadeos entrecortados por debajo. Por fin dijo «Bien». Su voz, fruto cruzado del asombro y la disonancia. Se apoyó para incorporarse y, cuando se apartó la melena de la cara, tenía una mancha con la forma de Minnesota reluciendo en rojo desde la barbilla hasta el pómulo, aunque dudé de que fuera a dejarle realmente un cardenal.

—Ha estado bien.

—Vale, pues nada…

—Pégame otra vez. Más fuerte si quieres. —Se replegó hasta el fondo del sofá y se preparó apoyándose en el brazo—. Un momento. —Se recogió el pelo en una cola—. Ahora.

Miré hacia la puerta de la calle, al otro lado del vestíbulo, preguntándome qué más tendría que aguantar para ver el dinero en mis manos. Imaginé que podría haberle suplicado a una antigua novia de la facultad que me dejara dinero; había tantas que habían expresado sentimientos encontrados hacia sus fondos fiduciarios que parecía un camino plausible por el que intentar salir a rastras de mi condición de sintecho. Pero antes muerto. Con qué compasión me habían mirado a lo largo de los cuatro años de carrera... Se diría que ya hubieran entrevisto cómo iba a acabar yo.

A mi madre no podía molestarla: unas semanas antes de terminar la carrera, la llamé desde mi piso del Medio Oeste en un tono que yo no había querido que fuera acusatorio para preguntarle cómo podía irse a vivir a Kingston cuando sus hijos estaban en este país. «Lo hago por mí», reconoció, y nunca había sonado menos maternal ni más humana. Escuché cómo desenrollaba la cinta de embalar mientras seguía haciendo cajas. «Luk jíar, no sé cuánto tiempo se supone que tengo que seguir cuidando manes. Tu padre —dijo, aunque llevaban más de quince años divorciados—. Vosotros dos. ¿Quién me ha cuidado a mí alguna vez?» Era más cierto de lo que estaba preparado para escuchar. Aunque, no mucho después, juré que no volvería a ser una carga para ella.

¿Y si me limitaba a subir las ventanillas, aparcado bajo los inclementes rayos de sol, y a esperar?

Imaginé también que podría haber regresado a casa de mi padre y haberle suplicado que me acogiera de nuevo, pese a que él había jurado que no volvería a hacerlo después de mi exabrupto. Y de que yo atacara su preciado árbol. Pero, aunque me dejara quedarme, su decepción constante, sus *por qué no puedes simplemente* y sus *por qué no te pareces más a* y sus *sé un hombre* eran más nocivos para mi autoestima que el hambre. Y más que el hambre, y tanto como la desesperación y la vergüenza, la falta de sueño había horadado nuevos caminos en mi cerebro: había empezado a oír voces y a sentir la presencia de entes que acechaban en mi periferia y luego se desvanecían en cuanto me volvía para atraparlos.

Me giré para mirar a Chastity, que estaba sentada muy firme contra el brazo del sofá, expectante. La cogí por la coleta y le eché la cabeza hacia atrás. Unos pendientitos de diamantes le titilaron en el lóbulo de la oreja. Se le abrió la boca y vi, más allá de los dientes blancos de coneja, el rosa del fondo. Levanté la palma y le abofeteé la mejilla.

—Más fuerte —dijo, su voz, un susurro rasgado.

El perfil de mis dedos le afloró a la superficie de la piel antes de disolverse en ella. Boqueó otro «Más fuerte» y le tiré de la coleta para exponer su mejilla sin mancillar y la abofeteé. Cerró los ojos entre parpadeos y asintió.

Me monté a horcajadas sobre ella y se puso tensa, pero no me apartó. Extraño: lo que me embriagó los sentidos, lo que me empujó más cerca, fue la madurez que yo había aportado desde el mundo exterior. Le apoyé la mano en la garganta y le golpeé la mandíbula. Le corrió saliva de la boca al labio y la mejilla. Se la aparté con el pulgar y ella levantó los ojos hacia mí con una expresión... Qué intimidad... La abofeteé con total convicción. Cerró los ojos y asintió ferozmente. Las lágrimas le surcaron las mejillas tensas. La solté y me levanté como pude.

Cuando me quedé esperando a que pidiera más, se quedó allí sollozando.

Empecé a preocuparme por si me había pasado, pero entonces me salió de la boca:

—Ahora tú a mí.

No sé quién puso esas palabras en mi boca, pero me sentí alborozado por la expectativa. Pronto conectaría con algo vivificante y ajeno hasta la fecha, o quizá con algo injurioso que sí conocía.

No había extraído catarsis alguna cuando la emprendí a golpes con el akí de mi padre... ¿Os hacéis cargo de lo difícil que es talar un árbol con un hacha? Me había batido contra él, lo había dado todo, y allí había seguido él, imponente. En la cena de reconciliación con mi hermano, sin embargo, este me contó que los frutos del árbol se habían podrido de la noche a la mañana y todavía no había vuelto a echar nuevos. *Trauma* fue la palabra que utilizó. Mi hermano es arborista y por eso se siente capacitado para utilizar esa palabra para hablar de un árbol. Cuando se disculpó para ir al baño, mi cuñada se inclinó sobre su plato para preguntarme si me había parado a pensar que mis acciones habían herido a mi padre y a mi hermano, pero dudo que ni ella ni yo esperáramos que mi respuesta más sincera fuera: «Me alegro».

Chastity se quedó firme, presa de su liberación, de modo que fui a la cocina para hacerme un bocadillo y esperar mi turno.

No os creeríais la de opciones que tenían disponibles en esa casa: prosciutto, chorizo, kielbasa, jamón glaseado con jarabe de arce, pechuga de pavo a la miel, pepinillos con eneldo, aceitunas de Castelvetrano sin hueso, al menos tres tipos de mostaza, incluida de Dijon… y eso sin hablar de los quesos. Dios santo, qué quesos. Supongo que fue por eso por lo que no los oí entrar. Agachado como estaba ante las entrañas de la nevera, no tuve ni la más mínima oportunidad. Es probable que la vieran a ella, me vieran a mí, y dos más dos igual a siete. La madre me clavó el tacón del zapato en la columna, lo que me hizo quedarme despatarrado en el suelo, pero lo del padre no se quedó atrás: fue impresionante. La suela del zapato, cuando me la hundió como una bola de cañón en la sien, hizo que me estallaran fuegos artificiales en las retinas.

Incluso el hermano pequeño metió baza.

Era casi elegante, esa manera de trabajar en equipo. Ojalá mi familia hubiera encontrado una fuerza tan unificadora. Entonces lo reconocí, como el petricor o algún olor desubicado de la infancia, y no era el peso familiar de la existencia lo que me aplastaba los pulmones, sino un apremio que se despierta, la exquisita e incontrolable pulsión por sobrevivir.

Plaga

Esa primera y única parcela de tierra americana que compraron juntos mis padres tenía la peste, al igual que la casa que construyeron encima. Los milpiés ennegrecían los escalones de entrada y hacían que mi madre bailara claqué desde el coche hasta el felpudo de entrada. Trepaban por las cañerías e irrumpían por el desagüe de la bañera en nuestros momentos más vulnerables, sus cuerpos oscuros en vivo contraste con el blanco de la porcelana.

Cuando los cangrejos se adentraron por miles en tierra firme y embotellaron el tráfico por la Old Cutler Road, solo los más temerarios siguieron conduciendo. Mi padre paró nuestra ranchera, con el mar de crustáceos beis y azules lamiéndonos las ruedas, y nos condenó a llegar tarde. En el asiento trasero, Delano y yo nos quedamos en una muda reverencia ante el claqueteo de las patas por el asfalto, testigos de cómo pinzas y trozos de caparazones pinchaban ruedas de coche delante de nuestros ojos.

Y, cuando las langostas lo inundaron todo, los cuatro nos agachamos por debajo de la ventana del salón, a la espera.

Mi madre dijo que era por tanta construcción, que la embestida de nuevas urbanizaciones que la década de los ochenta había traído consigo había desubicado a los animales y el despeje de las tierras los había conducido al frenesí. Papá dijo que siempre había sido así, pero que nadie había vivido nunca tan metido en Cutler Ridge, nuestro rincón del sudeste de Miami; que los cangrejos y las langostas llegaban por temporadas; que eran los humanos quienes tenían que aclimatarse a ellos. Delano dijo que era labor nuestra, de los chicos, librar nuestra calle de las alimañas.

Mi hermano y yo mangábamos mecheros y cerillas, así como botes de Raid y de Lysol, para quemar a soplete los milpiés y derretirlos hasta convertirlos en charcos. A los cangrejos los conducíamos con palos y cañas de azúcar secas hasta el cubo de la fregona o el que tenía mi madre para el jardín. Nos quedábamos acechando por encima y apostábamos a ver qué cangrejo ganaba mientras unos tiraban hacia abajo de otros en una destrucción mutua.

Nuestros vecinos los cocinaban de distintas formas, pero nosotros, como eran azules y no los perfectamente blindados en rojo que reconocíamos por los anuncios de los restaurantes, dejábamos los cubos llenos a un lado de la casa durante días o semanas, para que el sol tostara los caparazones y los convirtiera en pecios secos y erizados.

Aquellos cangrejos eran fáciles de coger, salvo por uno que perseguimos medio kilómetro campo a través hasta que —como si cambiara su naturaleza por necesidad, o como para demostrar nuestro desconocimiento de dicha naturaleza— escapó trepando por el tronco de un roble.

A las langostas las dejábamos en paz, menos por las tres o cuatro que se quedaban rezagadas una vez que el enjambre se dispersaba. Arrancábamos del tórax las alas y las patas acorazadas y las ahogábamos en lejía o en mercromina o en lo que quiera que lográramos sacar por la puerta sin que se dieran cuenta nuestros padres. A veces levantábamos la vista de nuestra tarea y veíamos a otros niños desconocidos —incoloros o con pintitas naranjas o versiones igualmente marrones de nosotros—, de seis, de diez años, agachados en parejas o tríos, ocupados en lo mismo, y me preguntaba: «Si todos los niños del mundo están igual de comprometidos con la causa, seguramente no tardaremos en lograr nuestra labor, ¿verdad?».

Las langostas y los cangrejos, y en especial los milpiés, fueron decreciendo en número con el paso de los años, hasta que, cuando regresaban en su temporada, eran tan pocos que olvidamos que en otros tiempos habían cubierto aceras, carreteras y cielos.

Sabíamos que nuestra casa estaba maldita, no solo desde el exterior sino también de puertas para adentro. Los animales que llevábamos a casa conocían muertes truculentas, daba igual lo mucho que los cuidásemos. Nuestro pez luchador de Siam se escapó de la pecera de un salto, como si alguien hubiera puesto a hervir el agua. Mamá lo pescó de la alfombra con la red cuadrada, lo devolvió a la pecera y cerró de golpe la tapa, pero aquello no hizo sino enrabietar más al pez. Nos reunimos los cuatro a ver cómo se estrellaba una y otra vez contra el cristal interior del pequeño acuario hasta que se hizo la cara puré.

A los hámsteres nos los encontramos así: la expresión asombrada de uno sobresaliendo de la mandíbula destrozada de su compañero de jaula.

—Yisus, Meri y Yósef —dijo mi padre cuando llevamos la jaula del dormitorio de Delano a la cocina.

—Quizá sea mejor un tiempo sin mascotas —dijo mi madre tapándose la boca con la palma de la mano.

Yo me sentí aliviado, pero Delano insistió:

—A lo mejor, si a los siguientes les ponemos nombre, se tratan entre sí con más humanidad.

—Dad güey nos costaría más olvidarlos. —Papá señaló la jaula—. Imaginaos si hubieran tenido identidad.

Nuestro padre, como muchos de los jamaicanos que venían por casa, no creían en ponerles nombre a los animales, ni siquiera a los mejores. «El perro ya tiene un nombre —le gustaba decir—. El perro se llama perro.»

Mi madre, en cambio, se había criado cuidando de gallinas y cerdos en las afueras de Kingston y en su casa les ponía nombres a todos y cada uno, incluso una vez que comprendió cuál era su sino. Mamá contaba de mi abuela: «Cuando Seema se ponía los guantes de cuero, tú ya sabías que venía el baibai, Betsy. Baibai, Henriette». Cogía entre los puños un trapo de cocina, por en medio, y lo retorcía con fuerza, con un creck de partir gaznates surgiendo de las profundidades de la garganta.

—Nosotros nunca tuvimos ánimols de granja —relató mi padre, que abrió el congelador, echó un puñado de hielo en un vaso alto y lo dejó luego en la encimera—. Pero yo sí que le jiteé una vez al chivo del néibor. —Así eran las cosas entre mis padres: uno siempre tenía que quedar por encima del otro; él se mordió el labio e intentó borrar el regocijo de su cara mientras inclinaba el cuello de una botella de ron sobre el vaso y proseguía—: El chivo se salió corriendo a la roud y me lo llevé por delante con el carro de mi dadi. Y yo pensé: el carro se ha tenido que abollar y el chivo tiene que estar ded. Pero entonces el chivo, ap, se montó en el capó del carro sobre las pezuñas y se me quedó lúking. Lo siguiente que supe es que se volvió y lukeó a los demás néibors y empezó a balar: «¡Beeeee!». —Arrugó la cara y soltó un agudo balido—: «¡Beeeee!». Y yo me largué, pensando: aquí el míster del chivo va a ir a contárselo al sheriff del pueblo. —Se lo estaba pasando tan bien narrando la historia que le rodaban lágrimas por las mejillas.

Había un final alternativo para la anécdota del chivo, pero en aquella ocasión la remató con una risa desbocada, y mi madre le pegó con el trapo y le dijo:

—Mira que eres cruel, man…

Pero sus ojos rebosaban amor.

Nuevas plagas acosaron nuestro barrio en los años que siguieron. Construíamos tirachinas e íbamos siempre con piedrecitas en los bolsillos para espantar a los añaperos. Les echábamos sal a las babosas y las ranas que parecían caer del cielo con la lluvia. Pero ante la peste a azufre y a zumo de mofeta del monte Trashmore tuvimos que rendirnos.

El Trashmore era el orgullo y la vergüenza de Cutler Ridge, o al menos así lo veíamos nosotros. Si arrastrábamos la escalera de papá hasta un lado de la casa y nos montábamos en el tejado, podíamos ver con los prismáticos el pico del vertedero y su halo de buitres. El sol estival lo taladraba con sus rayos y liberaba ondas pestosas que nos ahogaban y, en los días más calurosos, no nos dejaban más opción que taparnos la nariz con el cuello de la camisa o los dobladillos y respirar por dentro como podíamos.

Los añaperos nos atacaban día y noche, pero eran más peligrosos aún cuando se ponía el sol. Hacían sus nidos en el suelo, camuflados entre los matorrales bajos que se extendían por el terreno rocoso que había tras nuestra casa adosada. Si nos acercábamos demasiado, salían despavoridos de la tierra, cogían altura suficiente y desde allí se lanzaban en picado sobre nosotros.

Una vez, Delano le disparó a uno cuando estaba elevándose para hacer su ataque vertical. Aunque le dimos caza, luego consiguió darnos esquinazo cuando cayó en espiral en medio del extenso sotobosque.

Para entonces ya teníamos con nosotros a Cerocero (abreviatura de 007). Su madre era un chucho, pero su padre era un labrador de pura raza. Le hicimos correr por el campo, al grito de «¡A por él, chico!» y «¡Vamos, Cero, a la presa!», algo que yo creía que solo funcionaba en la tele hasta que Cerocero salió disparado hacia el zarzal.

Esperé a que el pájaro se lanzara de vuelta al cielo mientras Cero alborotaba los matorrales de alrededor, pero entonces volvió dando brincos y con las mandíbulas cerradas sobre un amasijo de carne y plumas desgarradas. Un hilo de la sangre del añapero goteaba por el parche blanco en forma de uve que hacía que el pelaje negro de nuestro perro pareciera un frac.

Entre órdenes severas y tirones, conseguimos que por fin Cero lo soltara. Cuando lo hizo, el pájaro yació tieso y retorcido sobre la gravilla polvorienta.

—Nos lo hemos cargado.

—¿Y qué te crees que estábamos intentando? —preguntó Delano.

Me dijo que era mejor que lo enterrásemos y yo no me paré a preguntar para qué molestarnos; tenía la vaga sensación de que estábamos honrando al muerto, de que esa vida que habíamos segado era de algún modo distinta, más valiosa que la de los insectos, los sapos o los cangrejos. Arrebatarle así una vida al cielo... O quizá yo había empezado a tener cargo de conciencia y la culpabilidad era independiente de qué mataras.

Cavamos una tumba poco profunda, no muy lejos de donde habíamos visto por primera vez al añapero. Mi hermano sugirió que buscáramos su nido y sus huevos y los echáramos también al hoyo, para exterminar su estirpe y prevenir futuros ataques, pero esto lo recuerdo con claridad: yo no tenía estómago para algo así.

—Cuando papá muera, la casa será para mí —me dijo mi hermano mientras paseábamos un día a Cero.

No recuerdo si fue o no por la misma época en que matamos al añapero. No debió de ser mucho después, lo que significa que yo tendría diez u once años y mi hermano catorce o así. Pongamos que estábamos enfrascados en el trabajo, metiendo el cuerpo muerto en la tierra, echando tierra encima del hoyo. Pongamos que el sol declinaba en el horizonte, que el sudor nos corría desde las axilas hasta las muñecas y las palmas, cuando Delano dijo su *¡me la pido!*

Me pregunté por qué querría reclamar la propiedad de una casa que ya todos habíamos acordado que estaba maldita, pero dije:

—¿Y mamá qué?

—Vale. Cuando mueran papá y mamá, la casa será para mí.

—¡Sí, hombre! —dije, aunque sabía, ya por entonces, que sería así. Por las fiestas que le hacían a mi hermano, porque él ya había heredado lo mejor que podían darle nuestros progenitores, incluso los ojos de mi padre, unos ojos para los que hasta los desconocidos detenían su jornada y se paraban a echarle piropos. Cuántas veces me había quedado a un lado del corrillo, con Delano rodeado por mis padres y sus admiradores de turno. Cuántas veces me había preguntado si algún día yo acabaría desapareciendo de verdad.

—La casa nos la dejarán a los dos —insistí.

—Las cosas no funcionan así. Yo soy el primogénito y eso me convierte en el heredero.

—No eres de la realeza, so tonto.

Pero ¿quién, en este mundo de jerarquías cuidadosamente construidas, no escogería al chico de piel marrón y ojos azules para ungirlo? ¿Quién no le asignaría un mayor valor?

—No importa. Funciona así, Trelawnies. —Yo había entrado en una etapa rolliza y, como mi hermano había entrado en una de maldad, había empezado a decir mi nombre en plural para enfatizar mi tamaño.

—Entonces, ¿si tú mueres qué pasa? —quise saber.

—Que pasará a mi hijo.

—No tienes ningún hijo.

—Lo tendré para cuando mueran.

—¿Y yo con qué me quedo?

—A vosotros, Trelawnies, os dan para el pelo. Ya tendríais que estar acostumbrados a estas alturas. —Al ver que me había molestado, añadió—: Pero sigues siendo mi hermano, así que, si te portas bien, a lo mejor te dejo vivir aquí conmigo.

Toda plaga de peste puede metamorfosearse, y en agosto de 1992 la nuestra se tornó en vientos de 280 kilómetros por hora. Éramos por entonces tres niños, con nuestro primo Cukie de interno en casa mientras la tía Daphne se tomaba su descanso veraniego; tres para combatir las plagas del barrio, tres para urdir nuestra escapada. Sabíamos que el Andrew estaba a punto de llegar a Florida, pero los partes meteorológicos y el pánico asociado no fueron los primeros síntomas de la devastación inminente: ese verano las discusiones de nuestros padres se habían intensificado y se filtraban por las paredes de nuestro cuarto.

Mamá culpaba al ron blanco, a esas noches en que mi padre desaparecía y reaparecía apestando a libertinaje. Mi padre la acusaba de haberse vuelto demasiado yanqui en sus expectativas matrimoniales. Delano nos decía, a nosotros los pequeños, que escapáramos a la calle para distraernos de sus peleas, pero las emanaciones del monte Trashmore nos hacían volver al interior. Todo ese agosto cundió una peste que se nos colaba por los poros y las narices y hacía que se nos revolviera la barriga. Los tres estábamos de acuerdo en que el

Trashmore no era solo un monte, sino un volcán que estaba envenenándonos gradualmente, amenazando con erupcionar.

Ese verano el hedor nos asfixió, pero la mañana de antes de la llegada del Andrew se sintió una brisa milagrosamente tersa y limpia. Estábamos taladrando tornillos en el contrachapado para salvaguardar las ventanas, preparándonos para la evacuación, cuando yo pregunté:

—¿Qué más da si vivimos en la zona inundable si nuestra casa está en una colina tan alta?

—Seguro que no nos caen más que unas gotillas de lluvia, como siempre —asintió Delano—. O ni siquiera nos roza. Vaya rollo.

—¿Quién nos asegura que los huracanes existen? —preguntó Cukie.

—¿Podemos, por favor, por favor, tener daños suficientes para que retrasen el colegio una semana? —supliqué.

Charlábamos con nuestras mochilas a medio hacer mientras escogíamos entre consolas de videojuegos o colecciones de cartas de cómics para pasar la noche en casa de Cukie; la tía Daphne vivía mucho más en el interior de Miami. Nuestro primo tenía los mejores juegos y el mejor dormitorio de todos los chicos de once años que conocíamos, con una televisión con mando, vídeo y una estructura de cama en forma de coche de carreras. Al lado del cuarto, y en la otra punta del pasillo con respecto al de su madre, una tercera habitación amueblada con literas y baúles llenos de los excedentes de juguetes y juegos de mesa de Cukie provocaba la impresión de que en la casa solo eran bienvenidos compañeros de juego del niño. Todo esto habría sido insufrible si no me hubiera parecido más que nada solitario, ellos dos en esa casa.

Delano y yo estábamos deseando pasar allí la noche.

El único problema de la evacuación era que Cerocero se había soltado de la correa la noche anterior y todavía no había vuelto. Últimamente había cogido la costumbre de ir a visitar a sus vecinos caninos, a las hembras en concreto, y nosotros, más allá de encerrarlo en la casa, no podíamos impedir sus excursiones nocturnas. Pero, cuando lo metíamos dentro, los aullidos de Cero se nos colaban en los sueños y nos desvelaban por completo. La segunda noche de encarcelación, mi padre cedió y lo dejó salir al jardín trasero, donde se quedaba callado, cuando no directamente se ausentaba.

Una noche de principios de verano, nos fuimos los tres chicos a seguir a Cero y presenciamos una de sus escapadas en todo su esplendor. Era toda una visión verlo trepando una valla, con las patas delanteras enganchadas a la alambrada y las traseras de puntillas para propulsarse hacia arriba, el corte en uve del pecho expuesto a ojos de todos.

—Cero Cero Siete —no pude evitar exclamar.

—Cero Cero Siete —coincidió Cukie.

Fue entonces cuando decidimos que había que castrar a Cerocero.

Concertamos la cita para que lo operaran, pero, cuando mi padre entró en el aparcamiento de la veterinaria un sábado de julio por la tarde, con Delano en el asiento del copiloto y Cero en el trasero temblando entre Cukie y yo, empezamos a evaluar lo que supondría para él perder los testículos. Yo cavilé en silencio sobre lo que suponía exterminar la estirpe de mi perro, y Cukie nunca daba en voz alta su opinión si había algún adulto presente, pero mi hermano expresó su preocupación así:

—Yo antes muerto que dejar que me corten los huevos.

Mi padre asintió.

—Es lo que hace man a un man. Pero la decisión es vuestra, boys. Sois vosotros los que lo cuidáis.

En ese momento yo no tenía claro qué era lo correcto, pero quise ser igual que ellos, participar de la virilidad como lo hacían ellos... No, no era eso exactamente. Yo quería estar *con ellos,* estar atrapado dentro del amor que vinculaba a los hombres de la familia. Había empezado a resentir el peso de la diferencia de edad, ahora que Delano estaba entrando en el mundo de mi padre y dejando atrás el mío. Así que me llevé las manos a la entrepierna, me eché hacia abajo y sacudí la cabeza, como si me doliera demasiado para hablar del tema. Y, con esas, mi padre metió marcha atrás y volvimos a casa después de acordar que le diríamos a mamá que nos habíamos encontrado la clínica cerrada, sin explicación alguna. Es posible que fuera la única vez que he sentido que formaba parte de lo mismo que ellos.

¿Qué es ese vínculo inimitable entre ciertos padres y ciertos hijos?

Años después, Delano intentaría ponerle la mano encima a nuestro padre durante una pelea que tuvieron cuando mi hermano le cogió el coche sin permiso. Había sido para ir al baile de otoño. En vez de volver a casa de mi padre, volvió con el coche a la de mi madre, la mía, y le dijo a mi padre que si lo quería de vuelta podía ir a buscarlo allí. Supongo que creyó que mi padre pospondría su castigo, o quizá quiso tener testigos. Pero el caso es que, cuando se presentó en mi casa, y mi hermano, como cabía esperar, se quedó sin palabras y excusas que argüir, y la reprimenda de mi padre fue demasiado, intentó apartarlo de su camino. No le costó ganarle la mano y dejar a Delano clavado contra la pared del salón, cogido en su abrazo, como diciendo: «Todavía no, todavía no. Ya crecerás y serás más fuerte que yo y todo lo que soy será tuyo, pero ahora no. Todavía no».

Yo había arriesgado la vida de Cero por un ápice de ese sentimiento. Pero, en la calma que precede a la tormenta, mientras los chicos peinaban el barrio y papá cogía el coche para buscar por las calles de más allá, supe que habíamos tomado una decisión horrible.

Esa tarde le prometí a Dios, al universo, a cualquier fuerza que quisiera aceptar mi súplica, que, si encontrábamos a Cero, lo llevaría a castrar. Lo salvaría de los hombres de mi familia y de sí mismo. Aunque quizá fuera una promesa que no debía hacer; tal vez tendría que haber empezado con la expiación.

Mientras lo buscábamos, yo tenía la certeza de que Cero aparecería trotando desde detrás de cualquier arbusto, o doblando una esquina, con la lengua rosa colgándole de la mandíbula negra. Cuando el cielo se oscureció, sin embargo, abandonamos la casa y Cutler Ridge para refugiarnos tierra adentro.

—No os agobiéis —dijo nuestra madre por el camino—. Los mininos y los perros saben refugiarse durante las tormentas.

Yo me preparé, mirando al asiento del conductor, convencido de que mi padre la contradiría, pero por una vez estuvo de acuerdo con ella y dijo:

—Los ánimols se huelen esas cosas.

Comprendí entonces que mi padre podía cambiar su temple, que estaba dispuesto a hacerlo para protegerme. También sabía que lo que había dicho era verdad, al menos en parte. No había casa en Florida que pudiera evitar que se les colaran regueros de hormigas dentro antes de un buen aguacero. Pero ¿dónde se escondería Cerocero? Él no era un insecto.

El final alternativo de la historia del chivo que contaba mi padre es como sigue:

—El chivo se puso a balar: «¡Jeeeelp!». Y ahí es cuando comprendí que estaba líving una agonía de la leche, así que di marcha atrás para asegurarme de apuntarle güel a la cabeza. Y entonces lo atropellé for gud.

Cuando se fue la luz en casa de la tía Daphne, supimos que el Andrew no se sumaría a la tira de huracanes de pega de los que habíamos estado burlándonos. Desde el cuarto de Cukie vimos cómo el viento arrancaba una familia de palmeras de cuajo y las lanzaba seguidamente contra los muros del vecino. Como alfileres de un acerico. Por eso acabamos los seis metidos en el vestidor de la tía Daphne.

No tengo que esforzarme mucho para describir lo que descubrimos al día siguiente con las primeras luces: las casas aplastadas, los vehículos volcados... Lo tenéis todo en internet. Os recomiendo poner «Huracán Andrew secuelas» en vuestro buscador favorito y luego clicar en Imágenes para ver lo que yo vi a la mañana siguiente. Sí os contaré que, cuando por fin localizamos Cutler Ridge y, una vez allí, nuestra calle —nada fácil sin letreros por las carreteras, pocos hitos en pie y muchos obstáculos—, de nuestra casa quedaba poco más que el armazón esquelético y la moqueta fangosa y podrida.

Lo que las imágenes de archivo no pueden evocar es que una palmera en descomposición, una que ha sido arrancada de la tierra y posada en la carretera para morir, tiene un olor tan desolador como un humano pudriéndose. O que incluso las entrañas inanimadas de las casas apestan a pérdida, a muerte calada hasta los huesos tras una tormenta; a los dos o tres días, esta podredumbre asfixió no solo a Cutler Ridge, sino a casi todo Miami.

Puede que tampoco sepáis lo de la cantidad de animales que escaparon del MetroZoo, de distintos centros de investigación y de tiendas de animales exóticos durante el Andrew; lo de los grupos de monos que fueron vistos corriendo y abriéndose camino por los barrios azotados por el viento en pos de la libertad. Las estimaciones más conservadoras calculan la cifra de estos fugados en cientos, aunque hubo expertos en fauna que estimaron que al menos 2500 monos huyeron.

Todavía hoy se los ve, a ellos y a sus vástagos, curioseando por los patios traseros de ciertos barrios de Miami. Y pocos residentes del condado de Dade no han visto a los loros, los periquitos y las cacatúas que pueblan ahora el parque Coral Reef, el parque Tropical y más allá. Hubo incluso pumas campando a sus anchas. Puede que aún haya alguno.

Así fue cómo, en el mismo lugar donde nos pasamos la infancia librando nuestra calle de especies, escogiendo cuál, por su propia naturaleza, merecía morir, la naturaleza intervino y, en el transcurso de unas horas, liberó nuevas vidas para que volvieran a apoderarse de nuestros barrios.

Pero ya no es de eso de lo que quiero hablar. Quiero hablar de esa noche, aovillados en el vestidor, el viento aullando como un dios que hubiera venido a cobrarse su venganza. De cuando dije:

—Espero que Cerocero esté bien.

Y mi madre me abrazó con ternura en la oscuridad y me dijo:

—Seguro que alguien lo habrá encontrado y se lo habrá llevado a su jaus.

Yo me imaginé a uno de nuestros vecinos conduciéndolo a casa, cerrando la puerta justo a tiempo para resguardarse.

Pero mi hermano se removió angustiado a mi lado, como si ya supiera que mi padre iba a responder:

—¿No te lo he dicho? ¿Que lo encontré? ¿No te lo he dicho? —Su voz adquirió el deje entrecortado que solía salirle cuando llevaba un rato bebiendo ron, y aunque no pude verle la cara, bien metido como estaba entre pliegues de negrura, no puedo evitar recordar la mueca socarrona que puso cuando me dijo—: ¿No te he dicho que encontré al perro? ¿Que me lo encontré ded en medio de la estrit?

Zambullida

1.

El verano que cumplió los trece, Cukie Panton puso rumbo a los Cayos de Florida para conocer a su padre. En esa época, Ox significaba para él poco más que una sílaba escupida por los labios de su madre. De ese hombre sabía que era estadounidense —el catalizador de que Cukie hubiera nacido en el hospital baptista, justo en el mismo Kendall Drive— y que había aguantado los dos primeros meses de paternidad y luego se había largado y solo le había dejado a Cukie la tinta seca donde ponía LENNOX MARTIN en su partida de nacimiento.

Más de doce años después de esta abrupta salida de su vida, la madre de Cukie respondió un día al teléfono y se encontró con un Ox muy arrepentido que decía querer conocer a su hijo. Ante aquello, Cukie no las tenía todas consigo. No ayudó que Daphne Panton imaginara que había sido la bebida o algún encontronazo con la muerte lo que había resucitado la conciencia de Ox y lo había impulsado a llamar. Puede que el Andrew hubiera inspirado ese resurgir: no hacía ni un año que el huracán había barrido mil cosas que ahora habría que reconstruir. Fuera cual fuese la aflicción que lo aquejaba, la madre de Cukie daba por hecho que sería efímera. Las llamadas prosiguieron, sin embargo, y, cuando se fueron concretando planes, le dijo a Cukie que cogiera el macuto y ambos dejaron atrás Kendall para poner rumbo al Cayo del Contrabandista.

En veranos pasados, habían conducido apenas media hora en dirección sur por la US1 para ir a Cutler Ridge, donde Cukie pasaba varias semanas con sus primos Trelawny y Delano. Pero ese año hacía solo unos meses que la tía Sanya y el tío Topper se habían separado, se habían dividido a los hijos y habían dado al traste con el ejemplo más cercano que tenía Cukie de unidad familiar funcional. Su madre no le había brindado los motivos de la separación cuando le trasmitió la noticia, pero ahora, cuando mencionaba al tío Topper, le quitaba el *tío*.

A Cukie no le pasó desapercibido que su padre viviera a dos horas de coche.

—No te puedo decir que sea un buen man. —Su madre apretó los dedos en torno al volante, con los ojos clavados en el río de grava que corría bajo las ruedas—. Todos los boys merecen creer que su dadi es buena gente, pero, si todos los dadis fueran buenos, viviríamos en un mundo muy distinto, ¿me ves?

Cukie asintió en respuesta. Contestar a los adultos y a sus preguntas estaba en lo alto de la lista de cambios que había prometido hacer ese verano, pese a que esas conversaciones le quemaban como el ácido en la garganta. Tenía la barriga encogida mientras se dirigía embalado a una respuesta a la pregunta que había atormentado su corta existencia: ¿qué clase de hombre abandona a su hijo?

Prefirió concentrarse en el agua que se acercaba cada vez más por ambos lados de la nacional. La carretera y los edificios quedaron atrás y llegó a sustituirlos una extensión de mar que le evocaba cuerpos plateados deslizándose por aquel turquesa moteado de sol.

—Él dice que ha cambiado —prosiguió su madre—. Yo rezo al Lord por que así sea. Y, como no consigo sacarte de tu coco, meibi él pueda.

El chico se imaginó su cuerpo cortando el mar empapado de sol, camino del horizonte, las olas chapaleando y rompiendo contra su columna, haciéndole cosquillas. Si hubiera podido imaginarse como un delfín, se habría convertido en uno. Y en eso tenía práctica. Se había pasado años enteros fantaseando. Acababa de suspender otra vez séptimo debido a lo que su madre llamaba *problemas de concentración.* Pero sus profesores y ella no se enteraban: lo que pasaba era que se concentraba demasiado intensamente, a menudo en mundos llenos de vida que él mismo construía para ocultarse dentro. La de veces que en clase se quedaba con la mirada perdida en la pizarra, con la mente a miles de millas de distancia, el cuerpo desconectado, hasta que un maestro se plantaba ante su pupitre para estampar un libro de texto encima y devolverlo a su cuerpo, jadeante.

Sintió algo parecido cuando su madre frenó en seco ya en el interior del puerto deportivo de Blue Harbor.

—¿Lo ves? Ese de ahí. —Señaló al otro lado del parabrisas a una figura que estaba cargando una nevera en una barca, y le insistió a Cukie para que fuera él mismo a presentarse.

Mientras se acercaba al muelle, no vio mucho de sí mismo en el hombre que en teoría era su padre. Con el pecho al aire, en sandalias y bañador, Ox se parecía más a sus alrededores inanimados —todo pelo de su cuerpo blanqueado por el sol y removido por el viento— que a Cukie, salvo por la nariz, respingona pero aun así pegada a la cara, como una raya venenosa acechando en un banco de arena.

Nunca se había dado cuenta de que su nariz, afilada y chata sobre la cara como la tenía, tenía ascendencia.

—¿Cukie? —preguntó Ox, y el chico asintió, pensando en si aquel hombre no habría organizado una quedada para conocer a todos sus hijos bastardos esa misma tarde; sintió el impulso de volver al coche con su madre, pero él le dijo—: Entonces, mejor sígueme.

El chico se despidió de su madre desde lejos y siguió a Ox hasta una cabaña tiki que había acoplada en el extremo norte del puerto deportivo. La estrecha barra de la cabaña daba al agua; en la pared trasera había todo un surtido de botellines de cerveza en una orgullosa alineación, como trofeos. Unas hojas secas de palmera apenas tapaban el techado metálico que reflejaba el resplandor del sol. En una cartulina plastificada y pegada al mostrador se enumeraban las tarifas para alquilar equipamiento de submarinismo y fletar barcos. En cada encabezado se leía FLETES AMARRE 26. Por una puerta abierta se veían unas jaulas de rejilla rectangulares, apiladas una encima de otra, que cubrían el perímetro del almacén y rodeaban pilas de cajas de cerveza. Cukie se preguntó por qué no lo habría llevado mejor a su casa.

—Esta no es mi actividad principal —explicó Ox, que levantó entonces un trozo de encimera por unas bisagras y se puso tras la barra.

Cukie tuvo la sensación de que le seguía la mirada mientras él inspeccionaba aquel espacio reducido. Su atención recayó en la pared en la que había pegado con papel celo un póster ya desvaído. La mujer que lo observaba desde él parecía acabar de salir del agua, con una camiseta roja calada que le transparentaba todo y le chorreaba cuerpo abajo, la palabra JAMAICA estirándose por la curvatura de su busto.

Había estudiado ese mismo póster mientras esperaba a que su madre comprara akí y yaca en tiendas de alimentación o restaurantes jamaicanos, donde adornaba ventanas y paredes interiores, tan habitual como la bandera negra, verde y dorada. La imagen se había convertido en uno de los principales símbolos de la isla, más icónica si cabe que las de los héroes nacionales, Paul Bogle y Marcus Garvey. Su presencia allí reconfortó a Cukie.

—Esta podría haber sido tu madre —dijo Ox apoyándose en la barra.

—¿Eh? —musitó Cukie.

Le señaló con un dedo la esquina superior izquierda del póster, donde había un corazón pintado a rotulador negro y, debajo, un autógrafo.

—Sintra y yo fuimos amigos. —Una sonrisa se extendió por encima de la barbilla hendida y sin afeitar de Ox.

Cukie clavó los ojos en la barra y pensó: «Mentira». Hurgó con el pulgar por la punta resolada de la carta de cervezas plastificada y dejó que la vista se le perdiera entre los símbolos de dólar y los números.

—Es algo que no sabe mucha gente —siguió diciendo, a lo que Cukie pensó: «Cállate, por favor»—. Sintra ni siquiera es jamaicana, es de Trinidad. —Rio—. Imagínate el percal: los turistas volando allí como moscas sin tener ni puñetera idea de que están en la isla que no es.

Cukie arrancó una tira del plástico que cubría la barra y empezó a hacerla pedacitos. Se preguntó qué iba a ver alguien como Sintra en aquel paleto. En la primera parte del trayecto hasta allí, su madre le había revelado que había conocido a Ox en un vuelo procedente de Kingston, cuando ella trabajaba como azafata para la Air Jamaica. No llegó al punto de contarle qué le dijo él como para que esa misma noche quedaran para cenar.

El chico volvió la vista hasta Sintra, allí colgada en el bar tiki de Ox. Mentira o verdad, el caso era que por culpa de aquel hombre ya no volvería a verla con los mismos ojos. Ox apartó la vista del póster y examinó al chico con la mandíbula de medio lado, como si acabara de encontrar a un bebé en un cesto en su puerta.

—Tengo algo especial para ti —dijo, y se arrodilló para coger algo de detrás de una nevera.

Cukie se lo imaginó resurgiendo con dos botellines de Budweiser, pero cuando se incorporó lo hizo con una red cuadrada en una mano y un palito fino como una varita en la otra.

—Aquí tienes tu palo de cosquillas y tu red. —El chico esperó a que dijera más—. Estamos en minitemporada de langostas —explicó entonces, y Cukie asintió en silencio—. Ya es hora de que aprendas a atraparlas.

Por sugerencia e insistencia de Ox, salieron con el *Michelines* y echaron el ancla cerca de un banco de arena a kilómetro y medio de la costa. Empezaron haciendo esnórquel. Cukie nunca lo había hecho. Cuando le dio las gafas, Ox le dijo «Escupe» y lo hizo en las suyas y luego removió la saliva para extenderla en una capa regular por las lentes. El chico lo imitó, con las cejas arqueadas y la frente fruncida.

—Es para que no se te empañen —le explicó Ox—. Es increíble lo útiles que pueden ser los fluidos corporales.

Nadaron hasta que el chico se acostumbró y consiguió respirar con el tubo.

—Bien —dijo Ox, que subió de nuevo al barco—. Ahora prueba con esto. —Le lanzó la red y el palo de cosquillas y Cukie a punto estuvo de hundirse al intentar coger ambas cosas con las manos—. Flota —le gritó Ox—. ¡Flota, hombre!

No sabía cómo reaccionar ante un desconocido que se suponía que era su padre y que le gritaba que flotara mientras él se hundía. A varios palmos de sus pataleos, el mar estaba sereno como agua embotellada y, cuando por fin soltó la red, esta salió a flote.

Relajó las extremidades entonces y se dejó atrapar por el agua, imaginando que tras él un par de manos juntas le sujetaban el cuerpo. Echó la cabeza hacia atrás, cogiendo aire lentamente, dejando que el agua hiciera el trabajo de mantenerlo a flote.

—Hay que ser muy tonto para ahogarse aquí —gritó Ox desde el *Michelines*—. Estas aguas tienen tanta sal que un chico tan canijo como tú debería ir caminando sobre ellas.

Cukie se quedó observando la fluidez con la que Ox se deslizaba por la cubierta. El agua del mar le había apelmazado las puntas ámbar del pelo, que ahora tenía más oscuro y pesado contra el pecho ancho y bronceado, pero se movía con una agilidad que no poseía en tierra firme.

La pregunta acechaba mientras observaba a su padre, la que siempre le venía cuando pensaba en él: «¿Qué clase de hombre es?».

Se resistió al impulso de hundirse hasta el fondo del mar para ver si su padre lo rescataba.

Este apareció entonces con una bolsa de malla y una regla de plástico por el lateral del barco, se montó en la borda y se tiró al agua. Cogió la red y los dos nadaron hasta el banco de arena, donde hacían pie y el agua les llegaba por debajo de los muslos. Cukie cogió con las palmas juntas pocitos de agua y se los echó por los hombros y el cuello para aliviar la punzada de los rayos penetrantes.

—Es todo cuestión de equilibrio —dijo Ox, que se volvió para mirarlo y cuadró las caderas—. Es un baile. Lo que pasa es que no solo bailan dos. Está la langosta, que no es tu pareja de baile principal. El palo y la red son extensiones de tu persona. Es el mar, las olas, hacia dónde lleva la corriente. Si aprendes a moverte con ella, nunca te hará nada. —Cukie asintió—. Si vieras algún bicho, ¿qué harías? —Le tendió a Cukie la red—. Enséñame a ver, imagínate que yo soy la langosta. —Se dio una palmadita en el pecho.

El chico fue a bajar la red sobre la cabeza de Ox, pero este la esquivó haciéndose a un lado. Volvió a intentarlo poniendo más ímpetu, pero Ox huyó entonces hacia el lado contrario. Intentó entonces darle con la vara, para sacarlo de la izquierda, y Ox saltó hacia atrás. Cukie estrelló la red contra la superficie del agua y declaró:

—Vaya tontería.

—Si te pones así, no te sale —dijo Ox, que le arrebató la red de la mano—. ¿Qué harías tú si ves que se te viene una red encima? —La bajó sobre la cabeza de Cukie.

—Huir.

Ox le quitó la red de la cabeza, le cogió también el palo de cosquillas y dijo:

—Si ves que se te acerca un palo a la cara… —Le dio a la máscara que colgaba del cuello de Cukie—, ¿qué haces?

—Huir también.

Ox le pinchó entonces en el pecho y, cuando el chico se echó hacia atrás, le dijo:

—Sí, huyes, pero esta vez sé en qué dirección.

No estaba todavía muy convencido con aquel método cuando dieron con un crustáceo que estaba aferrado a un corte voluminoso de caliza a unos treinta metros de donde habían estado practicando. Cukie se agachó bajo el agua para observar mientras Ox cogía el palo y la red y se ponía a la tarea. Lo encaró de frente, extendió el brazo con la red y lo colocó tras la criatura, apoyándolo en parte contra la superficie de la piedra. Apuntó el palo de cosquillas a la cabeza y dejó que la corriente lo llevara lentamente hacia el animal, hasta que la punta del palo le rozó las antenas y el bicho pegó un bote atrás y cayó en la trampa. Ox le dio la vuelta a la red, con la parte abierta hacia arriba, y la sacó del agua.

El chico la contempló con un nivel de repulsión nada desdeñable.

Ox extrajo la langosta y la dejó patalear en el aire.

—¿No te parece apetecible? —preguntó, y Cukie arrugó la cara.

—¿Qué clase de langosta es esa? —quiso saber.

Aunque el caparazón exterior tenía pinceladas de amarillo y habano, era, por lo demás, color cucaracha. Separó las antenas y volvió a juntarlas; se diría que buscaba una señal, como un insecto. Como una cucaracha de Florida prehistórica con cola de abanico y más patas de la cuenta.

Ox le explicó que era una langosta espinosa, propia de la costa floridana. Al igual que los cangrejos y las gambas, rara vez eran rojas antes de cocinarse. Y las langostas de aguas cálidas no tenían pinzas como las de más al norte. Le enseñó a medir el caparazón con la regla para asegurarse de que no contravenía las regulaciones de pesca.

—Siete coma seis centímetros como mínimo. De cuerpo, nunca se cuenta la cola.

Durante esa conversación, Cukie se informó sobre el trabajo de Ox como pescador trampero en temporada.

—Quedan ocho días para la Zambullida. Es cuando soltamos las jaulas. Vas a poder aprender a echar las nasas. Te enseñaré a hacer trampas y a poner cebos. Antes de que te des cuenta, estarás pescándolas a espuertas tú solo.

El chico dejó que las yemas de los dedos bailaran por la superficie del agua. Siguió con la mirada las ondas que creaban.

—¿Tengo que trabajar?

—Tu madre me ha contado que te pasas el día mirando las musarañas. Ya tienes edad de aprender un oficio. —Cukie dibujó un círculo en el agua y hundió más el dedo, hasta formar un remolino en miniatura—. Puede ser un salvavidas cuando seas mayor.

Levantó el dedo del agua arremolinada y se quedó mirando para ver cuánto duraba la onda.

Esa noche, padre e hijo volvieron al bar tiki, en cuyo almacén Ox había habilitado un pisito con una ducha, un váter y una cocinita. Ante una cena de colas de langosta hervidas, su padre le explicó la agenda del día siguiente: construcción de trampas.

—Asegúrate de dormir bien, que mañana empezamos temprano —le advirtió.

Mientras Cukie se lavaba los dientes, Ox montó un segundo camastro entre la cocinita y un laberinto de cajas de cerveza apiladas y trampas de langosta rotas. «Es como estar de acampada», razonó esa noche el chico cuando apoyó la cabeza en el catre improvisado. Salvo por que no se veían las estrellas, tan solo la gruesa piel de noche atrapada en el interior de la cabaña tiki, solamente el techo combado de arriba.

Cukie esperaba que hacer trampas fuera un horror, pero el trabajo sirvió para engrasar las interacciones con su padre durante esa primera semana. Si, ocupado con una jaula oxidada, con los alicates en ristre, Ox decía «Supongo que tu madre seguirá cabreada por... todo», Cukie podía responder: «Hace falta más alambre. Voy a la ferretería». Si, inclinado y metido hasta los hombros en las fauces de una trampa, él le decía «¿Se puede saber dónde tienes la cabeza todo el rato?», Cukie podía volver al presente el tiempo justo para disimular: «¿Cómo será? ¿Que te atrapen en una trampa?».

No había pasado ni una semana, sin embargo, cuando el dolor que le venía a los brazos le hizo sentir como si Ox le debiera algo y le dio valentía para reclamarlo. Esa noche se envolvió en la colcha después de cenar y reveló lo que había pasado tantos días preguntándose:

—¿Dónde has estado todos estos años?

Ox se agachó para sentarse en su catre y estuvo todo un minuto callado.

—Llevo aquí un tiempo. Antes de eso, por todas partes.

Cukie asintió y luego se dio cuenta de que no había conseguido nada a lo que llamar respuesta.

—Pero por todas partes…, ¿dónde?

—Me he pasado casi una década conduciendo yates por las costas de América del Sur. También por las Antillas. Allí donde alguien me pagara por llevarlo.

—Mola —dijo Cukie en apenas un hilo de voz, y Ox meneó la cabeza, negándolo.

—Suena más glamuroso de lo que es —le aclaró. El mar era impredecible, al igual que los hombres que lo empleaban como capitán; había trabajado para tipos sin escrúpulos a los que esperaba no tener que volver a ver en su vida—. Me daban instrucciones para ir a algún puerto y nunca sabía qué iban a querer que pilotara. O qué me iban a hacer transportar.

Mientras el chico escuchaba, su padre fue pasando de un acento extranjero a otro para nombrar los puertos de los que había tenido que salir sin mirar atrás. Sus recuerdos contenían una brutalidad sin contexto.

—Vi a un tipo pasar del marrón al beis, apuñalado y desangrado vivo en una playa en Bimini. Hubo una mujer que al día de zarpar de Mobay se perdió sin más en el mar.

Esa noche, Ox habló el idioma de los sueños, de lo imposiblemente osado y de la violencia inverosímil e inevitable.

La mañana de la Zambullida, padre e hijo se despertaron temprano y soltaron la primera trampa cuando la cúspide del sol rompía el horizonte como una fiera perforación. Las jaulas se hundirían y atraerían langostas durante una semana antes de que se abriera la temporada y ellos volvieran para cosecharlas.

En los días entre la Zambullida y el inicio de la temporada, Ox retomó su trabajo como taxista de excursiones de submarinismo para turistas mientras Cukie se encargaba del bar tiki.

En su primera mañana a solas en Cayo del Contrabandista, el chico sintió un impulso innegable, el mismo que no sentía desde que tenía siete años y revolvía en los cajones de su madre en busca de alguna señal de su padre, volatilizado tiempo atrás. Ahora este había reaparecido en carne y hueso y él todavía no sabía decir qué clase de hombre era.

En el mecerse del trajín del puerto, Cukie se vio en el almacén, mirando la tapa cerrada del cubo de plástico que hacía las veces de cómoda. Se agachó y la quitó con cuidado, como si esperara localizar el mapa deshilachado del alma de su padre. En cierta ocasión había encontrado en el fondo de la mesilla de noche de su madre una fotografía de ella en una cama de hospital, con él cogido en brazos en lo que parecía el día que había nacido. Había un hombre que Cukie supuso que era Ox inclinado sobre ambos, con las manos puestas en los hombros de su madre, pero en la imagen tenía la cara cortada.

Cukie pasó la mano por el fondo del cubo, pero no encontró ninguna foto equivalente ni ningún otro resto del pasado. Cogió una de las camisas dobladas, se la llevó a la nariz e inhaló. Si detectara bondad, remordimientos o engaño, ¿a qué olerían? En aquellas fibras de algodón, solo olió lo que portaba el aire que lo rodeaba: el olor acre del mar.

A la tarde siguiente, el encargado del puerto, Happy, se dejó caer por el bar tiki. El sol le había aclarado varios tonos la americana de club náutico. Tenía sudor concentrado por el cuello, en la barba, y a Cukie le pareció el capitán de un barco naufragado.

—Tú debes de ser el crío de Ox —dijo Happy apoyando un vaso de corcho blanco en la barra antes de extender su mano sudorosa—. Te ha delatado cierto parecido.

—Cukie —dijo devolviéndole el saludo.

—Eres un poco joven para andar de camarero, ¿no? —Happy colocó una carpeta sobre la barra y destapó un boli, como si fuera a dejar constancia de la conversación—. ¿Tu padre no conoce las leyes en contra de la explotación infantil?

—No le he servido a usted nada —repuso Cukie.

—No hace falta ponerse a la defensiva. —Happy simuló una risa ahogada, pensada para mitigar la tensión o bien para intensificarla, Cukie no habría sabido decir qué—. Tienes que aprender a encajar las bromas.

Por detrás de Happy, los barcos se mecían en sus amarres y Cukie se preguntó cuánto tardaría en volver su padre.

—Me pagan para ser un poco capullo —dijo Happy levantando la carpeta y volviendo a dejarla en el sitio—. Pero no te preocupes: me han dicho que hago mi trabajo como el culo.

—Tampoco hace falta echarse mierda encima —comentó Cukie.

Happy hizo una pausa y luego se permitió una risa auténtica.

—Vaya, eres hijo de tu padre, no cabe duda. —Cogió el vaso y la carpeta e hizo ademán de irse, pero antes se detuvo para decir—: Hace ya tiempo que conozco a tu padre, antes incluso que su negociete de langostas. —Miró expectante al chico, como si esperara que ese dato fuera a alterar la estima que pudiera tener por su padre—. Lo conozco desde hace una eternidad.

—Pues ya somos uno —dijo Cukie, a lo que Happy frunció el ceño y se llevó el vaso a los labios—. ¿Qué sabe sobre él?, ¿sobre mi padre?

—Buena pregunta. —El hombre hizo una pausa para escoger con cuidado sus palabras—. Verás, hay algo que puede serte de utilidad: desde que lo conozco, y ya hace de eso, Ox nunca ha dejado que la verdad se interponga en el camino de una buena historia.

Cuando se abrió la veda, Ox y Cukie buscaron sus nasas con la ayuda del GPS y las localizaron gracias a las boyas luminosas que les habían amarrado. Mientras iban embolsándose las capturas y reponiendo las trampas, Ox le dijo a Cukie: «El sabio es el que sabe mantener bajos los gastos y reinvertir los beneficios». Y: «Uno no acata las leyes de pesca porque tema que lo pillen. Es una cuestión de integridad. Es una cuestión de ser decente con tus vecinos y respetar el mar que te brinda el pan».

Cukie había llegado a comprender que su padre había sentado cabeza gracias a ese oficio. Era su fe. Y, por tanto, lo único que Ox necesitaba para ser bueno, según entendió el chico, era ser un buen pescador. Era un pensamiento que lo tranquilizaba cuando afloraba la rabia por que lo hubiese abandonado.

Cuando terminaban la jornada de recolección, vendían las langostas en un mercado no muy lejos de Blue Harbor.

A finales de verano, antes de reencontrarse con su madre en el aparcamiento del puerto deportivo, Ox le tendió un sobre lleno de dinero. Mientras le entregaba lo que en manos de un adolescente era una pequeña fortuna, miró a Cukie a los ojos y le dijo: «Buen trabajo, hijo».

Cukie implementó en su casa la ética laboral aprendida aquel verano, ahora que ya no se sentía amarrado por la incógnita de en qué parte del mundo localizar a su padre. Poseía una respuesta: a dos horas al sur, en el Cayo del Contrabandista.

Cuando iba a ver a la tía Sanya, él ponía la mesa para la cena y luego se levantaba para lavar los platos sin que se lo pidieran. Su tía solía echarlo del fregadero y luego le gritaba a Trelawny para que saliera de su cuarto y cogiera el relevo. Su primo lo hacía a regañadientes, mascullando: «Gracias, pelota» al pasar al lado de Cukie en la cocina.

Durante su infancia le había envidiado a Trelawny tener un padre a mano. Ahora se preguntaba qué le habría enseñado el tío Topper a su primo para que este se pasara horas encerrado en su cuarto, sin más, perdiendo el tiempo con los videojuegos.

Se encomendó a la idea de sacarle partido a su tiempo: lo concentró en las tareas del colegio y en ayudar a su madre en la casa.

A finales de curso, la orientadora lo convocó en su despacho para informarle de que, visto lo bien que había hecho los exámenes finales, había demostrado que estaba preparado para unirse a su curso original y pasar al instituto ese otoño. Antes de terminar las clases, su padre llamó:

—Yo estoy contando con que vienes otra vez, ¿no?

—Yo estoy contando con ir.

El verano que el chico cumplió los catorce, padre e hijo se cogieron rápidamente el pulso, como si los meses separados hubieran sido meras horas. Mientras trabajaban, hablaban poco del pasado y mucho sobre si a Cukie le gustaría trabajar con su padre a tiempo completo, una vez que terminara el instituto. «No te digo que no», respondió el chico con entusiasmo moderado. Imaginaban juntos maneras en las que expandirse, y empezó a verse como socio de Ox y, tal vez, el heredero del negocio de la pesca de langostas.

Cuando la Zambullida, Cukie cogió el timón del *Michelines* mientras su padre le daba indicaciones para salir del puerto de Blue Harbor y lo dirigía hacia donde soltarían las jaulas. A la caída del sol, todas las trampas estaban en el mar, y a la mañana siguiente Ox volvió a dejarlo al mando del amarre 26.

Una tarde, mientras andaba reparando una nasa en el almacén, escuchó la voz de Happy en la parte de delante, seguida de la de su padre.

—Es perfecto —estaba diciendo Happy—. Roza la genialidad.

—Entonces hazlo tú —lo cortó Ox—. A mí déjame de historias.

—Pero si ya estás metido de lleno. ¿Por qué te crees si no que te dimos permiso para poner aquí el bar?

—¿Por qué no puedes dejarme en paz?

—Ya me gustaría, amigo, y lo haría con gusto —insistió Happy—, pero los de en medio del escalafón no tenemos ni voz ni voto en estas cosas. La decisión está tomada.

Cukie oyó un sonido de carne contra madera y salió para ver. Happy ya estaba escabulléndose. Ox estaba tras la barra, frotándose la palma.

—¿De qué iba todo eso?

Su padre meneó la cabeza.

—¿Has oído el refrán ese de a palabras necias?

Cukie quiso preguntarle en qué clase de lío estaba metido, pero dijo en cambio:

—¿Oídos más necios?

Ox sonrió con ganas y le preguntó:

—¿Desde cuándo eres tan listillo? —Por la expresión de su cara, se veía que realmente quería saberlo.

A principios de noveno, Cukie se fijó en que, cuando hablaba, sus compañeros de clase y sus profesores parecían prestarle atención como nunca, aunque también se fijó en cómo bajaban la vista y se la posaban en el pecho, y en que a menudo sus manos, como si no las controlaran, se alargaban para tocarle tríceps y bíceps. No fue del todo consciente de hasta qué punto le había transformado el cuerpo andar cargando jaulas hasta que se vio a través de los ojos de los demás; hasta que Lianne, su amor soñado de la escuela intermedia, le pidió ir al baile de otoño con él; hasta que su profesor de Educación Física le sugirió hacer las pruebas para el equipo de fútbol americano; hasta que una noche, al pasar a su lado en el pasillo, su madre lo cogió de la muñeca y le dijo: «Maigod, pero si estás hecho un man».

Gracias a las enseñanzas de su padre, Cukie había dejado atrás sus ensoñaciones y había hecho su entrada en el mundo.

El verano que cumplió los quince, después de pasarse largas jornadas en el barco, seguía a Ox hasta el extremo sur del puerto deportivo, donde Happy y otros pescadores se reunían para relajarse con unas cervezas. El chico se sentaba al borde del agua, con la espalda apoyada en un pilón y escuchando en silencio las historias de los hombres. En una de esas noches, un pescador llamado Roy le preguntó a nadie en concreto:

—¿Creéis que lo de *del Contrabandista* se lo pusieron para atraer a los turistas? Ya sabéis a base de qué se construyó Miami, ¿no?

—Estás mezclando los siglos —lo interrumpió Happy—. El nombre le viene de la época de los piratas, de los días de Barbanegra.

—No es de los contrabandistas de drogas de los que tienes que preocuparte —dijo Ox—. Es de los ladrones de trampas.

Yo una vez pillé a un tío vaciándome las nasas el día antes de abrirse la veda. Y te digo una cosa: le metí dieciséis tiros al casco del muy hijo de perra. Y porque llevaba a una parejita conmigo que iba a bucear, que, si no, habría dejado en paz el barco y le habría disparado a él. Los guardacostas tuvieron el valor de confiscarme la escopeta.

Cukie, que era la primera vez que escuchaba esa historia, quiso pedirle a su padre que le contara más, pero otro pescador llevó la conversación en otra dirección.

Algunas de esas noches de verano, la hija de Happy iba en bici al puerto y se unía al grupo. Su padre la llamaba Genie, a pesar de que ella le pedía a todo el mundo que la llamasen Genevieve, y Cukie dio por hecho que si iba por allí era porque no tenía una compañía más acorde con su edad. La adolescencia planeaba en sus vaqueros bombachos manchados de hierba y su pelo desaliñado, pese a ser un año mayor que él. Se dio cuenta de que Genevieve le gustaba cuando, una noche, mientras Ox, Happy y otros pescadores daban vueltas por la parte baja del puerto contando chistes, ella se atrevió a intervenir:

—Un marino y un marine están meando en unos urinarios de esos pegados. —Genevieve estaba de pie, con las piernas separadas y sujetándose una botella de refresco en la entrepierna, haciendo fisssss con la boca—. El marine se lava las manos luego, pero el marinero no. El marine le dice al marinero: «En los marines te enseñan a lavarte las manos después de mear». A lo que el marino le dice: «Ah, ¿sí? Pues en la armada nos enseñan a no mearnos en las manos».

Los pescadores estallaron en risas, más por el despliegue de mímica que por el chiste en sí. Cukie nunca había tenido el valor de hablar en esas reuniones a no ser que lo invitaran a responder alguna pregunta, pero Genevieve ocupó el centro de atención con una confianza que lo dejó pasmado.

En otra de esas noches, en el cuarto verano que pasaba allí, mientras Happy estaba en medio de un exabrupto especialmente cargado de alcohol, Genevieve volvió su atención a Cukie y se puso a dar vueltas morosas alrededor de él con la bici mientras ambos regresaban hacia el bar tiki.

—¿Qué nombre es Cukie? —le preguntó ella, con un pie en el pedal y una pierna extendida en el suelo como una pata de cabra.

—El mismo que Genie.

—¿Estás relleno de algo blandito por dentro? Eres tipo Oreo, ¿no?

Cukie vio cómo su admiración por la chica declinaba.

—¿Y cómo va eso del genio? ¿Tengo que frotarte y pedir el deseo de que te calles?

—Depende. ¿Dónde me frotarías?

A Cukie se le aceleró el corazón.

—En la boca.

Genevieve apoyó la bici en la gravilla y se le acercó. Le cogió la mano y bajó la boca hasta su pulgar. Había sido solo el pulgar, se recordaría él en las horas que siguieron, pero se le quedó la sensación de haber restregado todo el cuerpo contra los labios y la lengua de ella, y sintió tal cosquilleo que apenas se dio cuenta cuando Genie le apartó el dedo de la boca.

Ella se agachó entonces para coger la bicicleta y le preguntó:

—¿Libras alguna vez en el bar, Cukie? —Siguió con sus vueltas hipnóticas—. ¿Vas a la playa del Contrabandista?

—Podría, si me apeteciera.

—¿El sábado a las seis? ¿Te apetece? —El chico asintió—. Adiós, galletita —le dijo Genie antes de pedalear hacia el ocaso.

Ese sábado, Cukie se quedó esperando a Genie mientras veía cómo el sol color mandarina goteaba cielo abajo. Se suponía que tenía que estar atendiendo el bar tiki, porque Ox había salido a pescar con un grupo de turistas. Si se iba ya, quizá llegara a la casa antes que él y nadie se enteraría de su ausencia. Removió los dedos por la arena, preguntándose si lo habría dejado plantado adrede. La playa pública era una franja delgada, truncada para que ambos extremos se vieran, independientemente de dónde estuvieras. No podían no haberse visto.

Lo malo de que te den plantón, meditó Cukie, es saber lo poco que vales a los ojos de la persona que te ha dejado esperando. Pero lo peor es comprender que, según tu propia estimación, tú tampoco te das mucho valor, porque, aunque ellos te tienen por tan poco, tú sigues esperando.

Cukie no se imaginaba pidiéndole cuentas a Genie sobre el tema. Lo único razonable que podía hacer era fingir que nunca había pasado. Si ella volvía alguna vez por el bar tiki, él esbozaría una sonrisa forzada, como si también se le hubiese olvidado que habían quedado en verse. Porque lo único peor que un plantón es reconocer que te han hecho daño.

El chico se levantó para irse cuando vio acercarse a Genie, que andaba cogiéndose los codos y con la barbilla gacha, como si atravesara un vendaval. Cuando estuvo más cerca, le vio las mejillas surcadas de lágrimas.

—¿Qué ha pasado? —Alzó las manos para abrazarla, pero en vez de eso se las metió en los bolsillos.

—Mi padre no volvió anoche a casa. La poli no piensa buscarlo hasta que pase otro día. Ha ocurrido algo, seguro. ¿Tú lo has visto?

—No —dijo con los ojos clavados en la arena.

Ese día no lo había visto, pero no le dio a cambio el dato de que el día anterior sí que lo había visto, saliendo con Ox en el *Michelines*. Como por instinto, supo que debía librar a su padre, y por extensión a sí mismo, del problema que acechaba.

—Seguro que está por ahí durmiendo la mona.

Genie lo miró con frialdad.

—Él siempre vuelve a casa. Mi padre no me haría eso.

El chico comprendió entonces lo que los diferenciaba.

Cukie se obligó a poner la mente en blanco mientras volvía al bar. Hasta que no vio el *Michelines* en su amarre no se le ocurrió pensar en si había visto a Happy o a Ox preocupados, cabreados o asustados el día anterior. Entró en el almacén y se encontró a su padre agachado, inspeccionando un surtido de cañas de pescar.

—¿Dónde te habías metido? No es propio de ti abandonar tus responsabilidades de esa manera…

Cukie atravesó el cuarto y se agachó en su propio catre. No habló hasta que su padre no dejó de trastear entre las cañas y se acercó.

—¿Sabes qué le ha pasado a Happy? —le preguntó casi en un susurro.

—¿Por qué me lo preguntas?

—Happy. Ha desaparecido.

—¿Y eso qué tiene que ver conmigo?

—Ayer zarpasteis juntos. Nadie lo ha visto desde entonces.

—Te equivocas. Yo llevo días sin saber nada de Happy.

—Yo os vi.

Ox se inclinó hacia delante y cogió al chico por el hombro. Este arrugó la cara y agarró la mano de su padre, que apretó con más fuerza y bajó la cara a la altura de la de Cukie.

—Escúchame una cosa: a mí no me acusa de nada ningún hijo bastardo. —Ox soltó el agarre y volvió con las cañas.

En lo que quedó de noche no volvieron a intercambiar una palabra. Y a la mañana siguiente, mientras Ox salía con el *Michelines* del amarre 26, Cukie cogió el cubo de la ropa, lo vació entero y lo pateó hasta dejarlo hecho añicos de plástico antes de hacer autoestop para volverse a Miami.

2.

Su niñito llegó a este mundo, escurridizo y vociferante, cuando el pánico empezaba a florecer en el interior de Cukie. Habían quedado en ponerle Julius, por el abuelo de Lianne, y en cuanto lo lavaron y lo envolvieron en una manta del hospital y se lo tendieron a la madre —agotada, con la cara roja a pesar de tener la piel marrón—, esta tuvo los arrestos de, después de unos minutos observándolo y oliéndolo, darle la vuelta de cara a Cukie y decir: «Mira, tu nariz». Pero él ya la había reconocido, esa punta de flecha pegada a un retoño.

Entre las preocupaciones con las que había entrado en el paritorio no estaba la de que su hijo heredara su rasgo menos agraciado. Por supuesto, había elucubrado sobre la cara que vería cuando por fin tuviera delante al crío, si la de Lianne o la suya, o casi un empate entre ambos, o de ninguno de los dos, aunque Cukie se imaginaba que eso se revelaría con los años, meses incluso. Entre sus preocupaciones: no hacía mucho había soñado que el personal baptista había perdido a Julius en una maternidad de recién nacidos indistinguibles —como siempre le habían parecido a él todos los recién nacidos— y que jamás recuperarían con certeza al suyo. Así y todo, la principal de sus preocupaciones había sido el dinero, que no tenían nada.

Ahora, sin embargo, el chico parecía predestinado, al igual que él, a ver a su padre allá donde se viera a sí mismo.

Lianne lo levantó para que Cukie lo cogiera, y entonces él se fue hacia la puerta y dijo:

—Ahora vengo.

—¿Vas a volver? —oyó decir a Lianne, aunque estaba ya atravesando el pasillo y dejando caer la bata estéril por el suelo del hospital.

Hasta que no le ha visto la cara a su hijo no ha sabido con certeza que tendría que hacer algo drástico para salvar a su familia de la indigencia. Acaba de salir de la US1 para incorporarse al puente que lo llevará por encima de la bastilla del Atlántico y, después de casi dos kilómetros, lo hará aterrizar en medio del Cayo del Contrabandista por primera vez en cuatro años. De vez en cuando, aparta la vista del asfalto que lo precede y la fija en el quitamiedos de aluminio para buscar barcos de pesca en el agua. Como no ve muchos, se dice que todavía está a tiempo.

Los faros están volviéndose innecesarios conforme la noche cede, con el morro de la camioneta hundiéndose ya en el Contrabandista. Va ensayando saludos para cuando pare delante del bar tiki de su padre. «¡Eh, papá!» o «¿Te acuerdas de mí, mal padre?». Pero tiene que tomárselo con tranquilidad. Con humildad. Practica las palabras en voz alta: «¿Tienes trabajo para mí? ¿Un salvavidas al que recurrir?».

El cayo ha cambiado poco desde la última visita de Cukie, y eso lo reconforta mientras dirige la camioneta por la estrecha carretera que lleva hasta el puerto deportivo. En la zona residencial, muchos de los jardines siguen siendo más arena que césped, con más embarcaciones aparcadas que coches; botes de remos y kayaks apoyados contra buzones en forma de manatí y barandillas de porche. El mar reluce en un tono aguamarina tras las casas a ambos lados de la carretera, creando paisajes en espejo.

Cuando llega a Blue Harbor, frena en seco y detiene la camioneta justo a la entrada del puerto. Reconoce el astillero que hay en la punta sur y los amarraderos de justo delante de él. A su derecha, en cambio, el extremo norte está transformado. En paralelo al agua, un restaurante ocupa casi la totalidad del espacio. No hay rastro de Fletes Amarre 26.

Aparta el pie del freno y deja que la transmisión automática lo lleve hacia los amarres. Al frente ve varios grupos de pescadores cargando barcos. Pilas de jaulas al lado de cubos de cebo y hombres que corren para aprovisionar sus barcas para la travesía del día. Guía la camioneta en paralelo al agua, apaga el motor y se baja de un salto mientras escruta la costa en ambas direcciones. No hay bar tiki a la vista.

Recorre el puerto viendo a su padre en todas partes y en ninguna. Ox, con el pelo encanecido, poniendo cebo en jaulas. Ox, con veinte kilos más, inspeccionando boyas. Ox, arrugado por el tormento del sol, le grita a una versión adolescente de Ox.

El sol de la mañana ya lo está derritiendo todo hasta convertirlo en una cazuela de pescado muerto y agua salada. El calor le deja el pelo hecho una plasta contra el cráneo. Si inhala con fuerza, puede captar el olor de su carne acre en el guiso, y, cuanto más lo hace, más consciente es de que no está cocinándose, sino pudriéndose.

Deja de escrutar a los hombres. Ninguno es Ox, ni tampoco ve ningún barco que sea el *Michelines*.

Arrastra los pies hacia el restaurante, pero no quiere mirarlo. Duele a la vista; es una afrenta a su pasado, por mucho que lo mire con muy malos ojos. Examina en cambio los amarres. Muchos están vacíos. Pero, al acercarse donde tendría que estar el bar tiki, ve que el de su padre, el 26, no está ocupado por el *Michelines,* sino por una esbelta motora azul.

Esa ausencia casi le hace perder el equilibrio. Está convencido de que Ox ha caído en la ruina más absoluta y le sorprende hasta qué punto le enferma la idea. Quizá podría probar a llamar al teléfono asociado con el negocio del amarre 26, pero hace años que lo olvidó. Es posible que estuviera apuntado en una de las agendas de su madre, en alguna caja con sus pertenencias, pero dejó de pagar el recibo del trastero donde las había guardado seis meses después de morir ella.

Ya antes de fallecer su madre, él había empezado a alimentar la idea de que no había hecho lo suficiente por salvarla. Después de que tanto la cirugía como la radio y la quimio fallaran, él se mantuvo callado en aquella silla, a su lado, en una consulta demasiado pequeña del Instituto Oncológico de Miami mientras el médico les explicaba, una vez más, cómo había progresado su cáncer. Cukie no dijo ni hizo nada porque aquel hombre en bata blanca estaba diciendo que no había nada más que hacer.

Tras el funeral, lo que más lo desconcertó no fue la culpa que sentía ni la sensación de debilidad innata: lo que más lo desconcertó fue la sensación de que lo habían abandonado una última y definitiva vez.

Poco después, la vida se degradó en una lucha por conservar la casa que su madre le había dejado y que el banco no se la embargara.

Lianne lo había mantenido a flote gracias al plural —«Esto es lo que *tenemos,* Cukie, y ya *nos* las *arreglaremos* y *saldremos* adelante»—, por mucho que él supiese que el único que estaba ahogándose era él. Se había ido a vivir con Cukie a la casa y había colaborado con la hipoteca, pero en South Beach no se puede trabajar de camarera con una pelota de voleibol debajo de la camiseta. Así se lo había explicado a ella su jefe.

Y los mensajeros no pueden utilizar los vehículos de la empresa para hacerles recados a sus novias preñadas. Así se lo había explicado a él su supervisor. De modo que ahora ambos llevaban varias semanas en paro.

Lo que le parece más apremiante es que no puedes criar a un niño en una casa que el banco ha embargado. Y, si no puede recurrir al salvavidas de su experiencia como pescador, si no puede depender de su padre como última red de salvación, no está seguro de qué va a hacer.

Sube por la rampa que lleva a la terraza techada del restaurante, donde unos reservados de madera rodean una barra barnizada. Al llegar arriba, una pizarra anuncia: ESPECIALIDADES DE LA ZAMBULLIDA.

Lleva horas sin comer y, cuando se sienta a la barra, se da cuenta de que está agotado después de la noche en vela en el hospital. No ve camareros ni más clientes. A la derecha, la puerta que da a la cocina está sujeta para que no se cierre y se oyen grifos abiertos y platos dando tumbos en una pila. Por el vano salen unas corrientes intermitentes de aire helado que le provocan escalofríos al acariciar la sarta de perlas de sudor que le brotan en la piel.

Mientras escruta la zona de la barra en busca de las páginas amarillas o blancas, surge una mujer de la cocina.

—¿Qué le pongo? —pregunta.

Él todavía no la reconoce, pues apenas le ha mirado la cara. Lo que se queda mirando mientras dice «El bar tiki, del amarre 26, el que había antes del restaurante este, ¿sabe qué le ha pasado al dueño?» es su barriga redonda y tensa, que le estira la camiseta hasta el dobladillo. Cruza los ojos con los suyos a tiempo para ver cómo baja varios grados los párpados.

—¿Genevieve? —dice Cukie, que fuerza una sonrisa y le señala el centro con la barbilla—. Yo he tenido hoy mismo un pequeñín.

Genie asiente y dice:

—Espera un momento.

Sale disparada de vuelta a la cocina y cierra la puerta tras ella. No tarda mucho en oírla discutir a gritos con un hombre, pero con el sonido del agua no logra distinguir lo que hablan.

Le vibra el teléfono en el bolsillo mientras espera a que vuelva Genie. No quiere hablar con nadie. Quiere concentrarse, algo que cada vez le resulta más difícil. Una única vibración anuncia que le han dejado un mensaje. Es de texto y es de Lianne: «¿Ni firmar para reconocerlo?».

Se le ocurre entonces, quizá no por primera vez, aunque sí es la primera que está dispuesto a reconocerlo, que parece como si hubiera dejado tirada a Lianne con el niño, que su salida abrupta del hospital es un acto de cobardía.

De cobardía no, se asegura a sí mismo. Si acaso, de pánico. Empieza a escribir una respuesta: «Ya mismo vuelvo». Pero lo interrumpe Genie.

—Me estabas preguntando por tu padre, ¿no? No lo he visto. Hace ya tiempo. —Saca un trapo y empieza a pasarlo por la barra—. Vaya, Cukie, ¿cuánto hace que no nos vemos?

—¿Cuándo cerró el bar tiki? —preguntó sintiendo un vahído.

—Hace un par de años. —Ella estudia las rotaciones circulares y bruscas de su propia mano—. ¿Tú sigues en Miami?

—Puede que Happy sepa...

—Mi padre murió —dice y levanta la vista, sin llegar a mirarlo a los ojos, pero sí cerca—. No llegamos a encontrarlo.

Cukie ahoga el impulso de decir «Ah, es verdad» y dice en cambio:

—Lo siento, Genie.

Esta arruga los labios y se pasa la lengua por los dientes.

—Puedo darte agua para el camino, si no vas a quedarte a comer.

Cukie asiente, pero ella no se mueve. Se le ve tensa la mandíbula. Tiene la barriga cogida con ambas manos. Detrás de ella, la pared trasera es un espejo con botellas en el estante delantero. El espejo está colocado de modo que la parte de arriba está ligeramente inclinada hacia la barra, hacia Cukie. En el reflejo ve los escurreplatos y, al lado, el fregadero lleno de un turbio líquido verde. A la izquierda está el grifo y, pegado a este, hay una nevera de acero inoxidable. En la nevera hay un póster desvaído. Es la foto de una mujer con una camiseta roja que chorrea agua y que tiene la palabra JAMAICA escrita del revés sobre el pecho. Y en el reflejo, en la esquina superior derecha del póster, por encima de una firma garabateada, distingue claramente un corazón.

Cuando irrumpe en la trastienda del restaurante, no es realmente sorpresa lo que lee en la cara de Ox, sino arrepentimiento.

Casi una hora después, va montado en la fueraborda de su padre y se dirigen mar adentro. Todavía no ha comido, pero la brisa del mar y el agua salada que le salpica la cara de tanto en tanto medio lo despiertan. Quiere preguntárselo todo: ¿qué ha pasado con el *Michelines,* su barco pesquero? ¿Cómo se ha hecho con esa aparente fortuna? ¿Y por qué Genie mentiría por él? ¿Y por qué mentir, además? Pero él le ha insistido para que dieran una vuelta con la lancha antes de nada. Para tener un tiempo a solas, hombre a hombre. «Como en los viejos tiempos», ha dicho con el desafecto entusiasmo de un vendedor de coches.

Pero en estos momentos Cukie tiene el viento acaparándole los oídos y el motor rugiendo al lado, de modo que su interrogatorio va a tener que esperar. Además, aunque se siente obligado a indagar, sospecha que sabe una o dos respuestas.

Ox detiene la barca a unos cuarenta minutos de la costa. Sirve coñac en dos vasos bajos y le tiende uno.

—¿No es un poco temprano?

—Tonterías —dice su padre, que se lo bebe de un trago—. Bueno, ¿qué te trae de vuelta al paraíso?

Cukie se sienta en uno de los asientos de cuero color cámel y le da un trago a su copa. El coñac le escuece en el estómago vacío.

Ox se ríe.

—¿No me digas que has venido hasta aquí para discutir los pros y los contras de quitarse de en medio? —Se pone ligeramente más serio—. Supongo que ya es tarde para eso. Para ambos —añade.

—¿De quién es el niño que va a tener Genie? —Siente náuseas al preguntarlo, y más aún cuando su padre no intenta negarlo—. Supongo que no tengo que decirte que tienes edad para ser su padre.

—Genie es una mujer adulta. Igual que tú. —Se toma el resto del coñac de un trago—. ¿Y qué me cuentas de esa novia tuya? ¿Está de mucho?

—Lo ha tenido ya. Hoy. Un niño.

—Y estás aquí.

Ox saca una caja de madera plana del chiribitil y abre la tapa para ofrecerle una selección de puros. Cukie lo rechaza, pero él coge uno, así como un cortapuros de plata, y le corta la punta.

—Bueno, enhorabuena. Nacido en Zambullida... Eso tiene que dar buena suerte. —Se saca un zippo dorado del bolsillo, lo abre, acerca la llama a la punta del puro y le da caladas cortas, aspirando fuerte, hasta que lo enciende—. ¿Has venido para que te dé consejo paterno?

Cukie reflexiona al respecto por un momento y luego pregunta:

—¿Cómo lo haces? —En el silencio que sigue le entra miedo de que Ox lo malinterprete y, antes de perder el arrojo, aclara—: Me refiero a que cómo vives contigo mismo. ¿Cómo puede un hombre abandonar a su hijo así sin más?

Ox le devuelve la mirada, sin inmutarse.

—El pasado pasado está.

—Y ahora tienes otro en el horno. Espero que no sea otro chico.

—Con él me lo curraré más. ¿Es eso lo que quieres oír? —Mira hacia el agua.

Cukie le sigue la mirada hasta las olas cortas y picadas que los rodean. Le gustaría serenarse, templar las palabras, pero esa actitud gélida de Ox es como yesca para una vida de resentimiento reprimido.

—Se ve que te lo has currado más para ti —dice Cukie señalando la cubierta con una mano—. Pero nunca se te han dado muy bien los hijos. Quizá, si Genie da a luz una langosta o un cuento chino de los tuyos... —Le busca la cara para ver qué provoca en él, pero no hay nada.

—¿Para qué has venido?

Cukie le da otro trago a su copa.

—¿Sigues teniendo el *Michelines?*

El otro sacude la cabeza.

—Te lo he dicho, que se acabó lo de las trampas.

El líquido marrón se arremolina en el vaso de Cukie. Tiene la sensación de que le vibra el móvil. Allí no hay cobertura, pero la pantalla muestra un segundo mensaje de Lianne, recibido hace una hora: «Ni firmar para reconocerlo».

La repuesta que había escrito se ha quedado sin enviar.

—¿Has venido a pescar? —Un penacho de humo nubla la cara de Ox—. Si te hace falta trabajo, siempre puedo contratarte de limpiaplatos.

Cukie ríe con amargura.

—¿Eso es todo lo que vas a ofrecerme?

—¿No está a tu nivel? —Su padre por fin parece ofendido—. ¿Qué te crees que te debo yo a ti?

Cukie medita sobre lo que él le debe a Julius: más que pasividad e inacción; más que una subsistencia con un salario mínimo. Le debe todo lo que pueda, todo lo que pueda coger.

—Happy no llegó a aparecer, ¿eh? Le dije a Genie que no lo vi el día de su desaparición. ¿Cuánto vale eso? ¿Convertir a tu hijo en el mentiroso que tú eres?

—Cuidado, chico, no dejes que tu ira te lleve a decir cosas de las que puedas arrepentirte.

—Yo veo unos diez mil.

—¿Umm? —gruñe Ox.

—¿Quieres saber a qué he venido? A por diez mil. Llámalo cobrarme la manutención que te pasaste por ahí. Llámalo chantaje si lo prefieres. Diez mil. Hoy mismo. O le digo a todo el mundo que ese día saliste con Happy en el barco. Y empezaré por Genie. A ver si es verdad que el pasado pasado está.

Ox le da una larga calada al puro y suelta el humo lentamente.

—¿Diez mil? —dice, y las palabras se hinchan, extendiéndose en la nube de gris—. ¿Eso es todo? —La cabeza de Cukie parece asentir por voluntad propia—. Eres tonto de campeonato, lo sabías, ¿no? —Lanza el puro por la borda—. ¿Crees que yo maté a Happy? ¿A mi amigo de toda la vida?

—Si no lo hiciste tú, creo que sabes quién lo hizo. Sé que estabais tramando algo entre los dos. Pero a estas alturas lo único que me importa es lo que vaya a pensar Genie. Si quieres salvar a tu familia, voy a necesitar que salves a la mía.

Ox no responde y en cambio empieza a dar vueltas por la cubierta. Pasado un rato, dice, con la voz más suave que Cukie le ha oído nunca:

—Tú sabes que yo no llegué a conocer a mi propio padre. Vino una vez a vernos a casa de mi abuela cuando yo tenía nueve o diez años, pero lo único que recuerdo de él es su nuca. —Deja de caminar y lo mira de una forma que Cukie no cree haberle visto antes—. En realidad nunca me importó. Que no estuviera presente.

—No he venido aquí a escuchar historietas.

Ox asiente.

—Te daré el dinero —dice bruscamente—. En cuanto pises tierra firme. Pero quiero que hagas algo por mí. Quiero que entiendas por qué ese día volví yo y no Happy. Quiero que entiendas lo que cuesta salvar a tu familia.

Acto seguido arranca el motor y conduce otros veinte minutos mar adentro, mirando el navegador para localizar las coordenadas. Aminora luego la marcha y Cukie sigue el dedo índice de su padre cuando este le señala hacia una boya naranja y negra que cabecea en la superficie del agua. Apaga el motor y gira el timón para dejar la barca pegada a la boya. Coge unas gafas de bucear del chiribitil y se las lanza.

—Ten. No tengo banderas de buceo y ahora te pueden caer cinco años por tocar una trampa, así que te aconsejo que te des prisa. —Saca una linterna y se la tiende.

Cukie coge las gafas, pero rechaza la linterna.

—¿Qué es?

—Tus diez mil. ¿Quieres saber cómo he prosperado en esta vida? ¿Quieres saber la verdad sobre tu viejo? Puedes verla con tus propios ojos. —Vuelve a tenderle la linterna—. La vas a necesitar, hijo.

Cukie mira hacia el agua, a la boya, reluciente contra las olas azul verdosas.

Después se queda en bóxers, se pone las gafas y se aferra a la linterna. El agua le provoca un escalofrío que lo deja sobrio en cuanto se adentra en la superficie. Aguanta la respiración y bucea, valiéndose de la cuerda de la boya como guía. Abajo hace frío a pesar del calor que reina arriba. No está acostumbrado a la presión que quiere penetrarle los oídos, pese a que tampoco ha bajado tanto. Enciende la luz y la apunta hacia el final de la cuerda. Las trampas están colocadas sobre un arrecife, lo suficientemente cerca para llegar si logra aguantar la respiración como en otros tiempos. Vuelve a la superficie y nada hasta que se queda justo encima de la primera jaula. Estabiliza la respiración y se prepara para coger aire suficiente. Las olas lo zarandean, de modo que tiene que hacerlo en el momento exacto. Inhala profundo y se zambulle, moviendo las piernas al bajar, iluminando con la linterna la trampa que tiene justo debajo. El haz de luz rebota en las rejas de plástico del revestimiento. Cuando se acerca, ve las langostas apiladas una encima de otra. Apunta a la siguiente nasa de la cuerda. También llena.

Es la mañana de la Zambullida. Las nasas deberían estar vacías.

Alarga la mano para intentar abrir la trampa, pero la han cerrado bien, de modo que pasa los dedos por la malla para coger una langosta por la cola y acercársela. La langosta flota con las patas tiesas. Cukie apoya entonces los pies en la jaula y tira de la malla con la mano que tiene la linterna. Con la mano libre agarra la cola de la langosta y la sacude con todas sus fuerzas. Las patas se le quedan pilladas contra la jaula y luego, cuando él vuelve a tirar, empiezan a desprenderse. Se le resbala de la mano la linterna, que se zambulle de cabeza en el fondo del mar. Coge con una segunda mano la cola, la saca por la malla de la jaula y rápidamente patalea con fuerza para volver a la superficie. El caparazón de la langosta está frío y duro, pero resquebrajado por varios puntos. Se le han partido todas las patas menos una y tiene un agujero del tamaño de una monedita en el vientre que deja a la vista algo blanco. Lo toca con la mano y siente una textura tersa de plástico. Presiona con ambos pulgares el hueco y rompe el caparazón, que le corta las manos. Dentro, una bolsa transparente contiene un polvo blanco.

Rasga la superficie y suelta el caparazón. El motor arranca. La lancha está más lejos de la boya que cuando bajó.

—¡¿Has visto algo?! —le grita Ox desde la cubierta, y Cukie asiente, jadeando, y levanta la bolsa de plástico—. Se le ocurrió a Happy. Pero los amigos nuestros que estaban al mando no creían que él valiese para esto. Si no los hubiera convencido de que yo sí, ninguno de los dos habríamos vuelto ese día.

Cukie nada hacia Ox. Cuando se acerca a la embarcación, su padre empuja la palanca del acelerador y la lancha se separa varios metros. Apoya el pie en la popa y mira hacia abajo, hacia Cukie. El motor se queda al ralentí. Cukie lo mira a su vez desde el agua, chapoteando en el sitio. Oye a Ox decir «Lo siento, hijo», pero quizá sea la confluencia del motor, las olas y el agotamiento.

Al cabo de un momento, Ox arrancará y dejará una fina estela mientras desaparece en el horizonte, y Cukie, que por fin comprenderá la clase de hombre que es su padre, se concentrará en los mensajes de Lianne y en cómo tal vez sobreviva en la imaginación de Julius y de ella. Pero en esos momentos, por detrás de Ox, el sol sigue su ascenso. Si Cukie alarga la mano, casi puede tocar la sombra de su padre en el agua.

Independencia vital

Si me preguntas «¿A qué me dedico?», puede que reconozca que cazo ancianos. Los acorralo, los obligo a sentarse en sillas rígidas y de tela áspera antes de interrogarlos. Les saco información: si tienen trabajo o una sobrina que les manda cheques todos los meses o si han adquirido un gato. Deduzco si fuman y si lo hacen dentro de sus pisos. Los coacciono para que firmen formularios, muy a menudo el Contrato de Independencia Vital, que afirma que si tú, como arrendatario de Torres Canas, no puedes cuidar de ti mismo ni contratar la asistencia necesaria, dejas de poder residir en la urbanización. Persigo inquilinos. Estos días ando persiguiendo al más rápido.

Carlos Rodriguez va siempre corriendo. El colega está fibroso, con una piel que parece jerky de cuello para abajo, pero, por cómo adelanta a sus vecinos de Torres Canas, quizá no andéis descaminados si pensáis que en el instituto era una estrella del atletismo. Cuando lo pillo en el ascensor del bloque —más bien cuando lo pillaba—, me fijaba en cómo le rebotaban los pies en el suelo, con las zapatillas aleteando como un pez al que una tormenta hubiera arrastrado a la orilla. Las rodillas se le disparaban hacia delante en los pantalones cargo, derecha, izquierda, derecha, izquierda, mientras seguía la lucecita amarilla que bajaba del cuatro al tres, al dos, y, cuando yo iba a comentarle que se acercaba su recertificación anual, se colaba por las puertas del ascensor y se volvía fugazmente para dedicarme una sonrisa juvenil pero de algún modo canalla.

Si preguntas al administrador de Torres Canas, te dirá que yo soy el asistente administrativo de este complejo residencial para mayores subvencionado por el estado. Y que llevo trabajando ahora hace poco más de un año. Pero llevaba solo un mes en el puesto cuando se perdió del mapa nuestra viceadministradora —la acorraladora de residentes original—, así que soy yo quien está cubriendo su carga laboral, sin un ascenso en condiciones, desde entonces.

El trabajo del administrador de fincas no consiste tanto en perseguir inquilinos como en exprimirles hasta el último centavo que les concede la Consejería de Vivienda y Desarrollo Urbanístico. Lo consigue, por lo demás, mediante subidas del alquiler: las que se justifican gracias a los hallazgos de mis interrogatorios y al papeleo que proceso yo.

El papeleo significa: «Dime lo que ingresas y veré si me estás mintiendo». Significa: «Dímelo y yo te diré si todavía puedes seguir viviendo aquí». Podría hablaros de formularios de verificación que se mandan por fax a los bancos y a los empleadores de nuestros residentes; sus activos y sus ingresos determinan cuánto alquiler podemos cobrarles legalmente. Pero no creo que eso os interese. Lo que os interesará saber es cómo acabé yo pasando las noches resguardado en los diversos resquicios del edificio, correteando por pasillos oscuros como las ratas de los callejones de Ocean Drive. Ya llegaremos a eso.

Lo importante es lo siguiente: mi jefe dice que, si conseguimos subir el alquiler a un tramo monetario lo suficientemente alto para finales del año fiscal, convencerá a nuestra oficina central para que revaliden el puesto de viceadministrador y me lo den a mí. Como vice, podría dejar de vivir en mi coche y alquilarme un piso propio; podría vivir como un humano norteamericano pleno del siglo veintiuno. Lo necesito.

Lo malo de ser la cara visible de las subidas del alquiler en una urbanización de ingresos bajos es que los residentes te desean la muerte. No pasa un mes sin que reciba misivas de odio. Llegan en forma de cartas postales, remitidas a nosotros por familiares de nuestros inquilinos: «¿Cómo puede subirle el alquiler a mi madre? ¿Quiere que muera de hambre?», preguntan en ellas. «Si realmente son una organización sin ánimo de lucro, ¿cómo pueden ser tan codiciosos?»

Ahí reside el malentendido que más cunde en las viviendas subvencionadas por el Gobierno. Dan por hecho erróneamente que está en nuestro interés cobrarles el menor alquiler posible a las personas mayores. La realidad es que la misión de Torres Canas es triple: incrementar el valor de la propiedad, mantener un nivel de ocupación alto y conseguir que los alquileres sigan subiendo.

Sin embargo, no son las subidas del alquiler lo que más encoleriza a los parientes de nuestros inquilinos. En una postal dice así: «Mi padre no debería haber muerto solo. ¿Cómo ha podido abandonarlo así?». Cómo he podido *yo*.

Pero las que te dejan más huella son las notas manuscritas.

En la última, cosechada del buzón de sugerencias de nuestra oficina hace una semana, ponía simplemente: «muere». No sé por qué, pero que el autor de la misiva la escribiera en lápiz y en minúscula me hizo sentir peor. De haber leído un «¡¡¡MUERE!!!» habría atribuido el mensaje a la rabia, que es pasajera, no perdura en el tiempo. Pero a mí «muere» me parece más desde la sangre fría. Da la impresión de que el emisario le dedicó una larga meditación.

A menudo me libro de lo más duro del insulto porque las notas están escritas tremendamente mal, con faltas, son ilegibles, o directamente son de todo menos inglés. No hace mucho, en cambio, recibimos una cartulina con un mensaje que sorteaba las barreras lingüísticas y el analfabetismo. En la nota aparecía un monigote colgado de una horca. Un brazo también de palito agarraba la soga, muy bien recreada, de la que colgaba el personaje. Una flecha señalaba la cabeza de la figura, con la palabra *tú* escrita en el otro extremo. Le di la vuelta al papel y vi EL JEFE[1] escrito por detrás.

«Uff, menos mal», pensé.

Le tendí el papel a mi jefe y le dije:

—Es para ti.

Puede que sea una exageración decir que me identifico con mis inquilinos, la mayoría de los cuales son refugiados políticos o han pedido asilo en nuestro país, pero me solidarizo bastante con ellos. Mis padres no vinieron a Estados Unidos para prosperar económicamente, sino para escapar de la violencia que el Gobierno estadounidense implantó en Jamaica durante la década de 1970 como parte de su guerra contra el socialismo. Pero, cuando menciono Jamaica a los no jamaicanos, ninguno piensa en los agentes de la CIA ni en los títeres que colocaron como primeros ministros ni en la continuidad histórica. En lugar de eso, entran en una espiral de libre asociación, como si los hubieran lanzado a una impro rapeada: *Bob Marley, irie, ganja, gente pobre, Sandals, ya, man!* En el mejor de los casos, creen que nuestra historia empezó en

1 Este apodo siempre aparece en español en el original. *[N. de la T.]*

cuanto ellos compraron el paquete vacacional con todo incluido.

Por supuesto, la diferencia entre los exiliados y mis padres —y, de hecho, la diferencia entre ellos y yo— es que mis padres tenían una patria a la que volver.

El año pasado, apenas unas semanas antes de regresar yo de la facultad, mi madre dijo que le den a Miami y a todo este puñetero país —al vivir para trabajar y todo eso—, dejó que el banco le embargara la casa y regresó a Jamaica. Dice que ahora por fin puede respirar. Se siente liberada por el privilegio de una relativa ausencia de racismo. En 2009 la tasa de homicidios de Kingston llegó a su máximo histórico, y allí es adonde se ha vuelto mi madre para estar por fin a salvo.

Fue la dirección de mi padre la que puse en mi currículum y en la solicitud de trabajo. No duré ni tres semanas en aquella casa antes de que los roces fueran demasiado frecuentes para seguir tragando, así que me fui a vivir a mi Raider, que meto donde puedo, en los pocos aparcamientos que quedan sin guardias jurados o parquímetros, y que muevo cada cierto tiempo para evitar que se me dispare el gasto en gasolina o que se lo lleve la grúa. El día que por fin hice la entrevista para este trabajo, rellené con jabón de manos un vasito de kétchup de una cadena de comida basura y me lavé en unas duchas de South Beach, las que están a solo una manzana de aquí. Aireé el traje en el muro del paseo marítimo mientras esperaba a que el sol me secara los calzones.

Puede que creáis que lo mejor de hacer la transición de vuelta a la condición de asalariado es tener el alimento asegurado, lo dignificante del trabajo o la promesa de la movilidad ascendente, pero no es nada de eso: lo mejor de trabajar es tener un váter en el que poder sentarte y descargar tu colon retorcido y obturado sin tener que fingir que vas a comprar un McPollas Doble con patatas.

Los residentes, ya lo veréis si alguna vez pasáis por aquí, han pasado por eso mismo, ser unos buscavidas... incluso apostaría a cosas peores. Se les ve en la cara, en las muecas y los guiños solidificados. La pobreza los ha drenado, los ha diezmado, en connivencia con la edad. Los que viven solos en sus años finales dan lástima. Los que todavía tienen obligaciones familiares están jodidos. Esto me lleva a pensar en el personaje del que os estaba hablando antes, Carlos. Carlos se cuenta entre las filas de los que están jodidos.

Carlos, que tiene la recertificación pendiente, emplea gran parte de lo que le queda de tiempo cuidando de su mujer inválida. Sospecho que es por ella por lo que se pasa el día trajinando de aquí para allá. Cuando sale por la puerta, su paso desprende ligereza, optimismo en el balanceo de sus extremidades. En cambio, cuando vuelve corriendo, de vuelta del trabajo o del recado del que venga, se le nota la preocupación en los ojos, la tensión que le contrae los músculos de la mandíbula, la mirada de alguien convencido de que se ha dejado el fuego encendido bajo una sartén vacía. Imaginaos soportar un estrés así a diario durante años. Planteaos lo que puede hacerle eso a una persona.

No hemos llegado a establecer ningún protocolo para procesar a cónyuges catatónicas ni tampoco hemos entrado en términos como *poder notarial,* de modo que el año pasado le permití a Carlos que se llevara a su piso las copias en blanco del Contrato de Independencia Vital y el resto de los formularios de la recertificación para que los firmara su esposa. Por supuesto, tardó demasiado poco en volver, con la firma de ella muy parecida a la de él. No quise indagar más allá.

Cuando este año le recordé nuestra cita, me dijo que su mujer no se encontraba bien.

—Aun así, tenemos que dejarlo hecho en diciembre.

—A finales de diciembre —me pidió antes de enseñarme fugazmente sus dientes torcidos y gris parduzco, un librillo entero de cerillas apagadas, antes de huir por el pasillo.

Su gorra roja de rigor subía y bajaba mientras esquivaba a sus vecinos, la pelota de goma de un niño botando entre viejas cumbres nevadas de gris.

Carlos siempre me ha caído bien; permitidme que lo diga abiertamente. Puede que sea por su actitud, pese a los apuros financieros y familiares. Las comisuras de sus labios, al igual que la visera de la gorra, siempre apuntan hacia arriba. Lleva un polo azul marino perenne que tiene bordado en el pecho la palabra WALLGREENS y le queda muy grande, una holgura que se suma a la sensación que da de juventud, como si pensara ir rellenando la camiseta de su hermano mayor.

Al salir del ascensor, Carlos se parará en el pasillo a las puertas de mi oficina de la segunda planta para una cosa en concreto: su chute de Ponche Hawaiano.

Las máquinas expendedoras del bloque se encuentran entre los baños de la segunda planta y los ascensores. Una ofrece las típicas marcas de subidón de azúcar líquido en lata: Porquería, Porquería Light, Porquería de Naranja, Porquería Helada e incluso Leche Malteada, lo que sugiere que nuestros proveedores parecen comprender el sector demográfico de nuestro residencial. Más misteriosa es la segunda máquina, la vuelta directa a los noventa, el dispensador consagrado al Ponche Hawaiano.

El aparato destella en azul y rojo alrededor de la pícara figura ilustrada, que salta a pesar de estar congelada en el centro de la lata ampliada que aparece al frente. El personaje también lleva una gorra roja por encima de una camiseta de rayas blancas y azules. Carlos, el único parroquiano del dispensador hasta donde yo sé, se parará a comprar una lata, sorberá el líquido rojo con aspecto de jarabe y, una vez que haya recargado, volverá rápidamente a la acción. Si vierais este ritual por el rabillo del ojo, podríais pensar que el repentino estallido rojiazul que parte del centro de la caja retroiluminada es el personaje escapando por fin de los confines de la máquina.

Aparte de destacar por sus rarezas de jovenzuelo, Carlos es conocido por ser uno de los pocos hablantes de inglés fluido que hay en el edificio, incluyendo al personal. Desde que empecé a trabajar, he tenido que cultivar lo que me gusta llamar español de alquiler, puesto que el español es el idioma que se habla aquí predominantemente, seguido de lejos por el ruso.

A los de mantenimiento del edificio consigo hacerles peticiones mediante gestos de la mano, mímica y nuestro conocimiento, limitado pero siempre a más, del idioma del otro. «Una problema con la puerta en apartamento 512», escribo en la nota de mantenimiento cuando un inquilino se queja de una puerta que rechina. La queja en sí me la han interpretado previamente, con el inquilino en cuestión haciendo chirridos de bisagras mientras abre y cierra la puerta de mi oficina.

Cuando mi español de noveno se me queda corto, me rindo y llamo a El Jefe para que me ayude a traducir. Él, por supuesto, lo considera una pérdida de tiempo monumental, pero, como se supone que lo estoy ayudando con su inglés, por lo general consiente.

En honor a la verdad, nuestro trueque es un fraude, porque el colega habla inglés tan bien como cualquiera que haya estudiado un ciclo formativo aquí en el condado de Miami-Dade. Cada dos por tres, desfigura alguna expresión, diciendo «Para bien o para peor» y se supone que yo tengo que corregirlo. Al principio lo hacía, pero empiezo a creer que se desvive por exagerar los defectos de su inglés con la idea de parecer extranjero, o local, según se mire.

En el trascurso de un año, el inglés de El Jefe se ha deteriorado vertiginosamente, en lo que es, me huelo, un movimiento político para ganarse a la generación más anciana de la comunidad cubana. Insiste en que él es miembro de esta, pero también ha reconocido que su piel almendrada, sus labios carnosos, su nariz demasiado chata y sus rizos ensortijados se ven con recelo y desdén por parte de la mayoría de sus compatriotas.

«¿Eres dominicano?», he oído que le preguntaban en distintas ocasiones como una docena de nuestros residentes cubanos. Cuando se lo preguntan, veo la ofensa humedeciéndole el rabillo del ojo. «¡Dominicano mi pinga! —replica en español—. ¡Soy cubano!»

—Se comportan como si allí en la isla no hubiera colores —me dijo una vez El Jefe—. Como si África no corriera por las venas de Cuba.

Lo absurdo de este colorismo tan pronunciado solo es superado, a su entender, por el hecho de que, pese a mis veintitantos años en Miami, yo no hable español.

—Pero ¿cómo te las arreglas? ¿Cómo hablas con tus vecinos?

—Es que me crie en Cutler Ridge. A lo que ahora llaman Cutler Bay. —Ante su cara de no entender, añado—: Muchos de los violadores que nos colonizaron hablaban inglés.

Lo que sí que es inexplicable es que él necesite ayuda con el idioma. Yo le sugerí que quizá solo es la gramática lo que lleva mal, así que llevó nuestras lecciones al siguiente nivel. «¿Cómo se dice...?», me pregunta, y señala algo increíble, como un sacapuntas o la suela del zapato y yo le digo: «Tallapuntas» o «Culo del pie».

La última vez, cuando me señaló la rejilla del aire acondicionado y empezó a decir: «¿Cómo se dice...?», en español, le pregunté:

—A ver, tío, pero ¿tú no naciste en Estados Unidos?

—Si, pero me crie en Hialeah.

—Pero eso es Estados Unidos, ¿no? No sé, ¿es que no te daban las clases en inglés en el colegio?

—¿Tú has estado en Hialeah? Allí hasta en las señales de stop pone ALTO.

Al igual que a El Jefe, a Carlos le interesan las distinciones étnicas y raciales, el dominio del idioma y esas cosas. Tuvimos una conversación memorable al respecto que se inició cuando entró a toda prisa en la oficina, se dejó caer en la silla de enfrente y me dijo:

—Te veo y se nota que eres mulato. ¿Estoy en lo cierto?

—En este país no decimos *mulato* —lo corregí.

—Yo soy de este país —me corrigió a su vez—. Y veo que tú no eres como los negros de aquí. Yo tengo un sobrino. —Y para completar la frase, se pasó el índice por la piel de la muñeca y me apuntó luego con él—. Amor —dijo, y separó mucho los brazos y se encogió de hombros repitiendo *amor* como si la palabra pudiera explicar y exculpar lo que, de lo contrario, se le antojaría incomprensible.

Creía que iba a añadir algo más, pero se limitó a guiñar un ojo y salir pitando de la oficina.

De haberse quedado, no me habría molestado en explicarle que yo era uno de esos negros ni que, según la creencia de muchos estadounidenses, también él lo era.

Carlos lleva ya un tiempo preparándome poco a poco para escuchar las manifestaciones fortuitas, si bien concretas, de sus prejuicios. «Yo soy puertorriqueño», le gusta recordarme. Casi todos nuestros intercambios incluyen esa afirmación. «Yo no te voy a gritar "*Learn Spanish*". Yo no soy uno de esos cubanos.»

Los cubanos y los rusos que pueblan en gran medida el edificio siempre protestan a escondidas; rara vez me hacen partícipe. Cada facción hace piña, como verdaderos mafiosos. Carlos Rodriguez hace piña consigo mismo. No le queda otra. Nadie puede seguirle el ritmo.

Cuanto más cerca estamos de mediados de diciembre, menos veo a Carlos. Escucho si acaso una lata rodando por la máquina y una mano que la coge, y quizá capte un destello rojo fugaz que pasa volando por la puerta de la oficina; para cuando salgo al pasillo, es un fantasma. Si subo a su piso en la octava planta y llamo a su puerta, no responde nadie. Pruebo a meter los formularios de recertificación por debajo de su puerta, con la esperanza de que los firme y pase por la oficina para llevármelos, pero la ranura está bloqueada por una esterilla, una toalla o algún otro artefacto de subterfugio.

La mayoría de las recertificaciones de diciembre se han cerrado diligentemente, lo que está muy bien porque el mes que viene es nuestra gran auditoría. Las auditorías federales hacen que los jefes estén con los nervios a flor de piel, y eso significa que mi carga de trabajo se dobla entre la purga y el minucioso repaso de expedientes y la actualización de documentos. El Jefe ha estado casi todo el mes trabajando desde la oficina central para preparar esta auditoría, así que estoy yo llevando prácticamente solo el timón.

Dado que Carlos es el único inquilino que no ha rellenado todavía sus papeles, he tenido tiempo de sobra para estudiarlos al dedillo y comprender que tiene una buena razón para evitarme: en el formulario de Verificación Laboral, su firma está abajo del todo, y, en la línea donde se pregunta «¿Está usted actualmente en activo?», Carlos escribió: «No».

Esto contradice las varias mañanas a la semana que lo veo salir con el uniforme puesto y correr en dirección al Walgreens que hay en la esquina de la Quinta con Jefferson. «¿Podría ser que estuviera de nuevo en activo?», es natural que os preguntéis. Tendría sentido *si no fuera porque* Carlos ha llevado el mismo polo azul del trabajo casi a diario desde que yo me incorporé. ¿Cómo pude no fijarme en esta discrepancia la última vez que vino a firmar el contrato? Quizá todavía andaba yo demasiado ocupado haciéndome al trabajo. Pero, desde que tengo todo eso superado, me ha dado tiempo de aprenderme los nombres, las caras y las rutinas de los inquilinos.

Sé que Alvaro y Leonardo Fernandez montan partidas de dominó todos los días en la cafetería, donde el programa de comidas de Little Havana organiza su menú gratuito, y sé que Vladimir y Saskia tienen el mando de los escalones de entrada desde mediodía hasta las tres de la tarde. Y sé que Carlos está enganchado a la guarrería esa roja, de modo que las probabilidades de pillarlo están a mi favor.

La siguiente vez que veo a Carlos, me planto corriendo ante él justo cuando está echando una moneda de veinticinco en la ranura de la máquina expendedora. Levanta la vista a regañadientes y luego la baja de nuevo hacia su puño curvado con las monedas y hacia la máquina expendedora, como si fuera a echarse a llorar. El visor digital parpadea con un INSERTAR 00,75.

—¿Cómo va el trabajo? —le pregunto mirándole fijamente el polo.

—Ah, no, no, ya no trabajo allí. —Con la mano libre se pellizca la camiseta cerca del logo del Walgreens, como si quisiera sustraerlo de su persona.

—¿No?

Pero ya está en la otra punta del pasillo, camino de la escalera, antes de que yo pueda proceder con el interrogatorio. Estoy a punto de echar a correr tras él cuando me detengo. «No eres poli —me recuerdo—. Te pagan 8,2 dólares la hora.» Pulso el botón de devolución de la máquina y me embolso el cuarto de dólar de Carlos.

La Navidad trae consigo correo extra al buzón de la oficina del alquiler y, cuando lo reviso, veo que han empezado a llover los sobornos. La Navidad pasada, la primera mía aquí, pensé que los sobres llenos de crismas llenos de dinero eran señal del júbilo vacacional, pero pronto comprendí que provenían exclusivamente de inquilinos que tenían que someterse a recertificaciones entre diciembre y enero. Con el tiempo, llegué a reconocer que, dadas las dictaduras de las que muchos de los residentes han escapado, estos donativos eran vestigios de las tácticas de supervivencia que habían adquirido en su país de nacimiento.

Mi superior exige que le informe de la llegada de este dinero y así lo hice al principio, dado que ese primer año no había ningún sobre a mi nombre, mientras que en otros se indicaba claramente que estaban dirigidos a EL JEFE y en otros simplemente ponía OFICINA. Él cogía los crismas y los colocaba en la ventana del despacho, de cara al pasillo, para que los residentes vieran que agradecía el gesto. El dinero, según él, lo devolvía.

Este año, los remites de los crismas están más cuidados. Muchos de los sobres siguen llegando a nombre de El Jefe, con la diferencia de que casi en la misma cantidad van dirigidos a mí. Por supuesto, en ninguno pone TRELAWNY. Están dirigidos al SECRETARY o SECRETARIO. Aun así, los guardo en mi escritorio y me embolso el dinero. ¿Os he contado lo que gano? Además, estos donativos no influyen para nada en si suben o no los alquileres, que, casi con total seguridad, subirán.

Quedarme el dinero no me convierte en un mal empleado, ni tampoco tendría por qué sugerir que no deberían ascenderme... Dejemos las cosas claras: lo que sí que me convertiría en un mal empleado sería permitir que mi pobreza me incapacitara para ejecutar las tareas de mi trabajo.

Estoy arramblando con la pila de sobres de mi escritorio mientras sopeso mi responsabilidad de informar sobre Carlos a mi superior cuando me llama la atención un crisma de cartulina. Lo cojo preguntándome si al abrirlo caerá dinero o un cheque para pagar el alquiler. Cuando lo desdoblo, no hay nada en la tarjeta salvo un pene dibujado con esmero que atraviesa disparado el doblez interior. Por detrás no se especifica a quién está en teoría dirigido. Una flecha señala el glande y, al final de esa flecha, se lee una única palabra: *tú*.

Sería fácil comprobarlo. Una llamada rápida. El Walgreens está a unas calles de aquí. Podría incluso ir andando y comprobarlo personalmente. Si Carlos está trabajando allí, es posible que con su sueldo pueda hacer frente a la subida de alquiler necesaria para impulsar mi ascenso. A ver, a mí Carlos me cae bien, pero yo me caigo mejor de aquí a Lima.

Cuando vuelvo de comer, mando un formulario de Verificación Laboral a la tienda para ver qué pasa. El espacio donde tendría que aparecer la firma del inquilino autorizando la diligencia está en blanco, pero lo mando igualmente.

El problema con Milda Perez es de una naturaleza distinta. Milda es una recertificación de mayo, lo que significa que, puesto que no hay rédito alguno en soportar su demencia, la rehúyo a toda costa. Es la residente más menuda y sonora de Torres, y la única que podría seguirle el ritmo a Carlos si no fuera porque se mueve más que nada en círculos.

No debería vivir sola, pero lo hace, de modo que pierde las llaves del piso varias veces al mes y deja cheques para el alquiler en el buzón de la oficina por partida doble. El Jefe asegura que con eso basta y sobra para acusarla de infringir el Contrato de Independencia Vital —«¿Cuánto tardará en meter fuego al edificio?», dice—, pero ha evitado que la desahucien gracias a un sobrino que ha donado unos bancos para la entrada del edificio y unas mesas para el comedor: lo que sea con tal de que no se vaya a vivir con él.

Milda tiene la costumbre de mirar por la rendija de mi puerta entreabierta y me ve haciendo las tablas con los pagos del alquiler o redactando el boletín de noticias del bloque. Cuando levanto la vista, sale corriendo hacia el ascensor, pulsa el botón, se va disparada a la entrada del comedor y escruta de pasada por las puertas dobles de cristal. Después de dejar atrás en una exhalación el cuarto del personal de mantenimiento, la oficina de la trabajadora social y los baños, se presenta en mi oficina hecha una furia. Hay veces que me entero de alguna cosa suelta de su español frenético antes de que salga corriendo y frustrada. A los pocos minutos, sin embargo, es capaz de volver a la carga para venir a decirme en un inglés casi perfecto que el aire acondicionado del comedor está demasiado fuerte, que el ascensor tarda demasiado o que todavía no ha pasado el cartero.

Hoy Milda aparece poco después de las once. Sé qué hora es sin tener que mirar el reloj porque el traqueteo de los andadores desde el ascensor hasta el comedor ya se ha calmado y desde la otra punta del pasillo emana en cambio un zumbido estable, interrumpido tan solo por las fichas de dominó estampándose sobre las mesas. Espera a que suene el teléfono, a que el fax empiece a escupir alguna hoja, antes de poner a trabajar la boca. Recojo el fax del suelo, lo blando como para enseñárselo y luego respondo al teléfono.

Milda se queda justo en el umbral, murmurando algo que no creo que entendiera ni aunque estuviese hablando en inglés.

—Torres Canas —digo al teléfono.

—¿Seguro que quieres un ascenso respondiendo así a las llamadas? —me dice El Jefe al otro lado de la línea.

—Claro que lo quiero. Es un bonito día en Torres Canas. Y también uno ajetreado.

—¿Cómo van esas recertificaciones?

—Me falta una.

—Pues hazla para esta semana. Me han dicho que el inspector que nos ha tocado es un bulldog.

Milda se acerca como si estuviera avanzando contra una ráfaga de olas. Sube el volumen de la voz conforme se aproxima, con la cara bañada en lágrimas, los ojos colosales tras las gafas.

No he escuchado las últimas cosas que me ha dicho mi superior, de modo que digo:

—Ya, sí, es que no hay manera de localizar al inquilino del ochocientos dos, Carlos Rodriguez. Es el que me queda. —Tapo el auricular con la palma y digo—: ¿Qué pasa, Milda?

Se detiene a medio camino entre la puerta y mi mesa, combinando palabras con respiraciones prolongadas.

—Dime en inglés —le digo en español.

—Asegúrate de que no haya sorpresas con su sueldo y los certificados bancarios —me dice El Jefe.

Miro el fax que tengo en la mano: es el formulario de verificación devuelto por el Walgreens. Está en blanco salvo por que, justo debajo de donde debería estar la firma de Carlos, han rodeado las palabras FIRMA AUTORIZANDO. Sin la rúbrica de nuestro inquilino, su empleador no tiene la obligación legal de reconocer que trabaja allí. Como si lo tuviera detrás de mí, El Jefe añade:

—Calca su firma de algún formulario del año pasado. No hace falta ser astrofísico.

Salgo de la oficina detrás de Milda. Recorremos la mitad del pasillo que da al comedor antes de que ella se detenga para mirar por la ventana que da a la avenida Collins. Como no tengo claro si se le ha olvidado su destino o es ese, le sigo la mirada. Hay una muchedumbre reunida en la acera de enfrente. Es diciembre; los lugareños dejan rápidamente atrás al gentío enfundados en sus chaquetones y sus botas de pelo, pero, como en realidad en la calle tenemos veintiún grados, los curiosos van en su mayoría calzados con sandalias y vestidos con camisetas de manga sisa.

—Mira, chico —dice Milda mirando hacia la calle.

El tráfico está detenido a ambos lados de la concurrencia. Los pitidos infernales de los coches superan el rumor vibrante de los curiosos. Me pregunto qué famosa estará perturbando nuestro día con su presencia, o la embriaguez de quién ha iniciado una pelea, pero no logro localizar la fuente del espectáculo.

Lo que veo es la gorra roja de Carlos y su paso característico cuando dobla la esquina de Collins con la Quinta, que es por donde se viene del Walgreens. Pegado al pecho lleva un ramo de rosas y de gipsófilas, y la palabra que me viene a la cabeza es *amor.* Mientras esquiva a la muchedumbre, pienso en si habrá utilizado el descuento de empleado para comprar las flores y en si la señora Rodriguez todavía apreciará las flores o el sentimiento que quieren trasmitir. Pero Carlos sigue en dirección norte por Collins, sin mirar siquiera una vez hacia Torres Canas.

—Mira —dice Milda levantando la mano en horizontal y con la palma hacia abajo—. Se ha tirado. —Pone la mano en un salto vertical.

Pego la frente al cristal y busco entre los cuellos bronceados y los hombros de los mirones hasta que por fin veo la extensión de asfalto interrumpida por los fragmentos corporales teñidos de rosa.

—Es mejor así, chico —dice Milda sorbiendo por la nariz—. Estaba con el cáncer.

La lista de espera de Torres Canas es de cinco años, pero oficialmente está cerrada. ¿Llevamos un registro en una base de datos electrónica o algo de similar eficiencia? ¿Está encriptada con claves de seguridad de último modelo? La realidad es que nuestras listas tienen la forma de cuatro libretas de redacciones de distintos modelos que tenemos alojadas en un cajón del armario del material.

Cuando un inquilino se tira de bomba a la avenida Collins desde un décimo piso, con lo que deja una mancha rosa permanente en la acera y una vacante en una vivienda, lo que prima es el reemplazo, y entonces salen del armario los cuadernos de redacciones. Dado que el finado señor Leibniz tenía pagado el alquiler de diciembre, tenemos hasta el 1 de enero para encontrar a otro ocupante antes de empezar a perder dinero con una unidad desocupada. Cada día que un piso está sin alquilar dispara una alarma en la oficina central. Demasiadas, y la plantilla entera se va a la calle, de El Jefe para abajo. Así, me recuerda él mensualmente, es como él y nuestra anterior viceadministradora consiguieron su puesto en su momento, y como conseguí yo el mío.

En cuanto a la eficiencia o no de la lista de espera: yo llamo al número que hay junto al primer apellido de la libreta que no está tachado. Si no lo coge nadie tras esa ristra inicial de piticlines, paso al siguiente nombre. Si lo coge alguien, pero no puede cumplir con nuestra inminente fecha de mudanza, se le elimina de la lista por completo, según el protocolo de El Jefe. Me ruegan que no lo haga. «Por favor, llámeme cuando salga la siguiente y estaré lista.» Pero yo no pongo las normas, por mucho que me solidarice con su situación.

Normalmente lleva de ocho a diez llamadas que alguien conteste siquiera el teléfono. Aunque luego ven el número de Torres Canas en las perdidas y nos contactan, a menudo cuando ya es demasiado tarde, momento en el cual les digo que ha sido solo una llamada de cortesía para hacerles saber que siguen en lista. La verdad —que el paseo a la tienda, a la farmacia o al baño les ha costado la oportunidad legítima de venirse a vivir con nosotros— les rompería el corazón.

La falibilidad de nuestra gestión de la lista de espera se pone a prueba cuando, apenas unas horas después del suicidio de Leibnitz, una mujer de cuarenta y largos años entra tan campante en la oficina para preguntar por la posibilidad de añadir su nombre en la libreta de redacciones número uno. Es su edad la que la distingue de otros solicitantes, cierto, pero, antes de examinar la relativa tersura de su cara, son sus movimientos lo que me llaman la atención. Sus caderas son la que tiran de su cuerpo robusto, como si estuviera bailando la danza del vientre.

Rodeo la mesa para saludarla y se presenta: se llama Nikolina. Sonríe cuando habla como si estuviera revelándole un chiste o una buena noticia a un viejo amigo. Hay un brillo en su mirada que distrae de sus patas de gallo poco marcadas. Su blusa deja a la vista el valle profundo de un escote moteado por manchas solares color café y delicadas estrías. Pregunta por la lista de espera. Me doy cuenta de que me siento mal por tener que decirle que está cerrada.

Ni se inmuta cuando le doy la noticia y replica en cambio, con un acento que tiene que ser de Europa del Este:

—Estoy segura de que algo podrá hacerse. —Se acerca un poco más y añade—: Estoy desesperada.

—Quizá no se haya percatado usted, pero estas viviendas son para la tercera edad. Usted no podría optar a ellas.

—Yo tengo discapacidad. Eso me permite optar.

Una estipulación del Instituto de la Vivienda afirma que las personas con discapacidades reconocidas pueden solicitar estos pisos, independientemente de su edad. Es evidente que conoce bien el sistema; la naturaleza de su discapacidad no lo es tanto.

—Pero aun así la lista de espera está cerrada. Y, si no lo estuviera, hay una espera de cinco años.

—Por favor. —Levanta la mano y me la apoya en el antebrazo—. Ayúdeme.

Me aparto para estar fuera de su alcance y miro hacia la entrada, al pasillo vacío de más allá. A estas horas de la tardenoche la mayoría de los residentes han subido ya a sus pisos.

—No puedo hacer nada por usted. ¿Lo ha intentado en Alton Gardens?

—Aquí. Tiene que ser aquí. —Baja la voz—. Puedo darle mil trescientos dólares.

—No puedo aceptar su dinero. —Lo digo rápidamente, como si me insultara su sugerencia, por mucho que, en un suspiro, mi mente haya repartido y asignado cada dólar.

Se acerca un poco más y me agarra por los brazos.

—Puedo darte otra cosa. —Hace una pausa mientras mira de la mesa a mí, como si estuviera evaluando qué es lo que más necesita en el mundo alguien como yo—. Estás demasiado canijo. Déjame que cocine para ti.

Está tan cerca que veo mi propio reflejo en sus ojos oscuros e impertérritos: una clara señal de que se me ha arrimado tanto que roza lo inapropiado y debería rechazarla. Me pregunto, mirándome desde sus pupilas: «¿Qué clase de empleado eres? ¿Y qué clase de hombre, ya puestos?».

Este trabajo tiene sus beneficios adicionales, beneficios que van más allá de un váter y de los bonus navideños extraoficiales. Para empezar, Torres Canas me paga una plaza en el garaje público que hay al otro lado de la calle. Eso supone que no tengo que lidiar ni con parquímetros ni con guardias de parquímetro que me acechan, tampoco con letreros de PÁRKING RESERVADO PARA CLIENTES o zonas de SE AVISA GRÚA. El Jefe aparca en el párking de los residentes, que ocupa gran parte de la planta baja de Torres, de modo que el riesgo de que me pille durmiendo en el coche es de mínimo a inexistente.

Lo más importante, cuando el tiempo roza los cero grados por la noche en pleno frente frío y es insostenible dormir en el Raider, es que hay un piso vacío en la segunda planta, a dos puertas de la oficina de alquiler. Técnicamente se trata de la sala de descanso que utilizan todos los empleados de Torres Canas, desde la trabajadora social a El Jefe, pero es también un piso piloto, un escaparate con cocina, tele y una ducha que funciona. Cuando me encierro allí por las noches, una vez que todos han terminado su jornada y se han ido, se hace más palpable lo acogedor que es el piso. Y, aunque el único mueble del dormitorio es una mesa de reuniones, el sofá estampado de flores de la zona de estar no es tan duro como podría pensarse de entrada.

Cuando ese día la aplicación de meteorología que tengo en el móvil me vibra con la alerta de HELADAS AL AMANECER, una hora o así después de la propuesta de Nikolina, ni me molesto en ir al coche.

Cierro la oficina y deambulo por Ocean Drive, mirando tiendas y letreros que promocionan las happy hours en las aceras. Cuerpos medio cubiertos me empujan al pasar por ambos lados, colándose entre mi persona y los escaparates y las terrazas de los bares. En la calle, un McLaren blanco pasa de continuo en dirección norte para al poco volver hacia el sur, pero poca gente le presta la atención que anhela el conductor.

La playa no se anima del todo hasta más tarde, lo que hace que el mercadillo que hay ahora y todo lo que está encendido resulte especial. El gorila del Wet Willie's, una imponente mole musculada, me saluda con la barbilla al pasar..., cosa sorprendente, porque los gorilas de South Beach son conocidos por lanzar a hombres a través de cristales más que por establecer contacto visual *motu proprio*. Un poco más adelante, dos de los bailarines del Mango's, un tipo con pinta de tiburón y pecho al aire y una mujer cuya coleta alta le llega por detrás de los muslos, han salido por la puerta para encarnar al mismísimo Miami; giran como posesos, sacudiendo sus carnes contra cualquiera que esté lo suficientemente confundido para unirse a ellos.

Lucho contra el impulso de pasarles un dedo por los trajes de leopardo para ver si tienen relieve, y eso me recuerda la de tiempo que hace que nadie me toca.

Cuando paso por delante de los restaurantes, las azafatas me abordan, apuntándome con la carta al pecho como si fueran picas. Son chicas de una belleza increíble y hacen alarde de unos fenotipos que, según los medios de comunicación estadounidenses, no deberían coexistir. Las pieles broncíneas y cobrizas hacen que los ojos aguamarina les reluzcan como joyas en la cara. Ricitos rubios forman espirales por encima de gruesos labios marrones. Narices anchas y claras crean lienzos en blanco para salpicaduras de pecas marrón anaranjado. Toda clase y combinación de ambigüedad racial guarda la entrada de estos locales, que presumen de servir comida francesa, italiana o mediterránea. Las imágenes de estas custodias deberían llenar las portadas de las revistas y las vallas publicitarias, pero tienen unos cuerpos, unas caderas, unos muslos y traseros tan robustos que ni las revistas de moda más comerciales ni los ejecutivos publicitarios saben qué hacer con ellas, razón única por la cual a la plebe se nos permite acercarnos tanto.

Hombres, en especial de estados del sur y del Medio Oeste, se paran para preguntarles a estas jóvenes de dónde son. A menudo arrastran borrachos las palabras: «¿Tú qué eres?». A modo de respuesta, la azafata sonríe y nombra su país de origen. Estos carapollas son precisamente eso por preguntar, pero yo me quedo rondando cuando lo hacen porque yo también quiero saberlo.

A esas chicas las contratan para abordar a los no iniciados y engatusarlos para que cenen en esos establecimientos frente al paseo marítimo, restaurantes que proporcionan comida de la más ínfima calidad a los precios más altos posible. Si no hay mucho trabajo, separan los labios para ti, dejan a la vista sus dientes y encías y aletean las pestañas, como si el único deseo de su vida fuese tenerte como cliente. Cuando están a tope, no abren la boca y te vuelves invisible para ellas a no ser que tengas pinta de tener mucha pasta.

Hoy están sedientas de comensales, de modo que, hasta con mi polo soso del trabajo, les valgo. A punto estoy de sucumbir a una antes de cruzar la calle e irme hacia la arena para sentarme allí descalzo, esperando el paulatino degradado del añil al negro en el cielo.

En el pasado, cuando la soledad ahogaba mi juicio y sensatez, me metía en el Mango's o en el Clevelander, donde estiraba Heinekens de diez dólares y ligaba con turistas (nunca con las bailarinas: era perder el tiempo), sobre todo las estadounidenses que creen que cualquier cosa marrón clara de Miami es exótica. Si te preguntan si eres cubano, dices que sí. Si te preguntan si eres brasileño, puertorriqueño o caboverdiano, dices que sí también. A todo lo que te pregunten, te limitas a asentir, claro que sí; sé el lienzo en el que pueden proyectar sus deseos coloniales y te llevarán con ellas a su suite del Fontainebleau, del Shore Club o del hotel de Fisher Island, donde la necesidad de pases de seguridad y transporte acuático te transformarán de ligue en público cautivo. Pero al menos habrá una cama.

El guarda destinado al mostrador de seguridad de Torres me ve cuando vuelvo. Es inevitable. Pero contratamos a nuestros vigilantes a través de una empresa que hace rotaciones tan a menudo que parece poco probable que a El Jefe vaya a llegarle noticia de mis regresos nocturnos. De todas formas, por si acaso, me preparo para soltarle un rollo de que si la auditoría y de que si la necesidad de trabajar hasta tarde, aunque por la expresión de su cara —indiferencia de pura cepa— sé que lo único que va a pedirme es echarle un vistazo a mi identificación.

Cuando se la enseño fugazmente, me responde, con el mismo acento haitiano con el que contestan todos:

—Okey, amigo.

En el ascensor, en lugar de dirigirme a las oficinas de la segunda planta, pulso el botón de la décima, dispuesto a estirar el cuerpo engarrotado y dolorido sobre un colchón. El pasillo está a oscuras, pero me conozco la planta y encuentro el piso de Leibnitz sin problema. En cuanto entro, el proceso es siempre el mismo: superviso la cena a la luz del móvil y de la nevera abierta. Como solo de envases sin empezar y le hago a todo la prueba del olisqueo, y que les den a las fechas de caducidad. Esa noche toca tostada de atún de lata, sin mayonesa, dado que la idea de la mano de Leibnitz hundiéndose en el tarro me revuelve el estómago.

Dejar apagadas las luces tiene la ventaja añadida de no ver los retratos de los fallecidos mirando de hito en hito mi acto depravado. En la oscuridad, si logro ignorar el aroma a deterioro gradual, puedo hacer como que estoy en casa.

Después de cenar, pongo la televisión y la dejo con el volumen bajo, no sea que algún vecino oiga las voces, se aventure por el pasillo y decida llamar a la puerta. El caso es que nuestros inquilinos son gente curiosa, por decirlo suavemente.

Estando yo ya en el ejercicio de mi puesto, un grupo de los rusos del bloque hicieron una petición para que se desahuciara a un vecino cubano, a cuya hija habían vigilado para constatar que se había quedado a dormir en casa de su padre durante más de una semana. Hay límites y restricciones sobre las visitas de ese tipo, pero tampoco era para eso... Si se hacen cosas así entre ellos, imaginaos lo que le harían al que decide subirles el alquiler. O al que *anuncia* las subidas del alquiler, para ser más exactos.

Esta noche tengo especial suerte: como la enfermedad dejó a Leibnitz prácticamente postrado en cama, trasladó la televisión al dormitorio, algo mal visto entre la mayoría de los inquilinos de su quinta.

Recostado en el haz parpadeante y moroso de las imágenes televisivas, bajo por los contactos de mi móvil y busco a algún amigo a quien escribirle. Por un momento me planteo mandarle un mensaje a mi hermano para ver si sigue en pie su oferta de irme a vivir con él (ahora que su mujer ha cogido y se ha largado). Su invitación llegó acompañada de una dosis de consejo fraternal: «Cada uno es lo que hace y tú has estado comportándote como un vagabundo».

No me lo tomé a mal, pero le aclaré: «Yo me identifico como desposeído».

Seguí explicándole que la última vez que me había quedado en su casa me había llevado una hora llegar al trabajo por la mañana y dos horas volver. Eso son quince horas a la semana de tráfico. Es más de un mes de mi vida por año sacrificado en las carreteras de Miami-Dade. Por no hablar del coste literal de pagar el combustible que consumen tales excursiones.

Aunque si por algo vacilo es por esto: Delano le tiene alquilada a nuestro padre la casa de cuando éramos pequeños, y antes muerto que darle a mi progenitor otra oportunidad de quitarme el techo de la cabeza. Supongo que, cuando muera mi padre y mi hermano herede la unifamiliar de Cutler Bay y la casa de Palmetto Bay, yo acabaré de inquilino de mi hermano. Hay hijos que tienen roles predeterminados, y el mío es que me traten como la mierda.

Al menos Delano me ha hecho el favor de no contarle a mi madre lo de mi condición de vagabundo, y le estoy agradecido.

Si mi madre me llamara, como tiene el don de hacer en ocasiones como esta, tendría que susurrar por el móvil sobre lo bien que me va todo: ¡viviendo en el centro de South Beach! ¡Oportunidades de ascenso laboral! Le soltaré todo el arsenal de trolas marineras que pueda sacarme del orto. Oír mi verdad sería más duro para ella que para mí vivirla. La destrozaría saber que su hijo se ha unido a la clase de los nuevos sintecho.

En otros tiempos le habría mandado un mensaje a Lauren, una chica a la que conocí en la playa cuando me preguntó si me importaba dejar de leer *Sula* para jugar con ella al frisbi y que no hace mucho admitió: «Me gustas, Trelawny, pero no puedo andar saliendo con vagabundos». Desde entonces no hablamos.

Decido escribirle a una antigua compañera de la facultad, Caitlyn, a la que todavía le queda un semestre en la universidad para acabar el máster. La tarde que sugirió que empezáramos a acostarnos me obligó a aceptar que nunca podría conocer a sus padres, lo que se debía tanto a que ellos eran chinos como a que yo era negro, me aseguró, de modo que mi estatus de indigente trunca en poco nuestras perspectivas futuras. Cuando me pregunta si ha pasado algo interesante en el trabajo, le cuento lo del suicidio del señor Leibnitz.

«Qué horror», escribe. «Lo conocías?»

«Éramos íntimos: sé que pagaba 150 dólares de alquiler.»

«Ostras, y entonces, por qué se suicida?»

Empiezo a hablarle de Carlos y de su habilidad para escabullirse. De que puede costarme el ascenso.

«Desde cuándo quieres hacer carrera en el sector inmobiliario?», me responde. «Creía que esto era solo un curro pasajero. Qué hay de solicitar plaza en un máster? Qué pasa con escribir?»

«Es un trabajo que ya estoy haciendo igualmente», replico. «Así que ya podrían pagármelo.»

«Si tú lo dices... Pero no te conviertas en un trajeado maltratabuelos. Joder, Trelawny.»

Para volver a ganarme su favor, le cuento que estoy a punto de sacarme la capacitación docente con un curso que estoy haciendo online. Lo hago en la pausa para comer y después del trabajo, con el portátil de la oficina, y me cuesta hasta el último penique que no reservo a mis menús de comida basura, el seguro del coche y el móvil. Esto no se lo menciono.

«Tal y como está la economía, hay que compatibilizar trabajos», le escribo, aunque, que yo sepa, Caitlyn no ha trabajado ni un solo día de su vida.

«De niñatos de primaria e intermedia? :))) Te van a comer vivo.»

El tema de la conversación vira, como siempre, a cuándo va a venir a verme. «Quiero ver tu glamuroso estilo de vida en South Beach. Además, necesito escapar del nevicidio.»

«Una lástima que tengas que pasar las vacaciones de invierno con tu familia.» Omito el hecho de que si se quedara conmigo tendría que okupar el hogar del reciente finado.

«Vamos a fijarlo ya. Para las de primavera?»

«Estoy que me caigo», escribo. «Hora de dormir.»

Luego subo el volumen del documental sobre cazadores furtivos que matan rinocerontes negros en África. Se forran pasando de contrabando cuernos de rinoceronte hasta Asia, con Vietnam como el principal mercado de este material. Hay compradores que mantienen el cuerno intacto, como símbolo de estatus, pero lo más normal es que lo muelan y lo ingieran como medicina. Se rumorea que es la panacea; los pacientes de cáncer se cuentan entre sus consumidores más entusiastas. Por supuesto, la ingesta de cuerno de rinoceronte no cura una puta mierda, pero la caza furtiva continúa.

Cuando veo a esos animales, y no a los que asesinan directamente, sino esos a los que les han disparado dardos tranquilizantes y están pasándolas putas para despertarse con las caras cruelmente pirateadas y una brecha roja abierta, me entran ganas de vengarlos. Quiero plantarme en Zimbabue y cuidar de lo más vulnerable que queda de la especie. Y, cuando lleguen los furtivos, quiero arrancarles las narices.

Aun así, me quedo dormido imaginándome en una fiesta, en una mansión en la playa. El anfitrión me ofrece ver su cuerno. No es de rinoceronte, sino de unicornio, posiblemente el último que existe. Salvo porque ya no es un cuerno, sino una montaña de polvo sobre una bandeja de plata. Hombres y mujeres en atuendos rutilantes hacen cola para esnifar rayas de unicornio.

Me pregunto, tan alejado como me siento de la brutal aniquilación de este ser otrora majestuoso, si, ante la promesa susurrada de la salud eterna, ¿lo haría? Si os dieran la oportunidad, ¿vosotros lo haríais?

Me ducho y me esfumo del piso antes de las siete de la mañana, dejando a mi paso el menor rastro posible. Los de mantenimiento vendrán a vaciar la casa para llevarse al vertedero los retratos familiares, los colchones, el sofá y la leche sobrante. La persona de contacto de Leibnitz pregunta lo que la mayoría de estos contactos: «¿Tiene pinta de que haya dejado algo de valor? Ah, bueno, a la mierda, tírenlo todo».

Hay casos en que, cuando un inquilino muere, un miembro de la familia queda en venir para ver si hay algo que merezca la pena salvar: un reloj, un collar o un anillo. Si les cabe en el bolsillo y tiene valor monetario o sentimental, estos hijos, nietas y sobrinos se lo llevan a casa con ellos. Si no se puede transportar en brazos, autorizarán que le den a todo el paseo al vertedero.

Preparo una bolsa de supervivencia y bajo por las escaleras traseras para que el guarda de la mañana me vea entrar por la puerta, al regresar, por primera vez. Cuando termino de desayunar, todavía tengo media hora de tiempo muerto, así que me acerco al Walgreens. Cojo un desodorante, un bote de pasta y un cepillo de dientes y luego me dedico a dar vueltas por los pasillos, en busca de Carlos. La tienda está vacía salvo por el farmacéutico y el adolescente que se encarga de la caja.

—Creía que Carlos tenía hoy turno —le digo.

—¿Quién dice? —grita el crío, que se hunde sobre los codos y vuelca lo que he puesto en el mostrador.

La mandíbula se le mueve en círculos cerrados, pero no está masticando chicle, como sospeché de entrada. Es más probable que haya estado de juerga toda la noche. Las patillas blancas de las gafas de sol le reposan sobre unas orejas rosadas y los cristales le envuelven la nuca de una cabeza rapada.

—Rodriguez. —Levanto la voz para ponerme a su nivel—. Carlos Rodriguez.

El chico se encoge de hombros.

—¿Quién es ese, bro? ¿Tu tío Carlito? —Se ríe.

—Un vejete larguirucho, con una gorra roja... Trabaja aquí.

—Creo que sé quién dices. ¿Trabaja en lo de las fotos?

—Podría ser. —Las luces que hay sobre el mostrador de las fotos están apagadas—. ¿A qué hora abre?

—Nunca, bro. La máquina lleva cinco meses rota.

Le acerco el desodorante con el índice.

—Si lo ves, le dices que su sobrino el mulato lo está buscando.

Añadir un nombre a la lista de espera es tan sencillo como peliagudo. Si lo añado al final de la lista, en ese espacio descaradamente en blanco que hay bajo lo que debería ser el último solicitante, la próxima vez que mi superior lo vea se fijará en que ese nombre no está escrito de su puño y letra.

Añadir un nombre en lo alto de la lista es igualmente peliagudo.

No están numerados, aunque sí que están tan pegados que es imposible escribir nada nuevo entre ellos. Solo poner un nombre al margen de los otros ya llamaría la atención del inspector, y no pretendo vérmelas con Hacienda. Mi mejor baza es esperar a que sea la hora de llamarla para que rellene la solicitud y luego hacer como que uno de los nombres ya tachados es de ella.

Es de noche cuando Nikolina vuelve al edificio para encontrarse conmigo. La dejo pasar por la puerta que une el aparcamiento con la escalera de atrás, la que solo se abre desde dentro. Cuando llega, no lleva ninguna bolsa de la compra, lo que es confuso porque ha venido a hacerme la cena, «sin compromiso», en sus propias palabras.

En el segundo tramo de escalones, entramos al pasillo en penumbra. No me atrevo a llevarla al piso de Leibnitz, donde sería fácil que nos vieran juntos, pero, dado que no hay pisos en la segunda planta, nos arreglaremos con la sala de descanso. La puerta de la escalera se cierra y nos envuelve en una oscuridad relativa. Está todo en silencio salvo por el zumbido de las máquinas expendedoras, un poco más adelante. Dejamos atrás el dispensador de Ponche Hawaiano y nos dirigimos hacia el resplandor rojo de la señal de los aseos que hay en la otra punta del pasillo, justo enfrente de la sala de descanso.

Entramos sin hacer ruido y Nikolina mueve la cabeza como una veleta. Antes de que localice el interruptor de la luz, la hago avanzar hacia la zona de estar y el sofá.

—¿Por qué estás aquí? —le pregunto—. ¿Estás segura de que quieres estar?

Levanta las palmas para atraparme la cara, en un gesto incómodo para mí.

—Muchacho —dice con voz tajante—, vida no es cuestión de lo que quieres o dejas querer. Es solo lo que estás dispuesta a hacer y lo que no. Y yo estoy dispuesta a esto por un hueco en tu lista. —Me tiende un sobre de banco—. Seiscientos cincuenta —me dice—. La otra mitad cuando firme contrato.

Pero hay muy poca luz para contar el dinero, de modo que me lo guardo en el bolsillo.

—De acuerdo. —Su soborno ha adquirido un cariz malévolo que me pone más nervioso aún.

Parece una mujer capaz de cualquier cosa, y esa idea dispara mi paranoia, no por primera vez.

—Abre el bolso —le digo—. Me quiero asegurar de que no estés grabando esto. —Rebusco y saco un peine, un espejito, varios pintalabios y perfiladores de ojos; después lo vacío sobre la mesa de centro y le pregunto—: Dime por qué es tan importante para ti vivir aquí.

Creo que me escruta la cara, pero con esta oscuridad es imposible saberlo.

—Te he dado dinero mío. No me pidas nada más.

Abro la libreta con la lista de espera y me paso media hora mirando los nombres iluminados por los primeros rayos de la mañana. Podría llamar a Nikolina para que viniera directamente a rellenar la solicitud y se quedara con el piso de Leibnitz. Bien visto, podría haber hecho que me la rellenara antes de irse.

Pero no marco su número y en cambio cojo el teléfono y empiezo a llamar a solicitantes, empezando por el primer nombre de la lista.

Esa tarde-noche, entre el final de la jornada y mi vuelta a la sala de descanso, paseo por los escaparates de la avenida Washington hasta el cruce con Lincoln Road. Las palmeras que hay entre las tiendas están envueltas en luces de Navidad blancas. Tienen el tronco rodeado de cintas y lazos rojos sin asomo detectable de ironía. La semana que viene es Navidad y ¿a quién voy a comprarle regalos sino a mí mismo?

La multitud de compradores proporciona un trasfondo lingüístico mucho más diverso incluso que el de mi bloque: francés, árabe o japonés se unen al español y a las miles de variantes de inglés habladas por la muchedumbre. Chavales negros se empeñan en intentar venderme sus álbumes de rap mientras atravieso el centro comercial. Abordan a todo el mundo, pero, cuando me ven, sus ojos rebosan esperanza y abandonan a los turistas al considerarme como un objetivo más adecuado.

—Apoya al equipo de casa —me dice uno cuando no me paro a escuchar su monserga.

Es importante no establecer contacto visual con estos mendicantes o de lo contrario no te dejan en paz. Cometo el error de decir «La próxima vez», frase que este joven emprendedor interpreta como unas palabras de aliento.

Salta por delante de mí y me interrumpe el paso. En una mano lleva una caja de discos. En la otra, unos auriculares.

—Lo único que te pido es que lo escuches para ver si te mola, compadre.

Saco un disco de la caja y me lo acerco para escrutar la portada. La calidad de la imagen es impresionante, en alta definición. El artista está sin camiseta sobre el capó de un Cadillac color esmeralda, vieja escuela, con los labios separados para dejar a la vista unas paletas doradas, el puño sosteniendo un colgante de Cristo que pende de una cadena elefantina. El chico tendrá unos veinte años. ¿Se habrá podido pagar él esos adornos solo a base de vender discos por el centro comercial o serán prestados hasta los grills de la foto? Y, si son prestados, o incluso aunque sea camello, como la cultura del rap de Miami le exige afirmar, ¡qué red de apoyo debe tener! ¿Quién de los dos necesita *realmente* mis diez dólares? Dejo el disco de vuelta en la caja.

—Avísame cuando saques tu álbum de jazz —le digo y luego lo rodeo para seguir mi camino.

—Serás Tío Tom-to… Vendido —replica para mi espalda.

Circunvalo los trajes largos, los vestidos de cóctel con pedrería y los tutús en los que están envueltos los maniquíes de porcelana en escaparates que presumen de vender COUTURE y busco una tienda que produzca moda rápida en masa para el sector demográfico de los jóvenes hípsters. Una chica blanca muy delgada que está sentada a lo indio en el suelo obstruye la entrada de la tienda. Está removiendo un grueso cuenco de pasta roja con las manos. Me pregunto si habrá reclamado la propiedad de esta loseta de hormigón de dos por dos y pretende envejecer allí. La rodean un surtido de curiosos. Quiero gritarles que la dejen en paz, decirles: «Ni siquiera tenemos el lujo de poder volvernos locos en privado», pero veo entonces los billetes de dólar arrugados en el sombrero del revés que tiene a la derecha y comprendo que es una actuación.

—Y fue él quien me hizo esto —está diciendo—. ¡Me lo hizo él!

Sorteo la congregación y entro en la tienda con la sensación de haber escapado de algo terrorífico.

Peino los exhibidores de camisetas y vaqueros, un poco perdido, antes de entrar en la sección de hogar y que se me vayan los ojos hacia un muestrario de tocadiscos. Son de esos que están perfectamente encajados en un maletín y que pueden pasar vinilos a digital. En un estante donde pone ÁLBUMES REMASTERIZADOS, hay cosas de Nina Simone, Nat King Cole y Billie Holiday. Le doy una palmadita al sobre que llevo en el bolsillo, para asegurarme, y luego llevo el tocadiscos y los tres álbumes a la caja. Es más del doble de lo que pretendía gastar, pero es justo esa clase de compra que hará de mi futuro piso un hogar. En cuanto llegue el ascenso. Saco el dinero para pagar y me sorprendo preguntándome si a Nikolina le gustará escuchar vinilos, si ella apreciará la plenitud de su sonido.

—¿Por qué no nos vemos en piso tuyo? —pregunta Nikolina en su segunda visita a la sala de descanso.

Estamos en el sofá, cada uno con un cuenco, tomando, a un ritmo sustancialmente distinto, cucharadas del guiso que ella ha traído hecho. «No te ahogues», me ha advertido ya antes con la sinceridad de quien está preocupado por su inversión.

Ahora me pregunta:

—¿Es porque vives lejos?

Me lo ha puesto en bandeja para que le suelte mi rollo sobre la casa de Cutler Bay y lo lejos que queda de aquí; el que le cuento a las turistas que habrían preferido no tener que llevarme a sus habitaciones de hotel compartidas; el que no coló mucho tiempo con Lauren. Pero mi acuerdo con Nikolina ha nacido de tal corrupción que tengo la impresión de que puedo contarle la verdad.

—En este momento estoy entre casa y casa.

Me mira como si no me entendiera y luego dice:

—Es difícil ser joven.

He puesto velas por la encimera de la cocina y en la mesa de centro, lo que Nikolina ha confundido por un gesto romántico y salta a la vista que no le hace gracia. Ya le he explicado la necesidad de mantener las luces apagadas y, puesto que el guiso lo ha hecho antes de venir, solo había que calentarlo en el fuego. Aun así, está sentada en una punta del sofá, en el filo, y me mira de reojo, como si sospechara que fuera a abalanzarme sobre ella.

Contra la intensa luminosidad de South Beach que entra por las cristaleras correderas que dan al balcón, logro ver la silueta de mi tocadiscos colocado en el suelo. Pero, cuando bajo la aguja para que suene *Sinnerman,* incluso con el volumen bajo, los acordes *staccati* de piano me aceleran el pulso y siento como si me pisotearan el pecho, de modo que me apresuro a apagarlo.

Es lo mejor. Ya bastante arriesgado es dejar que el aroma de nuestra cena se cuele por el pasillo, por mucho que no haya razones para que venga nadie por esta planta a estas horas. Nikolina había sugerido que quedásemos a las ocho, pero la he hecho venir a las once y media.

Ha preparado un gulash de ternera y me ha echado una copa de vino ruso, y tengo ambas cosas dándome vueltas en la barriga. Cuando me llamó esta tarde para preguntar por su piso, le recordé que todavía me debía una cena. Pero no he tenido en cuenta que mi cuerpo podía rechazar el alimento después de tanto tiempo.

Nikolina está vestida igual que el día que nos conocimos: el escote en picado, ese dulce perfume que hace la boca agua. Cuando ya no puedo aguantar más, le pregunto:

—¿Has hecho esto antes?

Estas ideas llevan todo el día acuciándome en la cabeza: que hay conductas propias de los supervivientes que ni mis padres ni mis profesores estuvieron dispuestos a enseñarme o no se vieron capaces. Que a estas alturas tendría un techo si hubiera aprendido a vivir siguiendo las reglas de la inmisericordia. Y que, si comprendo esas reglas y es así como realmente funciona el mundo, podría proseguir con una conciencia bastante tranquila.

—¿Es así como consigues lo que quieres? ¿Con sobornos y...?

—¿Y...?

—Bueno... —No delata asomo alguno de saberlo, de modo que digo—: Manipulando hombres.

Se lleva una cucharada a la boca antes de decir:

—¿Y tú siempre aprovechas de mujeres pobres y vulnerables? ¿Las *viejas* se quitan la dentadura para chuparte la polla a modo de fianza? ¿Así lo consigues tú?

—No, claro que no.

—¿Por qué tú «claro que no» y yo tengo que ser puta? —Se toma otra cucharada.

—Solo quiero entender cómo vives. —Mi voz suena quejosa e infantil, así que me aclaro la garganta.

—¿Por qué estoy aquí? —me pregunta en un tono más suave—. Dímelo. Eres guapo —dice esto último como una acusación—. Debes de tener novias más jóvenes que yo.

—Estoy sin casa —digo, y siento que se me desenrosca algo por dentro—. ¿Quién va a quererme a mí?

Finge que no he hablado y prosigue:

—Si fuera solo por dinero, lo cogerías y ya. Pero no. Lo que tú quieres experimentar es poder. ¿Tengo razón?

—Tú me habías prometido la comida. Una conversación. Nada más.

—Quieres la emoción de la temeridad, también. Rozar peligro. Así sois los jóvenes.

—Sigue.

Apoya la cabeza contra el cojín del sofá.

—¿Cuándo me mudo? Sé que hay una vacante.

—¿Cómo lo sabes?

—Por el que se tiró. Salió en todas noticias.

—Será mejor que no le hayas contado esto a nadie. Podría ir a la cárcel. Los dos podríamos.

—Yo tengo cuidado.

—Te crees que me van a hacer chantaje a mí, pero espera y verás: pronto querrán algo de ti.

—No cambies de tema.

—El piso del suicida está ya pillado.

—¿Cómo que pillado?

—Pillado pillado. Ya habíamos aprobado una candidatura antes de acordar nosotros lo nuestro.

Levanta la cabeza y reajusta el cuerpo para mirarme a la cara. El sillón se mece bajo su peso y hace que la cena de la noche me forme un remolino en la barriga.

—A mí no jodas —dice Nikolina.

—¿Por qué quieres vivir aquí a toda costa? ¿Te han desahuciado o algo? —Los ojos le viran de un lado a otro, creo, aunque cuesta saberlo con solo la luz de las velas.

—Tengo a alguien que padece del corazón aquí en este bloque. Necesito estar cerca.

—¿Cómo se llama? Si quieres puedo estar pendiente de ella. —Me clava la vista en el pecho, sin querer darme más datos—. He estado pensando en el resto del dinero —digo con la esperanza de rebajar la tensión—. Es probable que lo necesites para los gastos de la mudanza.

—Te daré el dinero. Después de eso no te deberé nada.

—Como veas.

Dejo mi cuenco en la mesa de centro y voy al baño de la sala de descanso. Abro el grifo para amortiguar el sonido y me siento con la cabeza apoyada en los antebrazos. Cuando salgo después de lo que parece media hora, no hay nadie en el piso. El bolso de Nikolina está en la encimera de la cocina. Abro la puerta y la veo de pie en el pasillo.

—¡¿Qué haces?! —le chillo con una voz tan susurrada como puedo.

Ladea la cabeza hacia mí.

—Solo he salido a mear. —Levanta la mano hacia el baño de señoras que hay al otro lado del pasillo—. Lo siento. —Pero no está hablándome a mí.

El perfil de un hombre rompe la barrera de negro que hay en el fondo iluminado por el resplandor de la máquina expendedora. Tiene un globo, liso y sin rostro, como cabeza. Trascurre un segundo en el que espero que o bien diga algo agresivo o bien se vuelva sin más, pero se limita a quedarse allí muy quieto en las sombras.

—No es nada. Solo una cena —dice Nikolina.

Cuando el repique metálico de unas monedas llueve sobre el suelo de linóleo, cojo a Nikolina del brazo, tiro de ella hacia la sala de descanso y cierro con llave.

—¿Has visto quién era? —susurro—. ¿Te ha dicho algo? —Recojo los cuencos y los llevo al fregadero a toda prisa—. Ayúdame a limpiar. No te quedes ahí parada. —Pero se hunde en el sofá y deja caer la cabeza entre las manos.

—Vale, vale —digo arrodillándome ante ella—. Tú solo piensa. ¿Era un vigilante? ¿Has oído una radio o has visto alguna identificación?

—No era vigilante.

—¿Cómo lo sabes? Mírame.

—¡Que no era vigilante!

—Vale. —Le doy una palmadita en el hombro—. Entonces no va a pasar nada. Solo tenemos que salir de aquí.

Cierro la tapa del tocadiscos y lo meto bajo el sofá. Luego abro una rendija de la puerta y miro al exterior. El pasillo, la extensión de penumbra entre las máquinas expendedoras y la señal de salida, parece vacío.

Estoy falsificando la firma de Carlos Rodriguez cuando Milda entra embalada en la oficina. La estoy calcando, para ser precisos. Estoy rendido. El trayecto de anoche hasta casa de Nikolina, ida y vuelta, sumado a la paranoia… Desde el asiento del copiloto, ella solo me habló para indicarme cómo ir hasta su urbanización. Ni una palabra más. Llegó al punto de hacerme dejarla en la esquina, como si yo fuera a ver dónde vive y a acosarla o algo. Antes de que abriera la puerta del coche para salir, estuve a punto de comentar lo cerca que vive de Torres Canas: a veinte manzanas como mucho.

Pero a tomar viento. No hay nada más claro: la he cagado.

El coche estaba helado, así que me he quedado sentado, frotándome los brazos, esperando a que saliera el sol y horadara con su fuego el frente frío.

Me cuesta describir el sentimiento de apocalipsis inminente que me acecha. No sé por dónde llegará o bajo qué forma, pero no tengo duda de que vendrá: la devastación. Entrará algún inquilino en la oficina y me exigirá un chantaje para comprar su silencio. Puede que El Jefe me llame dentro de un par de días para que vaya a su oficina y me diga que sabe lo que he hecho. ¿Me despedirán y ya está o me denunciarán por algo? Como mínimo, perderé la plaza de aparcamiento y el acceso a un baño.

Busco el contacto de mi hermano en el móvil y escribo «¿Sigue pareciéndote bien si...?» antes de retractarme.

A la luz de esta mañana aleccionadora, me doy cuenta de la cantidad de trabajo que he descuidado en los últimos días desde que conocí a Nikolina; de que, si no otra cosa, mi ascenso parece más lejos que nunca.

Cuando Milda gorjea en español «Ven, chico», ni siquiera intento disimular mi acto fraudulento.

—¡Chico, ven!

—¿Ahora qué, Milda? Cuéntame.

Me coge del brazo e intenta levantarme de la silla. La dejo que me arrastre hasta el pasillo, pero, cuando pulsa el botón del ascensor, pierdo la paciencia.

—¿Me lo puedes decir en inglés? Yo sé que puedes.

Pero sacude la cabeza.

La puerta de la trabajadora social, al fondo del pasillo, está cerrada y tiene colgado el reloj del VUELVO A LAS... El almacén de mantenimiento está cerrado también. Estaba tan aterrado de volver al edificio que, no sé cómo, he acabado siendo el primer empleado en llegar.

En un reguero por el suelo, desde las máquinas expendedoras hasta la pared de enfrente, hay monedas de veinticinco, de diez y de cinco centavos. Me giro y regreso a la oficina de alquiler.

Milda suelta un gemido.

—Un momento, señora —grito en español sin mirarla.

Cojo la llave maestra de su piso. Cuando paso al lado de mi mesa, veo el expediente de Carlos junto al formulario que mandé al Walgreens. Luego pongo la Verificación Laboral del año pasado debajo de la de este año y termino de repasar la firma sobre el fino papel de calco. Meto el papel en el fax y marco de nuevo el número de la tienda antes de cerrar la oficina al salir.

Entro con Milda en el ascensor. Ella le da al botón de la octava planta, lo que me sorprende porque la cantidad de veces que hemos hecho este trayecto ha sido para dejarla en su piso de la séptima. Habla por lo bajo en español mientras se frota las manos y mira la luz que va subiendo por las columnas de números. Alcanzo a entender las palabras *emergencia* y *enfermo*.

—¿Quién? —le pregunto.

No me dice quién, pero sigue retorciéndose las manos hasta que la luz ascendente llega por fin al ocho.

Las puertas del ascensor se abren. Sigo a Milda hacia un umbral al fondo del pasillo. Se pone a lloriquear conforme nos acercamos. Se lleva la mano a la cara y señala, apremiándome para seguir sin ella.

Atravieso el marco de la puerta abierta y me encuentro con la cocina americana del piso a oscuras, vacía. El sol asoma por los bordes de las cortinas echadas.

—¡Hola! —grito—. ¡Jelou! ¿Va todo bien?

En el salón hay una mujer sentada en el sofá que está embutido contra la pared izquierda. No la reconozco al momento, salvo por que se parece a las demás: pelo blanco grisáceo, piel con manchas hepáticas. Las manos le caen a plomo sobre el regazo y tiene los ojos fijos en la pared de delante. No da señales de que me haya visto u oído, o de que esté respirando siquiera.

Empiezo a acercarme y luego lo veo.

A los pies del sofá, unos pantalones cargo parecen desinflados sobre unas piernas huesudas y, por encima, un polo oscuro. El pecho parece ausente excepto por los hombros encorvados, que mantienen los brazos en paralelo. Mi mirada va a posarse en una gorra bien calada sobre los ojos.

Estoy en el piso de Carlos Rodriguez. Ese es Carlos.

Se oye ruido de telas al fondo del pasillo. Aparece una auxiliar que trae una sábana celeste del dormitorio. Hasta que no tapa el cuerpo y la cabeza de Carlos no tomo plena conciencia de lo que estoy viendo. La mujer se sienta en el sofá y pone la mano enguantada en el hombro de la señora Rodriguez.

El timbre apagado del ascensor desgarra el silencio y doy un paso atrás, y luego otro, hasta que vuelvo al descansillo, donde vuelve a ser posible respirar. No veo a Carlos desde donde estoy, solo el umbral de su puerta, solo la cocina, pero aun así no parece que pueda darle la espalda. Unas ruedas chirrían. Aparecen dos auxiliares más maniobrando con una camilla para meterla en el piso.

Milda no se ha movido.

—No la entendía —le digo.

La mujer asiente.

Bajo a la oficina para llamar a El Jefe y contarle que hemos perdido a otro. Consigo que se ponga al teléfono y le pregunto:

—¿Qué hacemos con la señora Rodriguez?

—Llama al siguiente de la lista de espera —me dice—. No puede vivir sola allí. —Pienso en el contrato de Independencia Vital mientras oigo de fondo a mi superior—: Esto no es una residencia de ancianos.

Cuelgo y llamo a Nikolina.

Cuando lo coje, se le quiebra la voz, como si la hubiese despertado.

—Buenas noticias —le digo, pero, por cómo lo digo, sé que no lo son. Empieza a llorar, así que continúo—: Escucha, no te preocupes por lo de anoche. —Mis palabras no le sirven de consuelo—. Escúchame, escúchame —repito hasta que se calma un poco—. Se ha quedado libre un piso.

—¡No quiero! —grita—. ¿No entiendes? Era él. Yo lo hacía por él.

—¿Quién?

Cuando le sugiero que quedemos para que le devuelva su dinero, me cuelga. Dejo el auricular en la base del teléfono, perplejo no tanto por nuestra breve conversación como por la inmensa calma que sigue.

Una hoja de papel entra disparada por debajo de la puerta cerrada. Me levanto corriendo, pero, cuando miro por la puerta, el pasillo está vacío. ¿Quién puede ser tan rápido aparte de Carlos? ¿Quién se lo ha podido contar a Nikolina?

Cojo el papel, esperando que contenga la acusación. De qué, no lo sé. Sin embargo, cuando le doy la vuelta, solo se ve un caballo dibujado a mano. No, un burro. La flecha señala el trasero del burro. Escrito sobre el final de la flecha, esta vez en inglés: *tú*.

No ha pasado ni una hora desde que volví a la oficina cuando oigo que llega un fax. Es del Walgreens. Carlos trabaja para ellos según el documento. O al menos trabajaba. La fecha de inicio es de hace años. Sus horas trabajadas, con su sueldo por horas, no suman gran cosa, pero si lo suficiente para que podamos cobrarle a su mujer el alquiler que deben. Dado su inminente desahucio, no es descabellado esperar que podamos utilizar esta información para quedarnos con la fianza, con lo que El Jefe se daría por satisfecho.

Me lo imagino blandiendo el fax como si fuera una tarjeta de regalo para cambiarlo por una lámpara o unas persianas nuevas o cualquier cosa nueva que pueda incrementar el valor de la propiedad. Eso contaría con el beneplácito de la oficina central. Puede que El Jefe cumpla su promesa y me ascienda. La firma que valida ese documento es falsificada, por supuesto, pero ¿quién queda ahora para delatarme?

Lo que realmente me pregunto es lo siguiente: ¿fueron las carreras lo que mataron a Carlos? ¿La distancia entre Torres Canas, el Walgreens y la casa de Nikolina ida y vuelta? ¿O fue ese momento en el haz oscuro del pasillo, en medio de la noche, cuando por fin se quedó quieto?

Dejo el fax a un lado, abro el curso de capacitación docente en el ordenador de la oficina y me pongo con él hasta que aparece mi superior.

—Están cayendo como moscas —dice.

Doblo el fax junto con el dibujo del burro y voy a la trituradora de papel.

Si esa mañana Delano hubiera sospechado que alguien iba a morir por su culpa, no se habría levantado del sofá

Pero Delano no es vidente. Lo más cerca que está de una premonición es cuando, en el sueño en el que se halla preso, su padre dice: «Se avecina una tormenta. Hasta un tonto podría verlo». Intenta obligar a su cerebro a escapar hasta el mundo de los despiertos, pero su televisor insiste: «Se espera que los residentes de Cayo Oeste empiecen a evacuar la zona no más tarde de esta noche, ahora que el huracán Irene sigue cobrando fuerza sobre el Atlántico».

Los del tiempo hablan sobre las posibles inundaciones mientras la cámara deja paso a un mapa digitalizado de Florida. La península queda alterada por un cono traslúcido que describe una curva desde la costa norte de Puerto Rico y sigue por La Española, Cuba y Miami. Cuando los productores amplían en pantalla el área metropolitana de Miami, Delano imagina que puede marcar en ella la ubicación de la casa de Cutler Bay y de su cuerpo, allí echado en el sofá.

Silencia el televisor y la puerta de la calle retiembla. Una voz bronca aúlla su nombre desde fuera, pero no es su padre. Es el Nórdico, su antiguo socio de la empresa, que grita: «¡Arriba esos cuerpos!». A la derecha, una luz bruñida y rosada penetra por las persianas de la cocina: está amaneciendo. Se plantea la opción de no moverse del sitio hasta que su amigo desista, pero a saber el tiempo que es capaz de tirarse berreando en el porche; lo último que necesita es que despierte a su hermano, Trelawny, cuyo pasatiempo en los últimos tiempos es juzgar los fracasos de Delano. Se pone en pie, la habitación le da vueltas y por un momento vuelve a su sueño: está en el escenario, tocando en el Piranha, pero se le ha olvidado la letra y su padre está interrumpiéndole desde el público, recordándole que la de músico no es una ocupación real, y que tiene hijos propios a los que mantener, y que ya clama al cielo la de meses de alquiler que le debe.

Parpadea para borrar esa imagen, va como puede hasta la puerta, abre el pestillo y empuja. El Nórdico es una imponente figura, en los escalones de entrada, que bota en el sitio. Tiene los vaqueros remetidos en unas botas de caña alta, con unas rodilleras por encima y un cinturón de levantamiento. Los pelos de la barba le sobresalen del mentón como espaguetis rotos que todavía no están al dente. Si le salieran unas alitas por el casco, sería Thor. Odín, si me apuras.

—Pájaro tempranero coge el gusano primero —dice.

—¿Y el gusano tempranero qué coge el pobre?

El Nórdico se pasa los nudillos por la barbilla.

—Depende de la clase de hoyo que esté haciendo.

Sigue a Delano de vuelta al salón y se enfrasca en la conversación que llevan teniendo desde el año pasado: cómo resucitar su empresa de arboricultura.

—Este huracán es el nuestro. El gran empujón que necesitamos.

Delano se reclina en el sofá. Las *Comedias* de Shakespeare reposan en el suelo, a su lado, enjauladas por una fila de botellines de High Life. Cae en la cuenta de que seguramente Trelawny haya salido ya para el trabajo y se pregunta si necesitará el libro para las clases de ese día.

El Nórdico se queda de pie, acompañando las palabras con golpes de boxeo conforme le salen por la boca.

—El huracán tiene a la peña corriendo como los locos. Tenemos que ser rápidos, Delano. Si nos hacemos Lakes by the Bay para esta tarde-noche, a lo mejor nos ganamos una contrata. —Aplasta el puño contra la palma—. La urbanización entera necesita un buen podado.

Delano odia pararle los pies al fervor del Nórdico, pero dice:

—¿Por qué hoy va a ser distinto al resto de las veces que lo hemos intentado?

La última vez que intentaron hacerse con la contrata de Lakes, Tina, la administradora de la finca, empezó fijando almuerzos semanales para hablar sobre cómo pensaban darle servicio a su urbanización. Dejó claro que la presencia del Nórdico la ponía nerviosa, de modo que Delano iba él solo al despacho de Tina, desde donde ella lo llevaba al Applebee's o al Olive Garden en su Lexus RX. De camino, ella se dedicaba a acariciarle los rizos, a enumerarle las veces que lo había visto tocando; le decía lo mucho que le gustaba el reggae, que pronunciaba «reguei», y le decía que siempre tenía una buena bolsa en su queli, por si algún día quería pasarse y cogerse un globo con ella.

A Delano no le hacía gracia que supiera lo de su grupo ni nada de eso y rehuía sus preguntas sobre los conciertos que tenía por delante. Aprendió a recogerse las rastas y esconderlas bajo una gorra con pompón antes de sus encuentros.

En el restaurante ella no hacía nada más que tirarle los trastos, venga a darle palmadas en el muslo, cada vez más cerca de la entrepierna a cada jarra de Crown que se tomaba, hasta que él le sacaba el tema de la licitación y ella lo cogía del antebrazo, le ponía la cara rosada a milímetros de la suya y decía en un susurro ronco: «Esas cosas llevan su tiempo».

La última vez que comieron juntos fue un descaro mayúsculo, Tina envalentonada por el especial dos por uno que ofrecía la casa, y, cuando volvían al SUV, ella le metió los dedos entre las piernas por detrás y le cogió los genitales. Delano se removió para escapar y le pegó un codazo en el pómulo sin querer. Ella lo soltó y a punto estuvo de caerse. Por instinto, él alargó la mano para agarrarla, pero ella mantuvo el equilibrio y, al hacerlo, los labios se le relajaron en una sonrisa desconcertada.

Con la de tiempo que había dedicado a conseguir la contrata. Todas esas proposiciones y almuerzos, y los dedos toqueteándole todo el cuerpo.

—Prefiero morirme de hambre —le dijo a ella, a quien se le desinfló el gesto.

El sol le resquebrajó la piel a Delano durante el paseo de una hora que le llevó recuperar su camioneta de la oficina.

Cuando se para ahora a pensarlo, se pregunta por qué no se aguantó y se acostó con ella. Duda que haya una administradora de fincas en todo Miami que no espere algún tipo de retribución. Le gustaría creer que no necesita una razón para rechazarla, pero recuerda entonces que hace un año él seguía teniendo la esperanza de que Shelly-Anne no lo hubiera dejado para siempre.

Nunca le contó a nadie los detalles de lo ocurrido aquel día, y no piensa hacerlo ahora. Sabe que el Nórdico le diría: «¿Qué clase de hombre rechaza acostarse con una mujer?». Se burlaría de él y luego su diversión se convertiría en indignación. Aquel trato los habría mantenido a flote en un momento en que la economía se hundía, cuando tantas de sus contratas estaban caducando sin posibilidad de renovarse.

El Nórdico había vuelto a ejercer de portero de discoteca en un antro cerca de Everglades. No manifestaba odio por el trabajo en sí, por quitarles la sed de sangre a hombres, lisiar cuerpos de hombres. Lo que odiaba de aquel puesto era que no podía leerles a sus hijas antes de dormir.

—Vale, pongamos que Tina nos diera la contrata, o siquiera un día de trabajo... —dice Delano—, ¿cómo vamos a podar tantos árboles nosotros dos solos antes de que pegue el temporal? No estamos hablando de una urbanización de tres al cuarto. Lakes son barrios dentro de barrios. Un auténtico laberinto.

—Un auténtico filón —replica el Nórdico, que gesticula por encima de Delano—. Nos buscaríamos una cuadrilla. Podemos reclutar a unos cuantos obreros en el Depot.

—¿Y qué vas a hacer, cargarlo a tu tarjeta del Home Depot? —El Nórdico se encoge de hombros—. ¿Cuánto dinero contante tienes?

Su amigo se mira las botas, avergonzado.

—Podría haber tenido el dinero, Del, pero Eliana..., ya sabes cómo es. Se metió en la cuenta, sacó dos de los grandes y les compró a las enanas una tonelada de muñecas American Girl y cosas del OshKosh. El resto cogió y se lo mandó por transfer a su familia en Bogotá y, joder, tío, ese dinero no puedo recuperarlo.

Delano levanta del suelo las *Comedias* de Shakespeare y se pone el libro abierto encima de la cara. Se pregunta si Brandon, su primogénito, habrá empezado las clases de guitarra que le regaló para su cumpleaños, o si la madre le habrá dado siquiera la tarjeta que le mandó al niño. Cuando se lo preguntó por teléfono, ella le dijo:

—Por supuesto tenías que apuntarlo a unas clases en West Covina. Claro, tenías que comprarle algo que me quitara a mí horas de vida. —Delano se había tirado semanas para localizar algún profesor particular asequible en la zona de Los Ángeles, y Covina le pareció bastante cerca en el mapa—. ¿Y a quién se le ocurre llevar a un crío de cuatro años a clases de guitarra? Si no puede estarse quieto ni cinco minutos.

—Tienen que empezar desde pequeños —contestó Delano, que le explicó entonces que hacía poco él mismo había empezado a enseñar a un niño de cuatro años; huelga decir que estaba aceptando a todos los alumnos que le mandaban del Guitar Center, independientemente de lo probable que fuera que sus futuros alumnos aprovecharan las clases—. Si no te hubieras ido, yo mismo le enseñaría a Brandon.

—¿Para qué? ¿Para que sea como tú de mayor? —Shelly rio—. ¿Por qué no podías simplemente haberlos llevado a él y a Hadyn a Disneyland?

Delano aún no podía creerse que ella le hubiese puesto ese nombre a su segundo hijo. Él quería haberle puesto uno potente, como Zion o Judah, pero, cuando Shelly le entregó la partida de nacimiento para que la firmara, ya ponía Hadyn en el hueco para el nombre.

A estas alturas desea que al menos pudieran mantener una conversación civilizada. Pero la rabia con la que ella le habla siempre le hace ponerse a la defensiva.

—¿Quién te dijo que podías coger y llevarte a mis pickneys a California indefinidamente? —le había preguntado Delano—. Voy a contratar un abogado, Shelly. Te voy a denunciar por ser una cabrona secuestradora.

Llevaba meses amenazando con lo mismo, a pesar de que ambos sabían que no tenía dinero para una demanda. Las amenazas de los ricos suenan de lo más penosas, impotentes, en boca de los pobres.

—Lo necesitamos —dice el Nórdico sacando a Delano de su ensoñación—. Con solo un día de trabajo en un barrio así de grande podemos conseguir encarrilarnos de nuevo.

—Necesitamos dinero, Nórdico. Contante y sonante. —La voz le sale amortiguada contra las páginas del libro, y eso lo reconforta: desde que Shelly se llevó a los niños, toda su vida parece distorsionada, poblada de extremidades, cosas y personas fantasma que deberían estar presentes, pero no lo están; últimamente, cuanto más se distorsiona todo, más cerca se siente de estar del todo invertido. Nodela. Delanegativo—. Si no tenemos dinero después de que tu *cuadrilla* las pase putas podando, será mejor que guardes las motosierras antes de decírselo.

—A lo mejor podríamos empeñar algo que no estemos utilizando.

—¿Tú tienes algo que empeñar?

—Estaba pensando en, no sé, en tu Fender, por ejemplo. Y los amplis. Eso tiene que valer...

—Olvídate —lo corta.

—Ya lo recuperaremos.

—¿Y lo del OshKosh qué, cuánto es? A lo mejor podríamos empeñar eso.

Delano oye cómo el Nórdico se hunde con todo su peso en el sillón que tiene al lado del sofá y lo oye musitar:

—Bueno, yo es que creía que...

Ningún plan en bruto del Nórdico funcionaría en la vida, y Delano no está dispuesto a jugarse su guitarra por una de sus ideas. Para que todo saliera bien, primero necesitarían una cuadrilla experimentada; necesitarían convencer de algún modo a Tina para que les diera el trabajo a ellos; y, para colmo, necesitarían un camión cesta que funcionase (el de ellos sigue en el taller por impago después del último par de averías).

Mientras el Nórdico se lame las heridas, Delano escucha a Shelly riéndose de él desde algún punto de los cojines del sofá. Antes de separarse, él le grabó la risa y se la puso de tono de llamada, y no ha podido cambiarla desde que se le cayó el móvil y se le rompió la pantalla interior. En el contexto de su relación actual, la voz suena burlona y cruel.

Consigue sacar el teléfono de entre los cojines y ve el número de su padre por el visor de la tapa.

—A lo mejor Mikey y su cuadrilla nos pueden echar una mano —dice Delano.

—¿Mikey? —Oye que los labios del Nórdico están chasqueando mientras regurgita algo—. ¿Mikey, el yonqui? La última vez que vi a Mike, tú estabas intentando pegarle con el mango de un hacha.

En el último trabajo que hicieron juntos, Mikey taló mal un árbol y casi se le cae encima y aplasta a Delano. Lo de que está enganchado también es verdad. Pero, si el plan es trabajar, tendrán que aprovecharse de la desesperación ajena. Es fin de mes y, conociendo a Mikey, ya habrá alimentado el mono con el alquiler del mes que viene, así que trabajar tendrá incentivo incluso para un tipo al que una vez intentó reventarle la cabeza con un hacha.

Luego está el tema de Tina. Ella no les daría una contrata de larga duración en su vida, pero la amenaza de que la demanden porque la tormenta ha arrancado de cuajo la rama de un árbol y ha aplastado el Mercedes de algún propietario puede ganarle la partida a su ego herido. Las empresas grandes estarán seguramente liadas con trabajos en la capital, y las no tan grandes que medio se las arreglan para seguir currando tendrán que atender antes de nada sus contratas. Con suerte, Tina no verá un trabajito de un día como una victoria para ellos.

—¿Seguro que Tina no tiene ya a alguien?

—Yo he pasado por allí al venir y no he visto a nadie. Eso es lo más que sé.

Delano se quita el libro de la cara. El Nórdico acaba de terminar de liarse un dos papeles.

—Entonces lo único que hace falta es el camión cesta.

Un atisbo de emoción baila por la cara de su socio, que se levanta del sillón como en un estallido.

—¡Yo me paso por lo del Oxidado y le digo a ese hijoputa que o nos da nuestro puto camión o le arranco la cabeza!

No es muy buena idea. En materia de violencia, el Nórdico no habla con metáforas, y el Oxidado no abre su desguace a no ser que esté bien armado y con la munición cargada.

—Yo me encargo del Oxidado. Tú vete para la oficina de Lakes y estás allí antes de que abra y esperas a Tina. —Delano se pone de pie, sintiendo ya cómo le late algo de la electricidad del Nórdico por dentro—. Esto es importante. Que Tina entienda lo serio que es este huracán. ¿Están diciendo que es de categoría 3? —El Nórdico asiente, con la lengua fuera, como un perro esperando su recompensa—. Dile que es de 4… Mañana llega aquí. Me da igual lo que digan en las noticias. El punto limpio está cerrado mañana, así que tiene que decidirse rápido. Se tiene que decidir para mediodía, a mediodía va ya tarde. Dile mejor que del tirón. —Delano chasquea los dedos—. Ahora o nunca. Y escúchame. —El Nórdico deja de jadear y se guarda el porro liado en la oreja—. Mantente firme en la tarifa… No, súbele un diez por ciento. Si se queja, eso significa que va a ceder. Si se queja, dile que se las arregle ella solita. —Delano está ya en el pasillo cogiendo sus cosas antes de que el Nórdico responda, pero sabe que está escuchándolo porque no ha oído el chasquido del mechero.

—Se espera que, si Irene no desvía su trayectoria, lleguen rachas de viento huracanadas a Miami-Dade en poco más de treinta y seis horas…

Delano va en el asiento del copiloto de la camioneta de seis ruedas del Nórdico, camino al taller del Oxidado, cuando empieza a sentirlo, como si se hubiera tragado una pesa de pesca, un plomo que sigue en el hilo. Se le mueve como un péndulo en la barriga, rasgándole las entrañas. Han dejado atrás Cutler Bay y se han dirigido hacia el suroeste por

Goulds, pasando a todo volar delante de iglesias y de la Iglesia del Pollo, y se supone que tiene que convencer a un tipo al que lleva dos meses sin pagarle para que le devuelva su camión.

El Nórdico siempre se da cuenta cuando Delano pierde el entusiasmo por una idea. Apaga entonces la radio y le da un palmotazo en el pecho con su mano gigante.

—Esto lo tienes tú controlado. Como ese caracerdo cabrón te diga que no te da el camión, le dices que se va a cagar cuando esta mole de pantano de ciento treinta kilos vaya a por él. —El Nórdico le dedica una sonrisa de Popeye, con los dientes unidos en una comisura y la otra arrugada en torno a una pipa imaginaria—. ¡Y estoy con hambre! —Delano suelta un graznido, entre eructo y risa—. Ya sé lo que tú necesitas. —El Nórdico mete el brazo por detrás de su asiento y le lanza la mochila al regazo—. Bolsillo pequeño. —Delano lo abre, creyendo que va a encontrarse una petaca o una lata de las grandes de birra, pero se encuentra un sándwich envuelto en plástico y una manzana verde—. Quiero que te lleves la manzana y, en cuanto te dé la impresión de que no te va a dar el camión, quiero que muerdas a esta cabrona y le saques todo el ácido.

—¿Y eso?

—Tú confía en mí. En cuanto veas que no te toma en serio, le das un bocado y le pones la cara más putoaltiva que haya visto en su vida. Te va a amargar bien y te vas a encabronar como no te la dé. —Delano aspira entre los dientes y deja la mochila en el suelo—. Es que a veces te entra el cague, Del. Y tú sabes tan bien como yo que, como vaya contigo, no sale de allí nadie vivo. Pero tú no puedes ir para allá y hacer como si no dárnosla fuera una opción. Porque no lo es. Tenemos bocas que alimentar, sus muertos. —Dice esto último entre dientes.

Delano quiere creer a toda costa lo que cree su amigo, que porque ellos quieran o necesiten algo deberían tenerlo.

Paran delante de la parcela del Oxidado y Delano se baja. El Nórdico asoma la cabeza por la ventanilla y le pregunta:

—¿Me paso por lo de Mikey de camino a Lakes?

—Sí, porque como me vea a mí lo mismo sale por patas —concede Delano.

—No te olvides de esto. —Le pasa la manzana a Delano—. Métele caña —le dice y revoluciona el motor antes de derrapar por la carretera.

Cuando la camioneta dobla por la esquina al final de la calle, Delano se acuerda del libro de su hermano, que pensaba dejarle en el colegio Palmetto donde trabaja y que se ha quedado en el coche de su amigo. Está convencido de que lo necesitaba para dar clases ese día. Se le ocurre que quizá Trelawny haya pensado en pasarse por la casa para cogerlo a la hora del almuerzo y ahora no se lo va a encontrar. ¿Y no es eso lo que pasa siempre? Uno intenta mejorar una situación y lo único que consigue es empeorarla. Es mejor no hacer nada.

En otros tiempos, Delano se consideraba una persona optimista, alguien que controlaba su propio destino. La vida le había sonreído en gran medida antes de la crisis de 2008. Había esquivado los horrores de un trabajo administrativo y de los préstamos universitarios —es más, había rehuido la universidad en todo su ser—, de humillarse por un puesto o un ascenso, de arrodillarse ante esa gente injustamente calificada como superior a él, de todas las cosas que te amargan la vida y que la convierten en un suplicio. Había empezado a trabajar para una empresa de arboricultura cuando estaba en el instituto, antes de pedirle prestado dinero a su padre para los costes de montar la suya propia y asociarse con el Nórdico, que llevaba años en el sector. Fue a clases nocturnas para sacarse un título en arboricultura, y le encantaba que tan poca gente supiera a qué se dedicaba un arborista y él pudiera explicarles: «Curo árboles». Se enorgullecía de ser su propio jefe..., y diría que en su momento también Shelly estaba orgullosa de él. Ni ella ni sus hijos lo verían jamás doblegarse, humillarse ante un supervisor sádico.

O al menos eso creía él. Cerca del fin, antes de comprender que era el final, cuando la sequía de trabajo era ya absoluta y volvía a casa un día tras otro sin clientes nuevos, Shelly le dijo:

—¿Y no puedes buscar un trabajo normal y ya está? Por lo menos hasta que la cosa remonte un poco.

—Podría conseguir más bolos. A lo mejor es el momento de centrarme en la música.

Lo de tocar en directo tampoco era muy estable en esa época, pero al menos los conciertos lo dejaban con un poco de dinero contante. Y, dado que el dueño de la casa en la que vivían era su padre, él se encargaba de concederles prórrogas al alquiler (lo consideraba una de sus contribuciones). Mientras, el trabajo en márketing que tenía Shelly en Sony Music tendría que cubrir el resto. Tal vez, si él redirigiera toda su energía en promocionar al grupo, Los Zioneros, Shelly dejaría de ser tan reservada con sus contactos en la industria.

Hasta que un día ella lo llamó desde la casa de su madre en California para decirle que había pedido el traslado allí y que no pensaba volver. Ni siquiera entonces fue consciente Delano de hasta qué punto la suerte le había dado la espalda, porque le preguntó:

—¿Y cuándo vuelven conmigo los chicos?

—Crees que, si me diera por abandonar a mis hijos, ¿me iba a fiar de ti para cuidarlos? —Él no le pidió que ahondara en el tema, pero ella añadió—: Tú no eres el sostén de esta familia, Delano. Lo que eres es una carga.

Ahora se esconde la manzana tras la palma y luego llama al timbre de la puerta del Oxidado.

El solar es una fortaleza, una parcela de tierra cercada en un barrio con pocas regulaciones vecinales o ninguna. Al otro lado de la carretera hay chalés bajos de una planta, rosa fucsia o morados, que uno esperaría encontrar más bien al lado de la playa en las Bahamas. Los jardines, por llamarlos de alguna forma, son una sola extensión de cemento mate que hospedan Chevies sobre ladrillos, ruedas sueltas y un triciclo sin manillar a la vista: un arsenal de residuos esperando a que la tormenta se los lleve por delante.

El aire se siente eléctrico en la calma que precede a un huracán y ahora una brisa fresca le eriza el vello de los brazos. La cortina de humedad que pende sobre el sur de Florida está descorriéndose. Ciertamente, se avecina un temporal, y Delano experimenta una extraña sensación de euforia al aceptar este hecho. Nunca ha visto a hombres más felices que cuando tienen que abandonar las tareas menores que les asignan en sus trabajos de nueve a cinco para volver a su hogar y tapiarlo, dejar lo que no importa para proteger lo que sí. La farsa de la vida diaria se pone en pausa. El clima trasciende la cháchara: «¿Podría ser el siguiente Andrew?». Siempre se invoca ese nombre: el suceso mesiánico del sur de Florida, el ecuador de su antes y su después.

También ha conocido el alivio de cuando se abandonan ambiciones; sueños que se dejan a medio forjar cuando lo primero es sobrevivir. El desastre inminente trae consigo sencillez: repasar una lista dictada por las noticias del canal 7. Comida en conserva, agua, cerillas, velas, pilas, linternas, transistor. ¿Están tapiadas las ventanas? ¿Está llena la bañera? Entonces, a relajarse. Ábrete una cerveza. Saborea el hecho de que has hecho lo que has podido y, si acaba ocurriendo lo peor, cuando llegue el lunes puede que ni tengas oficina a la que volver. El techo que resguarda a tu familia y por el que estás esclavizado, los problemas y las expectativas, los sueños aplazados, el alquiler y los meses que debes, hasta tu padre el casero: puede que todo se lo haya llevado el viento.

Vuelve a llamar al timbre.

Hay movimiento por la parcela. Ladridos de perros grandes, zapatos que hacen crujir la hierba y la mirilla sobre el asa de la puerta abriéndose a un lado. El sol pega de lleno en las pestañas naranjas del Oxidado. Tras la quietud de estas, el cronómetro mental del mecánico está corriendo hacia una decisión.

—¡Oxidado, tío! —A Delano unas sílabas le salen graves, otras agudas, como la voz que utilizan en los anuncios de cerveza y de patatas fritas durante la Super Bowl, cuando intentan que el sector demográfico de hombres de barrio residencial de veintiuno a treinta y cinco años parezca más tonto y feliz de lo que cabría desear—. Soy yo, ¡Delano!

—Ya sé quién eres —dice el Oxidado con mirada impertérrita—. Lo que me gustaría saber es si has tenido el valor de venir hasta mi puerta sin dinero.

Delano levanta la manzana hasta la barbilla y luego la baja. Cuela un «Yeah» bajo un «He venido a pagar la fianza de mi pequeña».

El Oxidado titubea por un momento y luego dice:

—Ya era hora, joder.

La mirilla se cierra. Tintineo de llaves. Una cadena que repica contra la puerta. El Oxidado la descorre una rendija y Delano entra con calzador. Sigue al otro por el césped moribundo, a través de un laberinto de vehículos de pequeñas empresas de currantes. Hay una furgoneta de helados pintada en rosa clarito y acaparada por un Mickey Mouse pintado a espray, salvo porque no se trata de la típica infracción de los derechos de autor. La cara del ratón es marrón chocolate: un Mickey urbano y más amigable para los jóvenes negros de Miami.

Dejan atrás un autocar escolar amarillo y varios minibuses de transporte privado antes de que asomen los vehículos de empresas de jardinería junto a cortacéspedes y lanzas de remolque. Delano se pregunta cuántos cacharros de esos tendrá que mover el Oxidado para abrir un camino por el que quepa su camión cesta cuando quiera salir por la puerta de entrada.

Dentro del taller, la mesa está rodeada de montañas de chatarra y manchas granujientas sobre el cemento. Las puertas del taller están subidas por ambos lados y allí, acurrucado en la esquina más al fondo del solar, está el camión de Delano.

El Oxidado le hace señas para que se siente en la diminuta silla naranja que hay frente a la mesa mientras él se hunde en un sillón relax negro al otro lado. Saca una libreta de recibos de un cajón, así como las llaves de la camioneta, y lo estrella todo en la mesa con una fuerza brutal.

Delano tiene solo la mitad del culo en la silla de tamaño niño, de modo que va cambiando de un glúteo a otro cuando le dice:

—¿Qué, has atracado una guardería?

El Oxidado deja de hojear el cuaderno y lo señala con un bolígrafo.

—Tú preocúpate de los muebles de tu ratonera, o donde quiera que tu gente viva. —Garabateó algo en el libro—. Yo no soy el ladrón. Yo pago mis deudas. Cuando toca.

Delano levanta las manos con las palmas hacia delante.

—Relájate, Oxidado, tío. No hay ningún ladrón aquí. ¿He venido o no he venido?

El otro se recuesta en su asiento.

—Tendría que haber desguazado ese recogepiñas mierdoso hace un mes. ¿Y quieres que me relaje?

—¿Qué es mejor, que trabajes con nosotros de vez en cuando y tengas clientes leales o que nos hagas una putada y perdamos la empresa para siempre?

—El retrasado de tu socio lleva intentando tener una empresa legítima y cagándola desde antes seguramente de que tú tuvieras los papeles de residencia. Y lleva pagándome tarde desde más o menos la mitad de ese tiempo. Coge a cualquier... —señala hacia Delano— *arborista* ¿y se supone que con eso convence a alguien de que es de fiar? Escucha lo que te digo: a mí me la suda no volver a ver a peña como vosotros, so muertos de hambre. —Arranca una hoja blanca de la libreta de recibos y se la lanza—. Tú dame mi dinero y puff. —Hace con la mano como si Delano se volatilizara.

La factura se queda colgando del borde de la mesa con el total adeudado a la vista, pero la escritura, los números, están del todo borrosos.

—Te mola soltar mierda por la boca, ¿eh? Pues mira, pedazo de truño con patas: tengo un encargo de trabajo y están esperando el camión para que se lo hagamos y nos puedan pagar y entonces nosotros te podamos pagar a ti.

—¿Hacer el trabajo para poder pagarme a mí? —Le da vueltas a la frase con la lengua, alternando el énfasis—. ¿Hacer el trabajo para poder pagarme?

Shelly-Anne ríe desde su bolsillo y, cuando Delano saca el móvil para callarla, ve el mensaje de su padre pasando por el visor de la tapa: «Tenemos que ver qué hacer con lo del alquiler. Llámame».

—¿Estás diciéndome...? —dice el Oxidado—. ¿Y pretendes que...?

Delano se guarda el aparato y se lleva la manzana a la boca, la muerde con fuerza y siente como se le arrugan los mofletes hacia dentro. Se mete los trozos masticados en los carrillos con la lengua e intenta hablar sin escupirse encima.

—La única manera de poder pagarte es haciendo este trabajo.

El Oxidado se pasa un dedo por la nariz. Abre el cajón superior de su mesa y mete la mano dentro.

—Vete.

—Escúchame, por favor. —Trozos de manzana le caen sobre el regazo.

—¡Fuera de mi puta vista!

Delano se pone en pie y da unos cuantos pasos hacia la salida antes de oír que el cajón se cierra, de oír la presión liberada del sillón relax al levantarse el Oxidado para acompañarlo a la salida.

Cuando llega a la puerta, la descorre hacia un lado mientras piensa en un último argumento desesperado. ¿Y si el Oxidado deshiciera lo que le ha hecho al camión? Una estupidez, y no solo porque implicaría más trabajo por parte del mecánico, sino porque si trajeron el camión fue porque el brazo no le funcionaba bien y a punto estuvo Delano de salir despedido. Menos mal que consiguió cogerse de la rama que estaba podando. Si no, habría caído de una altura de dos pisos. Le da un último bocado a la manzana cuando el móvil vuelve a vibrarle. Un mensaje de texto del Nórdico: «Ya esta arreglado, compi! Tienes el camion?».

Delano mira hacia atrás: el Oxidado solo está a unos metros.

Coge entonces el candado de la cadena que cuelga del pasador interior de la puerta. Se vuelve y ve cómo el mecánico desencaja los ojos cuando él levanta el candado y lo deja en equilibrio en la punta del índice. Luego lo coge en el puño, junta las dos manos y por un santiamén se inclina hacia atrás.

—Chaval, yo que tú no lo haría —dice el Oxidado.

Pero ya ha dejado atrás a Delano y corre para seguir la ascensión del objeto, que se dirige hacia los chalés.

Sin embargo, nada más llegar al umbral, se detiene al darse cuenta de que quizá lo que ha tirado no ha sido el candado, sino el corazón de la manzana. Delano le hunde la bota del 45 en el culo al Oxidado, que acaba a cuatro patas sobre la zona de tierra que hay justo al otro lado de la entrada.

La cierra entonces y coloca el candado en la cadena que une los pasadores justo cuando la madera retumba y tiembla.

—Escúchame un momento —dice Delano, que espera o que el Oxidado reaccione o que vuelva a lanzarse contra la puerta.

Lo que pasa, en cambio, es que un trozo de cedro sale disparado de la puerta y una bala atraviesa con su silbido la explanada y da contra algo metálico.

Delano se tira al suelo bajo una camioneta comida por el óxido, pensando: «Esperaré a que sea seguro salir», hasta que se da cuenta de que es una idea horrible, puede que la peor que ha tenido en lo que lleva de día. Se agarra a dos puñados de hierba y se arrastra por el suelo hasta que sale al otro lado de la camioneta. Le está costando levantarse. Tiene las piernas de gelatina, huesos de cerdo aplastados y pezuñas de ternera hervidas, y está a punto de morir por un camión cesta de 1982 que casi lo mata en otra ocasión anterior.

Por encima, contra un telón de cielo rosa palo, el Mickey de chocolate lo está mirando como un dios. En su levedad, benevolente y ojiplática, Mickey mantiene una sonrisa de labios rígidos en un truco de ventrílocuo. Con una voz que recuerda mucho a la de Delano, le susurra: «Corre».

Se adentra de un salto en el laberinto del desguace, donde va aporreándose el cuerpo con retrovisores y guardabarros mientras deja atrás un taxi y los cortacéspedes hasta llegar por fin al taller. Suena otro disparo, aunque no más cerca que el anterior. El candado. «Está intentando romperlo a tiros», piensa Delano. Reduce la marcha, cuidándose de no escurrirse en las manchas de aceite que cubren el suelo.

En la mesa hay un llavero con una pata de conejo sobre la libreta de recibos abierta. Lo coge mientras mira la copia de calco de la factura que el Nórdico firmó en su momento. La arranca y la hace una bola junto con el ejemplar blanco para el cliente que sigue pendiendo del borde de la mesa, se lo mete todo en el bolsillo y vuelve a salir.

Por detrás del taller, los perros están como locos en sus jaulas, un ciclón emborronado de pelo habano y negro. El camión cesta está metido de culo en la esquina derecha de más al fondo del desguace. No tiene ni idea de cómo va a sacarlo. No ha pensado tan hasta ahí. A la izquierda hay un camino de hierba despejado, de unos treinta metros, antes de que un Chrysler que es pura herrumbre bloquee gran parte del camino que hay por delante.

Abre la puerta del camión.

Podría montarse en él y valerse de su altura para saltar la alambrada y dejar que el Oxidado se tire las próximas dos horas buscándolo por el desguace. Así se quedaría para siempre sin vehículo, pero estaría de vuelta en la seguridad de su sofá para la hora de comer. ¿Y luego? ¿Seguir evitando a su padre? ¿Seguir preguntándose cuándo verá a sus críos?

Se sube en el asiento del conductor, mete la llave en el contacto y la gira. El camión tose un par de veces y luego vuelve a la vida con un rugido, ahogando los gruñidos de los perros bajo el chirrido de las correas sueltas y el empuje del motor. Pasado el Chrysler, otros sesenta metros antes de llegar a la alambrada. Debería haber una calle al otro lado. Si consigue pasar el culo del Chrysler, podría tirar abajo la valla. «Este camión es un tanque», se dice.

Cierra de un portazo, pone la palanca en Marcha y aprieta el acelerador. La camioneta avanza a trompicones. El Oxidado sale corriendo del taller. Grita algo, pero el vehículo se empotra en el culo del Chrysler a cuarenta kilómetros por hora. El guardabarros del camión embiste la valla y esta se parte en dos y salta por encima del parabrisas y cruje al aplastarse. Delano gira el volante a la derecha y las ruedas del camión se liberan del panel posterior de la valla, que queda como un residuo abandonado sobre una carretera gris y vacía.

—Lo tengo —le dice al Nórdico por el teléfono, y se abstiene de contarle lo de que quizá el Oxidado o la policía estén persiguiéndolo; está pasando por encima de la US1, por el mismo camino de la ida—. ¿Mikey y los otros están preparados?

—Eso es lo único. Vas a tener que pasarte por casa de Mikey. Dice que antes de nada tendrás que pedirle perdón.

Delano ve el Sandy's apareciendo por la izquierda. Los Zioneros consiguieron una residencia de cuatro meses allí antes de que todo se fuera al carajo. Hacían versiones de éxitos del reggae, desde Bob a Beres y pasando por Barrington, con Delano como cantante principal. Pero Camille, segunda vocalista y bajista, y el teclista querían tocar más canciones originales de las que les permitían por contrato. Cuando llevaban dos meses, el encargado del Sandy's, Paulo, lo llamó para informarle de que su vocalista se había presentado en el bar con la idea de renegociar el contrato.

—Yo creía que teníamos un acuerdo —dijo Paulo—. Controla a tu gente o voy a tener que moverme en otra dirección.

—No podemos ser marionetas toda la vida —le dijo Camille cuando Delano le sacó el tema en el siguiente ensayo.

—Está hablando tu ego.

—¿Mi ego? Ah, ¿yo soy la del ego, señorito líder de la banda?

Él siempre había atribuido gran parte de la presencia del grupo sobre el escenario al tamaño de Camille —que a menudo superaba el metro ochenta y cinco de él, según los tacones que se pusiera ese día—, pero durante su confrontación la palabra *imponente* adquirió nuevas connotaciones.

—¿Era Hendrix una marioneta cuando hizo su versión del *All Along the Watchtower»?* —preguntó Delano—. ¿Cuando hizo el *Hey Joe?*

—O sea que ahora el man se cree Hendrix —dijo Camille.

Delano arguyó que cargarse algo bueno antes de que llegara a serlo era una cagada de las gordas. En realidad, él no se sentía como una marioneta cuando cantaba canciones escritas e interpretadas por los maestros: se sentía como un vehículo. No reconoció que necesitaba el dinero sí o sí, que perder aquel trabajo habría sido su perdición.

El grupo decidió cumplir el resto del contrato con el Sandy's, pero las siguientes actuaciones fueron irregulares. Camille no lo sentía y se notaba. Paulo también se percató y los sustituyó por un grupo que tocaba funky. Después de eso, Los Zioneros se separaron, aunque Delano le prometió al batería, Busha, que volverían a montar el grupo con miembros nuevos. Eso fue hace ya más de un año. Por primera vez, ese día dice las palabras en voz alta:

—Yo en teoría tendría que estar tocando. —Cuando se da cuenta de que sigue al teléfono con el Nórdico, le pregunta—: ¿Tú sabes por lo que acabo de pasar?

—A veces todos tenemos que tragar —dice el Nórdico.

Delano cierra la tapa del teléfono con fuerza y luego busca en el bolsillo lo que espera que sea la única prueba de que el Oxidado les ha arreglado el camión. Se asegura de romper ambas copias del recibo en pedacitos antes de tirarlas por la ventanilla: copos blancos y amarillos elevándose en el viento.

—Yo soy tan persona como lo puedes ser tú —está diciendo Mikey desde el otro lado de los barrotes negros que custodian la entrada a su cochera.

—Claro —dice Delano clavando la mirada en el llamativo brillo del blanco de los ojos del otro.

—No había necesidad —prosigue este—. Estuvo totalmente fuera de lugar.

—Tienes razón. No digo que no la tengas. —Delano se coge a un barrote, cada vez más impaciente, con el camión cesta aparcado allí mismo y el motor encendido; una serie de bollos le han desfigurado el guardabarros y el capó, pero por lo demás parece ileso—. Aunque tampoco te olvides, Mikey, de que poco más y me matas.

—Yo tampoco estaría tan seguro de eso. A ver, los accidentes son cosas que pasan. —Se inclina, mira por la calle, como si él también hubiera robado algo—. Da gracias de que hiciera la vista gorda.

—No, si está claro que ver no veías.

—Digo que me callé, que no le dije nada a la poli. —Sacude la cabeza para enfatizar—. Eso casi que habría que compensarlo.

—¿Vas a trabajar más colgado que un mono, casi me matas y yo te tengo que compensar a ti? —Habría sido fácil reducir a Mikey a la categoría de acabado yonqui si no fuera porque fueron juntos a la escuela intermedia y al instituto. En lugar de eso, Delano ve en él lo mismo que en sí mismo: un infinito potencial desperdiciado.

—Mira, yo no sé si iba puesto o no —repuso Mikey—. Pero yo creo que me afectó. Esa violencia. No descartaría un estrés postraumático.

—Tú te has metido algo, ¿no?

—Qué va.

—Mira, Mikey, atiende bien. Yo no me puedo pasar aquí toda la mañana hablando de mierdas. ¿Quieres una compensación? Trabajo. Eso es lo que te puedo ofrecer.

Mikey mira a su alrededor con nerviosismo.

—¿Podrías darme la pasta hoy?

Delano no quiere mentirle y quizá no sea así, por lo que le dice:

—Solo a ti. El resto tendrá que esperar hasta que nos paguen a nosotros. Ya tú les dices a ellos lo que tú veas. —Mikey asiente e inspecciona el interior de la casa—. ¿Con qué peña cuentas?

—El Maní, Jesús, Jorge. Rob ha vuelto, pero puede que no esté en condiciones.

—¿A Rob no lo habían enchironado por asesinato?

—Ese es Rob el Blanco. Ese cabrón negro no va a volver a ver la luz del día. Yo te hablo de Rob el Negro.

—Ah —dice Delano—. Venga, ve y despiértalo, anda. Si consigues sacarlo de la casa, nos ayudará a cargar ramas.

«Flipante», está pensando Delano cuando consiguen llegar todos a Lakes by the Bay con los dos vehículos llenos. Ve la camioneta del Nórdico aparcada delante de la oficina de administración, de modo que se detiene al lado del césped y le da indicaciones a Mikey para que aparque la suya más adelante en esa misma calle. La cuadrilla parece en su mayoría sobria, en su mayoría reconcomiéndose por una dosis. Delano ordena a los hombres que empiecen por los árboles de la calle paralela y luego va a la oficina. El Nórdico está en su camioneta comiéndose su sándwich cuando Delano abre la portezuela del copiloto de golpe.

—¿Qué ha dicho Tina exactamente?

—Quiere que vayas a suplicarle —dice el Nórdico con los ojos clavados al otro lado del parabrisas.

—Guatdefack, Nórdico, joder.

Este se desliza por el asiento y le da una palmadita en el hombro.

—Yo ya la he puesto al día. Tú lo único que tienes que hacer es limar las asperezas. Te está esperando. Ten. —Le pasa a Delano lo que le queda del porro y le dice—: Con esto fijo que te relajas.

Ha habido épocas escogidas de la historia en que lo aparentemente imposible se ha logrado gracias a la mera necesidad. Delano se dice esto mientras entra en la oficina, salvo porque no se le ocurre ni un solo ejemplo más allá de los incidentes de esa mañana. Se acerca despacio a Tina, que está tras su mesa con sonrisa socarrona. Su moño en pagoda, con mechas burdeos y coleteros rojo, azul y verde, le recuerda a uno de los primeros juguetes de Brandon, un juego de aros apilables de Fisher-Price.

Cuando Delano tiene claro que no puede soportar más el silencio, dice:

—Me ha dicho el Nórdico que tengo que firmarte unos papeles, ¿no?

—El Nórdico no te ha dicho eso.

—Si estás ocupada, puedo volver cuando hayamos terminado.

—Te lo voy a dejar clarito: como alguno de tus chicos toque una hoja, llamo a la poli.

—¡Tiiinaaa! —dice masajeando el nombre—. ¿Qué estás, cabreada?

—¿Yo? ¿Por qué iba a estarlo? ¿Quizá por el moratón que me dejaste en la cara la última vez que nos vimos? Piénsalo mientras recoges tus cosas y os largáis de la urbanización.

Delano suspira como un perro apaleado y hunde la barbilla en el pecho. Ve que Tina se toma ese gesto de resignación como si realmente fuera a irse, pero en cambio él se deja caer en una de las sillas de enfrente.

—La cagué —dice—. A veces suelto cosas que no debería y a veces incluso las que sí debería las suelto de mala manera. —Pretende poner cara de pena y darle lástima, pero, cuando la mira a los ojos, los suyos se le empiezan a aguar, y comprende entonces que la emoción es real… y que no puede cerrar el grifo.

A Tina se le retrae una comisura hacia el borde de la cara, con los labios separados: la expresión es la de alguien que está viendo a un hombre adulto vomitarse encima.

—Tina, tú siempre me has gustado.

A esta le sale una risa forzada.

—¿Tú me has visto a mí cara de tonta?

—No, escúchame, te lo digo en serio. Pero no porque tengas este trabajo o un coche caro. —Señala el aparcamiento con el pulgar hacia atrás—. No porque tengas una cosa u otra, sino porque te lo has ganado tú todo.

La mujer parpadea y mira hacia la mesa, como si recordara a su pesar un par de tribulaciones por las que ha pasado.

—¿Y?

—Pues que yo quería eso. Yo quería conseguir la contrata de Lakes. Y tú me arrebataste esa posibilidad.

—¿Que yo te la arrebaté?

Delano asiente.

—Sí, desde el momento en que lo llevaste fuera del terreno de los negocios. La oferta que presentamos para la licitación era la que más le convenía a la urbanización y tú lo sabes. Pero nada de eso importa cuando pones en peligro el proceso. ¿Sabes lo mucho que significaba para mí? ¿Te haces idea?

—Dirías cualquier cosa, así de desesperado estás.

—Podría ser. También puede ser que esto sea tan feo que tenga que ser verdad. ¿A que el único sentimiento que te provoca es ganas de vomitar?

—Dame una sola razón por la que tendría que ayudarte.

—No te estoy pidiendo un favor. Si no quieres un acuerdo de larga duración, vale. Pero esta tormenta está aquí. Está aquí y somos nosotros los que hemos venido. Cerremos el trato. —Delano se lleva el nudillo al rabillo del ojo para enjugárselo.

—¿Le contaste a tu socio lo que pasó? —pregunta ella—. ¿Te estuviste cachondeando del tema con todos tus amigotes?

—Siento si te ofendí, Tina, pero no se puede ir por ahí cogiéndole a uno... Vamos a llamar a las cosas por su nombre: *agresión sexual.*

Tina pone cara de horror.

—¿Eso es lo que crees que fue?

—¿Te refieres a aparte de acoso?

—Yo creía que estábamos pasándolo bien.

—Mira, yo no pretendo venirme con historias de que te vaya a denunciar o a llamar a tu empresa, a demandarte ni nada de eso. —Delano oye desde allí las motosierras ya en marcha, pero dice—: Si vamos a hacer este trabajo, si lo va a hacer alguien, tiene que ser ahora, Tina. Pero ahora mismo.

Esta se muerde el labio.

—Yo no quería... acosarte. —Y antes de que Delano pueda decir «Sí, sí que querías», Tina añade—: Solo por esta vez. Va en serio. Solo hoy, y ni un dólar más sobre el presupuesto de partida.

Fuera las motosierras trabajan y Mikey está elevándose en un cielo tan azul que la cesta que lo contiene parece una nube. El Maní y Jesús tienen los crampones puestos y están encaramándose a unos árboles al fondo de la calle mientras Rob va cargando lo que cae de ellos en la caja de la camioneta de Mikey. El Nórdico tiene medio cuerpo fuera de la puerta del camión y está dándole instrucciones a Jorge.

Delano escruta a un lado y otro de la calle en busca del Oxidado, de la poli, pero la carretera está vacía. Calcula que, si logran terminar el trabajo, tendrán dinero de sobra para pagarle al Oxidado por la valla, el curro del camión cesta y un poco más, para que no les guarde rencor. Luego le pagará a su padre —no todo lo que le debe, pero sí el mes corriente y el siguiente—, y tiene que pillarse un vuelo para ir a Los Ángeles a ver a sus hijos.

Una sensación que le es vagamente familiar empieza a subirle por el cuerpo, una emoción similar a la alegría, pero la contiene, temiendo que se ha librado de algo que no debía. Una idea, sin embargo, cala pese a sus esfuerzos por contenerla: la idea de que él controla su destino.

Mikey está arriba del todo con la motosierra, dejando caer ramas, cuando el brazo de la cubeta empieza a girar descontroladamente. Su amigo no se da cuenta al principio de que lo que se mueve no es el camión cesta sino el brazo, a su aire. Delano le grita al Nórdico que apague el motor, pero el ruido de las sierras amortigua su voz. Le grita a Mikey, pero el brazo del camión ya está catapultando la cubeta hasta su cima, con lo que Mikey y su motosierra chillona giran como unas aspas y acaban en el asfalto y en sangría.

Delano está en el escenario del Piranha, acunado por el foco central. A la izquierda, en una pantalla azul, palabras blancas se van rellenando de amarillo conforme suben y desaparecen, pero, como no le hace falta mirar la letra, clava la vista en el foco y gime por un micrófono. Los instrumentos de *Three*

Little Birds aúllan por los altavoces a ambos lados del escenario. En el público escaso, los cuerpos se mecen en la penumbra. Cuando termina la canción, baja a trompicones y se abre paso, entre aplausos débiles y palmaditas en la espalda, hasta aterrizar en una punta de la barra, donde el libro de su hermano le tiene guardado el sitio. No se acuerda de cómo ha llegado hasta allí, ni sabe cuánto tiempo lleva, pero tiene claro que las clases habrán terminado ya. Los parroquianos le han estado echando cerveza en la jarra cada vez que ellos se pedían otra.

Camille, en todo el esplendor de su metro ochenta y cinco, se sienta a horcajadas en el taburete que hay a su lado y dice:

—Nunca la habías cantado tan sad. ¿Un día jard?

Delano piensa en el patrullero que lo ha interrogado mientras los de la ambulancia despegaban a Mikey del suelo, el mismo que le ha informado de que iban a requisarle el camión cesta y de que sería mejor que fuera buscándose un abogado. Vuelve a pensar en que esa mañana destruyó la única prueba de que en teoría el Oxidado le había arreglado el camión.

—Nunca he estado mejor.

—Déjame que te invite a una bíar —contesta ella—, para que no haya rencor entre nosotros. —La última vez que la vio, tenía el pelo moreno; ahora, con las cornrows despuntando en rubio sobre la reluciente piel marrón intenso, se le antoja una criatura celestial que ha bajado para castigarlo—. Llevo mucho tiempo sin saber de tu miúsic. Habrás estado bisi con lo de los árboles, ¿no? ¿Tan bien va la empresa?

—Hace poco que me he jubilado —dice, a lo que Camille se ríe.

—Eres demasiado yaun para jubilarte. Será que estás reinventándote.

—Si me vas a invitar a esa copa, que sea ya. ¿No sabes que viene una tormenta de camino?

También a eso le ve la gracia Camille.

—¿Cuánto tiempo llevas aquí? El huracán ha dado media vuelta. No va a llegar aquí ni de lejos. ¿No te animas con eso?

Delano baja la frente sobre la barra.

Camille hace señas al camarero para que le ponga una Heineken a Delano.

—Yo estoy otra vez tocando con Busha, ¿sabes? —dice, y Delano piensa: «Allá vamos»—. El sínguer nuevo también compone. Es artista de verdad. —Delano la mira directamente para darle el placer de destrozarlo de cara—. Pero, muchas veces, cuando estamos en el escenario, miro a un lado y espero verte a ti.

—Un detalle por tu parte. —Levanta el botellín para reconocerle el gesto y luego le da un buen sorbo.

—Mañana por la noche tocamos en un garito de Ocean Drive. Podrías pasarte y nos ves.

Delano ve el día siguiente, el otro y el de más allá con una claridad pasmosa. Apenas saldrá de su cuarto por miedo a todo lo que se le viene encima: comparecencias en el juzgado y amenazas de cárcel, los intentos redoblados de su padre por recaudar el alquiler, comunicaciones cada vez más convulsas con Shelly-Anne y, lo peor de todo, la deficiencia: el amor que no puede proyectar hasta sus hijos a cuatro mil y pico kilómetros de distancia, el amor que no puede utilizar como faro para llamar a su familia y que vuelva. Uno no puede proyectar amor mientras se entierra a sí mismo. No se puede irradiar amor mientras te apagas entre parpadeos, te evaporas en el vacío. Y tendrá que guardarse de los sobres que llegarán con sellos oficiales y los golpes que empezarán a escucharse en la puerta de la calle y que retumbarán por toda la casa hasta la base de su columna, e intentará rehuir también los remordimientos, el trauma, la culpa, a Mikey, aunque acabarán encontrándolo, al fondo de latas vacías, en las ascuas de cada calada de porro. Permanecerá en su escondrijo hasta el punto de pasar hambre, lo que no es nada descabellado teniendo en cuenta que ahora apenas tendrá dinero para alimentarse. Y, cuando el hambre se vuelva insoportable, cuando enfangue sus pensamientos y reajuste las dimensiones de su cara, cuando no se reconozca en el espejo del baño, entonces sí, por fin, saldrá para venderse al primer jefe disponible y, cuando la sienta, la gratitud, alcanzará la inversión plena, el Delano fantasma.

El DJ anuncia que Delano es el siguiente en la cola, a pesar de que él no recuerda haber pedido otra canción. Camille le guiña un ojo y le dice: «Petición especial». Podría hacerse el loco, pero es muy amigo del DJ y tiene demasiada presencia como para perderse entre un público más bien escaso o hacer como si se hubiera ido ya. Se plantea largarse de verdad, empezar a desvanecerse, pero se conoce demasiado bien para fingir que puede ignorar un micrófono que le hace señas, ni siquiera ahora. Se queda, evocando su yo más puro y concentrado, y decide que se aferrará a esa versión durante los instantes fugaces que le brinde. Se levanta del taburete y empieza a dar pasos cada vez más amplios hacia el escenario. Si puede dejar una impresión lo suficientemente honda de este Delano, como repasar su nombre hasta que lo que haya debajo lleve la impronta, entonces, en algún momento, quizá logre encontrar el camino de vuelta.

Si os sobrevivo

Esta es una versión de cómo acaba: tu padre está un peldaño por debajo de ti en las escaleras manchadas de verdín de la casa donde te criaste, mascullando: «Me va a matar a disgustos». Habla de tu hermano, tu compañero de piso, el delincuente. Las patillas le bailan en los carrillos como alas de cuervo mientras el aire caliente trae consigo la peste del monte Trashmore hasta el jardín en pendiente. Es 2012, diciembre, demasiado a finales de año para que el hedor del vertedero se pasee en el aire y recubra Cutler Bay con su podredumbre. Sospechas que tu hermano lleva años sin pagar el alquiler, poniendo a prueba los límites de su cargo como hijo favorito, pero tu padre te lo confirma ahora: «Yo no puedo estar pagando la hipoteca de esta casa y de la mía».

Quieres recordarle que esta casa *también* es suya y que, ya que tú sí has pagado religiosamente tu parte desde que te viniste a vivir hace dos años, ¿no querrá decir más bien «No puedo estar pagando una hipoteca y media»?

Pero en cambio le dices: «Pues ponlo en la calle». Te sorprende la velocidad con la que la culpa te retuerce el estómago. Al fin y al cabo, Delano es la persona que te ofreció un techo cuando se volvió insostenible lo de vivir en el coche, donde acabaste después de que tu padre te echara de su casa de Palmetto Bay. Aunque tu hermano ya no te cuenta sus cosas, es evidente que tiene una depresión galopante, por no hablar de sus problemas externos, que llegan, en parte, vía correo certificado con remite del juzgado del condado. Uno de sus trabajadores murió el año pasado en un accidente espeluznante y al poco estaban poniéndole un pleito. Todavía está esperando a ver si se lo cubre su seguro de responsabilidad civil. Por todo esto, lo compadece. Aun así, tu hermano, últimamente, parece empeñado en destruir todo lo tuyo: tu casa, tus relaciones, tu estabilidad mental. Así que lo de «Ponlo en la calle» no es tan irracional.

Tu padre parece que ni siquiera se percata de que has hablado porque te pregunta sin más: «¿Y si me la compras tú?», lo que suena muy parecido a «¿Y si este marrón pasara a ser exclusivamente tuyo?». Al instante te da un precio de venta exacto. Es una suma pequeña por una casa, eso tienes que reconocerlo. Más que justa. Demasiado razonable, en realidad: 11 698 dólares.

«No, gracias.»

Es la respuesta evidente. ¿Por qué, si no, iba a salirte de la boca con tan poca ayuda de tu cerebro? Sospechas que hay hordas de males conduciendo la casa por el camino de la perdición, pero cualquier lego diagnosticaría lo siguiente: la casa donde te criaste está hundiéndose.

El costado que da al oeste se hunde en la colina que hay detrás; unos zarcillos de hiedra aferrados a la fachada están arrastrándola hacia alguna boca del infierno. Cerca del lado este, una fisura pasa un palmo por debajo del muro exterior. Tu padre ha claveteado allí una casa de pájaros sin barnizar y le ha colgado unos carrillones de madera para disimular la abertura.

Si la asociación de vecinos todavía no te ha enviado cartas de advertencia sobre la necesidad de atajar el hundimiento gradual —esto es, si ni tu hermano ni tu padre han estado escondiendo los avisos de la asociación, o de los responsables de vivienda del condado, o del estado, o de quienquiera que tenga interés por que las viviendas no se hundan para siempre en la tierra— no es tanto por la genialidad de la casa de pájaros, sino más bien por el vergel con el cocotero, el mango y el akí que el año pasado trasplantó Delano en la pendiente del jardín, en lo que fue uno de los numeritos finales de su ahora difunta empresa de arboricultura.

Entre el verano y el otoño, las lluvias torrenciales ayudaron a que la arboleda ganara en frondosidad y en aspecto selvático, lo que impide que tu casa se vea desde la carretera, pero no ha conseguido que la familia vecina deje de susurrar «Guarro» cada vez que te ven por la acera. La palabra va acompañada de *puto* o *putos*, según, pero la última vez que el ente padremadrepickney pasó por delante de ti, que estabas en los escalones de entrada, e intercambiaron un «Los putos guarros negros» en lo que distaba mucho de ser un susurro, apuntaste el índice a la frente cejijunta y arqueada del padre y dijiste: «Correoterrevientolacarahoramismo, mierdahumana», porque ¿para qué fingir que el lenguaje tenga algo que ver con entendernos los unos a los otros?

Aun así, no puedes evitar preguntarte si no tendrán algo de razón.

Tu novia, Jelly, se vino el pasado septiembre a vivir contigo y ya ha conseguido odiar este sitio, debido en no menor medida a las gracietas de tu hermano: su insistencia en que no podes la hiedra que está haciendo saltar las tejas; sus sesiones de canto a las tres de la mañana con vagabundos que rescata de uno u otro antro; las torres de platos que construye sobre la encimera, los fuegos de la cocina y el fregadero.

Justo anoche te la encontraste al lado del microondas mirando una de esas torres, con una mano extendida y los dedos a centímetros de una taza encajada en el tramo superior. Al final dejó caer la mano vacía a un lado y, al verte, dijo: «Bueno, tendré que beber de un cuenco, como los perros».

De los muchos motivos que han provocado ese «No, gracias», el más sencillo es este: 11 698 dólares es más dinero del que has poseído junto alguna vez en tus treinta y dos años de vida; más del doble, casi el cuádruple, del dinero que has llegado a reunir en algún momento. Ahora mismo tienes 987 dólares en tu cuenta corriente. En tu cartera, un billete de veinte. No tienes ahorros, nada guardado bajo el colchón, nada enterrado en el jardín trasero, ninguna inversión que canjear ni nada sobre lo que pedir un préstamo.

Cuando el viento caliente atiza a tu padre como fronda de palmera muerta, le dices que no vas a comprarle la casa. Pero, conforme pasan las horas, y luego los días, la idea se extiende por tu mente como el moho.

Decides que no vas a comprarle la casa a tu padre, pero, en la semana que sigue a su propuesta, te ves sondeando la posibilidad con otros. Le preguntas a tu hermano. No le dices directamente: «¿Debería comprarle la casa a papá y ponerte en la calle, a ti y tus mierdas?». Le dices:

—He estado pensando en el futuro.

Acabas de dejar en el suelo el maletín, engordado por los exámenes de mitad de curso. Son las cuatro de la tarde.

Tu hermano está delante de los fuegos, echando ajo picado, queso rallado y tomillo en la cara abierta de una tortilla. No sabes cómo, pero tu albornoz harapiento le queda estupendo. En el último año se ha quedado mawga, subsistiendo al parecer de huevos de gasolinera y de Miller High Life. Le ofreciste pasarle el contacto del departamento de música de tu colegio, pero prefiere dar clases particulares para no tener que salir de la casa. Te impresiona ver la encimera despejada de platos, con tan solo la tabla de cortar, el cuenco para los huevos, un tenedor y un cuchillo de sierra. Un olor penetrante a limón emana de la península que os separa y sobre la que hay un único sobre abierto. Esperas que aquello sea el inicio del resurgir de tu hermano después de tantos meses de desidia.

—¿Y cómo pinta tu futuro, joven hermano? —Los labios se le arquean en una sonrisa cuando se vuelve para decirte—: Es luminoso, ¿no?

Delano remueve la sartén abollada, adelante y atrás, el huevo navegando sobre el aceite de oliva chisporroteante. Las rastas se le balancean por la nuca. Del cuarto de estar llega una lánguida melodía arrancada de la guitarra a base de acordes arpegiados. Dudas que se haya atrevido a dar una clase en albornoz, así que sabes que es Sadie, la última calamidad que Delano ha traído a casa, el tercer compañero de piso de facto.

Sadie es posiblemente la peor mujer que ha traspasado el umbral de esta casa con tu hermano porque, a pesar de que parezca tener su propia vida en orden, no ha hecho sino alentar la flojera de Delano mientras tú has esperado en silencio a que se dé cuenta de que puede aspirar a algo mejor, a estar con alguien a quien no le parezca estupendo que él no aspire a algo mejor. Te inclinas sobre la encimera y tuerces el cuello para confirmar su presencia en la sala. Cuando ella te ve, la incredulidad le sale a flote en la cara, como si fueras tú el huésped que ella lleva semanas esperando a que se vaya.

Te guardarías la conversación para un momento en que estuvieses a solas con tu hermano, pero últimamente él se aferra a Sadie como el desodorante que le embadurna las axilas.

—Jelly y yo vamos cada vez más en serio —le dices a tu hermano—. Creo que por una vez la cosa podría durar.

Delano se da la vuelta.

—¿Hablamos de casaros?

—Casarnos no. Ser propietarios de algo a medias...

La melodía se detiene en seco y Sadie carraspea. Delano mira de reojo hacia el salón y luego hacia ti.

—Yo también quería hablarte de eso. Sadie y yo tenemos noticias. —Te calas tu mejor cara de «Estás de puta coña o qué», pero tu hermano está ya mirando otra vez la sartén—. Esa carta ha llegado hoy —prosigue—. Se ha resuelto la demanda. El seguro correrá con los gastos de todo. Me han dado una nueva oportunidad en la vida, bredren, y no pienso malgastarla.

—Enhorabuena. Pero ¿qué tiene eso que ver con Sadie?

—Nos habrás escuchado ensayar hasta las tantas, ¿no? Vamos a volver a montar el grupo.

—¡El grupo! —dices intentando sin éxito disimular el alivio.

Delano asiente.

—Pero vamos a necesitar más espacio para ensayar. Hemos pensado... —Se detiene para darle la vuelta a la tortilla y cerrarla, o puede que le dé la vuelta para hacer una pausa—. Hemos pensado que tu cuarto nos vendría bien para los ensayos. —Gira el regulador de la hornilla y apaga el fuego—. La sala de estar la queremos convertir en el cuarto de los niños.

—¿Los niños? —Te inclinas para volver a mirar a Sadie—. ¿Está embarazada?

—Brandon y Hadyn —te aclara—. ¿Se te olvida que ya eres tío? —Ladea la sartén y deja que la tortilla se deslice en un plato, que coloca, humeante, entre ambos en la encimera—. Voy a demandar a Shelly-Anne para que me den la custodia compartida. ¿Me ves?

Dejas que la pregunta quede en el aire, sin respuesta. Tendría que haber una palabra para esa expresión que pone uno cuando quiere comunicar «¿De veras vas a obligarme a decirlo en voz alta?», así como la equivalente «¿Qué te crees, que te voy a poner fácil joderme la vida?».

—Ya te he dejado vivir aquí dos años —dice él por fin—. Y creo que ya es mucho.

—¿Que me has dejado? ¿Tú a mí?

Delano se encoge de hombros.

—¿Me dices que miento?

—¿Te crees que esta casa es más tuya que mía?

—¿Acaso no lo es?

Meditas sobre la lógica por la que él ha debido de llegar a esa conclusión y sobre cómo acabó viviendo allí. En pocas palabras: tu padre eligió a Delano. Lo eligió a él cuando tus padres bisecaron la unidad familiar el año que cumpliste los trece. Y tiempo después, cuando tu padre se construyó una casa nueva con cochera de dos plazas, piscina y ventanales, la primera recayó en Delano por defecto.

Aun así, esta casa atesora los recuerdos de tu preadolescencia: tus dientes de leche, la piel joven rozada contra las paredes y las molduras, el suelo en picado sobre tu cabeza cuando rodabas y te caías de tu hueco de leer privado, el estante de arriba del armario de la ropa blanca. Por reseca que pueda estar, tu sangre se ha endurecido en estos cimientos. Tu ADN está entremezclado con sus huesos.

Aparte:

—¿Quién te crees que te ha mantenido bajo un techo en estos dos últimos años?

—¿Quién construyó el techo? —replica Delano—. ¿Eh? Después del Andrew.

Levantas la voz para asegurarte de que Sadie te escucha cuando dices:

—No quería tener que decírtelo, pero papá me ha dicho que te eche. —Aunque eso es más bien una interpretación que un hecho.

Delano sonríe, cabreado.

—¿Estás seguro de que no se refería a ti? ¿No te echó ya una vez?

Bajas la voz y dices:

—De aquí no.

Cuando tu padre, ciertamente, te puso en la calle y te fuiste a vivir a tu coche, te denigraste en todos los modos en que es posible hacerlo sin llegar a despertarse del otro lado de la mierda. Así que ¿qué te importa a ti si Delano secuestra esta casa y provoca la ruina económica de tu padre?

—No se puede echar a un hombre de su propia casa. La casa que él mismo construyó. La casa donde se crio. ¿Cuánto llevo yo aquí, treinta años? Un puñado de meses sin pagar el alquiler no cambia nada.

—Dirás dos docenas de meses por lo menos.

—Da igual. —Abre un cajón, saca un cuchillo y un tenedor y los pone a ambos lados de su plato.

—Estás prácticamente de okupa —dices por lo bajo—. Aquí nos criamos los dos. Así que ¿qué tiene eso que ver?

Delano niega con la cabeza.

—Lo de que tú te criaste aquí está solo en tu cabeza. La casa en la que tú te criaste no existe. Se la llevó el viento en el noventa y dos. —Coge el tenedor y el cuchillo y los apunta hacia la tortilla—. Voy a necesitar que te vayas, Te.

Metes los dedos bajo el huevo cálido y húmedo, lo levantas y lo estrellas en la encimera. La tortilla escupe sus entrañas contra el abdomen de tu hermano, sobre tu entrepierna.

—Pronto —dice Delano.

—Eso ya lo veremos —dices antes de recorrer el pasillo para meterte en tu cuarto, aunque no tienes ni idea de lo que traerán los días venideros.

Vas a comprarle la casa a tu padre, lo has decidido, así que ahora la pregunta es: ¿cómo?

—¿Cuánto dinero tienes ahorrado?

—¿Ahorrado? —responde Jelly—. ¿Me has visto cara de Warren Buffett?

—¿Cuánto crees que podrían prestarte tus padres?

—¿Para encadenarme a un barco que hace agua?

Reflexionas sobre si el barco de la metáfora serás tú. Aun así, el suelo de tu cuarto a quien hunde es a Jelly, poniéndola en cursiva. Resistes el impulso de cogerla por los hombros y enderezarla.

—Podríamos empezar a construir un futuro juntos. Por una ganga.

—Romance a precio de saldo —dice Jelly—. ¿Eso es lo que me propones?

Pero entonces se queda callada y mirando al techo, como si estuviera haciendo cuentas. Se le separan los labios y ladea la cabeza. Ya de por sí es tan guapa que hace que tus amigos y desconocidos, hombres y mujeres por igual, te feliciten y pasen seguidamente a sembrar semillas de discordia con la esperanza de robártela. Pero, cuando está quieta, parece salida de un cuadro renacentista: la Venus de Boticelli si la diosa se pasara los fines de semana tostándose al sol en Nikki Beach.

Os conocisteis en el trabajo, cuando los miembros del Club Caribeño del colegio Palmetto decidieron que los estudiantes hispanohablantes y los anglófonos del Caribe no podían seguir operando bajo la misma bandera. Como enlace del club con el profesorado, Jelly te preguntó si la ayudarías a montar un acto en el que los estudiantes pudieran encontrar intereses en común. «Así equilibramos y evitamos que se diga que hay favoritismo hacia los chavales latinos», te dijo. El acto fue un éxito: en lugar de localizar terreno en común alguno, los estudiantes de Jamaica, Trinidad y Guyana anunciaron su intención de fundar un club aparte de las Antillas Menores contigo como orientador de partida.

Las varias tardes que pasasteis en cafeterías, delineando en qué medida tu experiencia como americano-jamaicano se parecía a la experiencia de ella como americano-cubana, sirvieron para unir exactamente a dos personas. «Fue la diferencia cultural lo que nos unió», le gusta a Jelly contarle a la gente en broma. Al menos antes de irse a vivir contigo.

Ahora, bajando la barbilla, ella reconoce:

—Seguramente mis padres me dejarían dinero para una casa. —Y añade—: Siempre que les prometa que voy a dejarte.

Coges el teléfono cuando te llama tu padre.

—Quiero comprarte la casa. Pero necesito un tiempo.

—Como tú veas, pero el precio va subiendo, ap, ap.

—¿Cuánto?

—Bastante. Esperaba poder tenerlo en enero, el moni. Para el día dos meibi.

—Pero ¿en qué mundo vives? ¿Quién va a poder hacer eso?

—No estoy pidiendo mucho. ¿Por una jaus? ¿Tú sabes lo que vale una jaus?

—No es mucho —concedes—, pero bien podrían ser mil millones.

—Güel, entonces, tendré que buscarme otro comprador. Pensé que querríais que la jaus no saliera de la familia.

—Qué considerado por tu parte. Hasta ahora no me había dado cuenta de lo considerado que eres y lo importante que es para ti la familia.

—No empieces con tus nonsens, boy.

Se te eriza la piel cuando pone ese tono, idéntico al de esa noche de verano en que te echó de su casa.

—Conseguiré el dinero —le dices sin tener ni idea de cómo—. Pero necesito que tú hagas algo por mí.

—¿Aja-jam? —pregunta entre dientes, y te escucha, aunque desde el escepticismo.

Podrías aprovechar para soltarle cualquier cosa ahora que por fin tienes su atención (y la tienes porque él quiere algo de ti a cambio, puede que por primera vez en tu vida). Podrías exigirle saber dónde se metía en esas noches en que tú estrechabas a tu desolada madre en tus brazos de niño de diez años mientras te turnabas con tu hermano en el teléfono para llamar a todos los números de la agenda de tu madre porque llevabais días sin verlo. Podrías preguntarle si fue la pereza lo que le hizo escoger a Delano cuando se separaron, el mero hecho de que, al ser el mayor, le exigiría menos esfuerzos parentales. O si se veía a sí mismo en Delano, en la copia de sus ojos. Pero, como las respuestas de boca de aquellos que no son de fiar no valen de nada, dices:

—Necesito que le digas tú a Delano que tiene que irse.

Tu padre, al otro lado de la línea, ordena sus ideas antes de decir:

—Eso no es samzin que yo pueda hacer.

Le mandas un correo a Bob, el director del colegio, para plantearle la posibilidad de que te adelante tu sueldo del siguiente trimestre.

En lugar de contestar con normalidad, Bob responde en el asunto de un nuevo mensaje. Este es: NI LO SUEÑES Y UN APUNTE ADMONITORIO. La admonición empieza así:

Ha llegado a nuestro conocimiento que está usted poniendo a prueba los límites del código de vestimenta del colegio Palmetto. Si bien reconocemos la pulcritud con la que por lo general se presenta ante el alumnado, también hemos reparado en que su pelo ha seguido creciendo sin intervención alguna por su parte, y somos de la opinión de que da un ejemplo un tanto cuestionable para los jóvenes de nuestra institución, en particular, para los a-as.

Tememos que esto sea el principio de algo peor.

Tememos un brote desaforado de pelo nappy y pantalones caídos.

Tememos un sindiós.

El correo termina así: «Tome acciones antes de que se reanuden las clases en enero».

—¿A-as? —pregunta Jelly cuando entras exaltado en el dormitorio para enseñarle el correo.

—¿Mi teoría? *Afroamericanos.*

—¿No es un poco racista eso del pelo nappy?

—Lo consultaré en mi manual del buen chico negro...

—¿Para qué quieres esta casa si puede saberse? Se está hundiendo, ¿o es que no te has fijado? —Aparta a un lado tu portátil y sigue estudiando el calendario de mareas lunares. Te ha pedido que le despejes el cuarto para que pueda pasar la tarde corrigiendo exámenes, pero últimamente la hostiga la idea de que el mundo se acaba, de que las siguientes inundaciones de Miami que no provoque la lluvia se extenderán hasta tragarse la tierra—. Las mareas están subiendo y tu casa se hunde, amigo mío.

Regateas su cinismo para plantearte seriamente la pregunta que te ha hecho. Quieres esta casa porque ahora te toca a ti tenerla. Incluso aunque Delano te niegue el derecho. Porque *te lo niega,* eso está claro. Quieres que Jelly se sienta aquí segura, en lo alto de esta colina, como se sintió el día que le pediste que se fuera de casa de sus padres para mudarse contigo. Pero no le dices nada de eso.

—¿Por qué voy a tener que cortarme el pelo para dar clase?

—A lo mejor te va tocando.

Jelly se incorpora en la cama y alarga la mano para cogerte un rizo y tirarte de él, no como para que te duela, pero sí como para que no se repliegue. Se te queda colgando por delante de la clavícula. Le sujetas la mano extendida y se la clavas en el colchón antes de que te fastidie otro rizo. Con los mechones sueltos le haces cosquillas en la nariz hasta que la arruga y parece como si te fuera a estornudar en la cara.

Devuelves los mechones al lecho de rizos y le dices:

—Es un poco más largo que el de Bob. Porque él se pueda echar el pelo hacia atrás con gomina...

—Ya, pero es distinto, ¿no?

—¿A qué te refieres? —Cuando Jelly te devuelve una mirada inexpresiva, empleas una táctica que te funciona con los de duodécimo—. Profundiza en el tema.

—Me refiero a que... —Jelly se pone de pie, como si las palabras fueran a salirle más libres por el cuerpo desenroscado, y, al ver que no es así, vuelve a dejarse caer en el colchón—. No me pones fácil que pueda llevarte a casa de mis padres, ¿sabes?

—¿Por mi pelo?

—Joder, Trelawny, no te hagas el tonto. —A Jelly le tiembla la barbilla; está trasmitiendo un mensaje que pesa más de lo que puede sobrellevar su boca—. Ya sabes cómo es. Ya bastante duro es tener un novio negro. Tampoco hace falta restregárselo por las narices.

—Qué desconsiderado por mi parte.

—A ver, que no te odian. Mi madre hasta dijo que qué guapo eras, el otro día sin ir más lejos. Como el mulato del que se coló de joven cuando vivía en Cuba. En palabras de ella. Lo de mulato. Ya es un avance. —Te preguntas dónde ve ella el avance: en que su madre te vea guapo o te vea como mulato—. Es que, cada vez que voy a verlos, me recuerda: «Como tengas hijos con él, nunca van a tener los ojos azules».

—Pero ¿acaso hay alguien en tu familia con los ojos azules?

Jelly se encoge de hombros y dice:

—Es una posibilidad.

No le recuerdas que tu madre podría haber tenido esa misma queja, ni que los iris de tu padre, tu hermano y tus sobrinos son lo suficientemente claros para hundirse a perpetuidad en la blanquitud circundante.

—Qué sacrificio el tuyo. Tendrían que ponerle tu nombre a una iglesia.

Jelly baja la barbilla y se queda mirándose las cutículas.

—Son mi familia —dice con una certidumbre que te da náuseas—. A lo mejor no son perfectos, pero son los padres que tengo. ¿En quién más puedo confiar? ¿Quién más me va a acoger cuando el loco de tu hermano nos ponga en la calle?

—Entonces ¿crees que, si me afeito la cabeza, eso podría ayudar a que me acepten?

—A lo mejor no, pero quién sabe. Puedes probar, ¿no? Si me quisieras, probarías a ver.

Haces lo que sueles hacer en épocas de desesperación: te metes en Craiglist.

Bajo el apartado de TRABAJOS ESPORÁDICOS, enterrados en anuncios que buscan «+18 modelos desnudas por $$$$$», no encuentras ninguno de los curros de clases particulares de lengua que esperabas. Hay tres anuncios, sin embargo, que atrapan tu fascinación. El primero dice:

SE BUSCA CHÓFER SÁCATE 500 LA NOCHE
(MIAMI/FORT LAUDERDALE)

Se buscan chóferes de confianza para llevar a nuestras bellas señoritas a citas se trata de ocio adulto responde si quieres más info.

ABSTENERSE contactos para servicios u ofertas no solicitados

Te ves conduciendo una limusina blanca por las calles del centro de Miami. Te ves a chicas de compañía brotando por la ventanilla del techo, con perlas rodeándoles muñecas y cuellos mientras lanzan besos al mundo. Pones a toda potencia *Material Girl.* Pones a toda potencia *Nann* de Trick Dadi.

Quedan tres semanas para que se reanuden las clases y, si conduces todas las noches entre hoy y ese día, podrías sacarte el dinero que necesitas para comprar la casa..., siempre que el trabajo sea real y que te paguen eso, y ya llevas bastante vivido como para saber que lo más probable es que no sea así. Pero hay tres palabras que detienen tu ensoñación: *tráfico de blancas*.

El segundo anuncio dice así:

SE BUSCA BATERÍA PARA BATALLA DE BANDAS
(CUTLER BAY)

Se busca batería/percusionista con experiencia para unirse a un grupo de reggae indi con vocalistas hombre y mujer para competir en la Batalla de Bandas, parque de Bayfront, 23 de diciembre. Primer premio: 100 000 dólares y contrato para un disco con Sony Records.

Contestar a Delano para detalles de audición.

ABSTENERSE contactos para servicios u ofertas no solicitados

—Increíble —dices en voz alta.

El tercero dice:

MIRARNOS A MI NOVIO Y A MÍ
(CENTRO/ZONA DE MARY BRICKELL)

[...] compensación: negociable. Buscamos a alguien que nos mire mientras lo hacemos. Preferentemente 1,85 para arriba. Preferentemente más de 90 kilos. PREFERENTEMENTE NEGRO. Yo tengo 28 y mi novio 29. Somos ambos jóvenes profesionales liberales atractivos a quienes les encanta experimentar. Él: 1,80, 77 kilos, blanco. Ella: 1,52, 65 kilos, con curvas (NO gorda), rubia, blanca. Es posible que te pidamos que grabes. NO sexo, NO se toca... ¡solo se mira! Manda fotos y medidas. Nosotros ponemos la casa.

ABSTENERSE contactos para servicios u ofertas no solicitados

Son guapos, te fijas cuando quedáis en The Bar, por la zona de Coral Gables. Un atractivo convencional. Cuando llegas, Morgan está sentada sola en un taburete. Lo primero que te impresiona es lo baja que es, incluso sentada. Cuando acabáis con los saludos y entráis en conversación, te fijas en que tiene el torso más largo que has visto en tu vida. O puede que sea por el segundo chupito de Hornitas que te ha endilgado. Intentas sentarte recto. Te imaginas una barra empalándote de la coronilla al ano. Pero, a pesar de ser bastantes centímetros más alto que Morgan, solo consigues cabecear hasta la altura de sus ojos antes de volver a hundirte.

—Tim llegará en cualquier momento —te dice—. Suele trabajar hasta tarde.

—¿Quién es Tim? —preguntas, y ella te da una palmada juguetona en el brazo.

—Seguro que le encantas. Yo diría que eres de esos que le gustan a todo el mundo.

—No te creas. —Recopilas un inventario de reacciones adversas no provocadas que has cosechado—. Hay de todo un poco. A mis alumnos suelo gustarles, pero mi jefe, por ejemplo, la tiene tomada conmigo. —Le cuentas lo del correo de Bob.

Morgan asiente atentamente durante tu relato. Hablas con la sinceridad que sabes brindar a los desconocidos, a gente que es posible que no vuelvas a ver: «A mí no me dan un crédito ni locos», «No he meado recto desde mi primera eyaculación», «Mi padre nunca me quiso como quiere a mi hermano»...

—Últimamente tampoco mi novia me hace muchas fiestas. Cree que puede aspirar a más. Y es verdad. Aparte de que estoy casi convencido de que es racista. No sé qué hacer al respecto. —Le cuentas a Morgan que Jelly se sinceró y admitió que tu afro se había vuelto ofensivo.

—Ni se te ocurra cortártelo —dice—. Ni loco, vamos, te mato. —Embute los dedos en tus rizos mojados y tú agradeces que no te pregunte si estaba lloviendo cuando has llegado o si has venido corriendo hasta el bar: hace varias horas que te duchaste, pero es probable que te acuestes y no se te haya secado todavía—. Lo que pasa con cosas tan arraigadas en el sistema como el racismo y el sexismo es que tienes que torear sus normas. Por eso mis padres me pusieron un nombre unisex.

—Bien visto —dices y te preguntas: «¿Qué coño respondo yo a eso?».

—Así me llaman para más entrevistas de trabajo.

Asientes.

—Qué bueno.

Estás bebiéndote a sorbitos un Maker's Mark, pese a que no te hace mucha gracia el whisky cuando en la calle hace treinta y un grados; cuando pediste antes el tequila de la casa con un hielo, el camarero torció la barba. Es una necedad absoluta que estés aquí. Jelly cree que estás en uno de tus trabajitos de cáterin, rondando a nuevas famosas con mojitos y *bruschetta;* en cualquier momento alguna de sus amigas puede entrar y verte charlando con una rubia estirazada.

Aun así, aprovechas la oportunidad para vomitar tus agobios cuando también le cuentas a Morgan que el concurso de tu hermano, la Batalla de Bandas, es dentro de una semana, aunque no tiene ni la más remota posibilidad de ganar: es más probable que antes cambie los cerrojos en cuanto te despistes y no estés allí para detenerlo. Y, a no ser que esta pareja tenga pensado follar sin parar siete días seguidos, hay pocas posibilidades de que lo que vayan a ofrecerte pueda sumar lo suficiente para permitirte tomar las riendas de la casa. Esto último no se lo dices.

Ni tampoco le cuentas tu preocupación por que en Miami, la gran ciudad del timo, acabes más bien sin algún órgano que sacando dinero de todo esto. Te planteas que seguramente Morgan los prefiera negros porque así, si uno desaparece, nadie va a ponerse a buscarlo. A cada sorbo dejas la palma bocabajo sobre el vaso para asegurarte de que no te eche nada en la bebida.

—¿Ha sido tu novio el que lo ha propuesto? ¿O ha sido idea tuya?

Su respuesta es cálida y serena.

—Somos un equipo. —La sonrisa que le sube por un lado de la cara podría ser un guiño, pero no te engañas creyendo saber lo que significan ya sus gestos.

Ella apenas ha tocado su Malbec. Tiene unos párpados de esos tan cargados que te hacen pensar que la has seducido cuando claramente no es así. Te preguntas si es así como ha conseguido todo lo que ha querido en su vida o si, por el contrario, eso impide que la gente la tome en serio.

—¿Y lo has hecho antes?

—No, qué locura. —Se ríe y te da un toquecito en la rodilla con las yemas de los dedos—. Es nuestro décimo aniversario y solo queremos animar un poco el cotarro. Ya te puedes imaginar.

—Indudablemente —dices moviendo la cabeza—. Vuestro primer aniversario, las bodas de papel. El décimo, las bodas con negro.

Morgan se encoge de hombros.

—Eso es lo de menos. En realidad, Tim dijo que no parecías muy negro en la foto que nos mandaste. Pensó que podías ser puertorriqueño. ¿Es así? Él lleva aquí abajo mucho más que yo, así que supongo que pilla mejor ese tipo de cosas.

—¿No decías que llevabais diez años juntos?

—Estuvimos un tiempo a distancia.

Una mano te coge del hombro con suavidad y te vuelves y te encuentras con Tim, que parece haber salido del catálogo de Banana Republic.

—Yo quería ser actor —te explica después de beberse una PBR entera—. Así nos conocimos nosotros. Pero entre los préstamos, los padres… —Os habéis pasado los tres a un reservado en una esquina, con Morgan a tu izquierda, bloqueando la salida, y Tim frente a ti, inclinado hacia delante sobre los codos—. Conseguimos los papeles protagonistas de…

—*Baby with the Bathwater* —dice Morgan.

—Eso fue en el segundo año de carrera. Fue un puntazo. —Tim acompaña las palabras con las manos, que cierra en puños, para luego hacer aspavientos; se pasa una palma extendida por delante de la cara y añade—: Este que ves no es mi verdadero yo. Este look de... boy scout de las finanzas.

—Cuando nos conocimos, Tim llevaba un mechón decolorado en el flequillo. —Morgan choca un hombro contra el tuyo—. Porque Tim... tenía flequillo. —Los tres reís—. Le daba un rollo un tanto canalla, pero seguía estando bueno.

—No tendría que haberme mudado a esta ciudad —prosigue Tim con los ojos yendo de Morgan a ti y vuelta—. Esa es la pura verdad. —Empieza a aflojarse la corbata—. Demasiada belleza. Esta gente. Estos coches. El tiempo que hace. Bueno, el clima no. Un calor de la leche no es muy atractivo que digamos, pero supera a los treinta bajo cero.

—¿De dónde sois...? ¿De Fargo?

—Yo de Duluth y ella de Milwaukee —dice Tim señalando a Morgan.

—Tim cayó en la trampa de Miami. La odia, pero nunca se irá.

—Pero, si estuviéramos en Los Ángeles, podríamos al menos presentarnos a cástings de vez en cuando.

—Pues mudaos —dices tú.

—Aquí ganamos demasiado dinero. Estamos metidos en finanzas. Estamos atrapados —explica Morgan.

—Qué pena me dais...

—No tendría que haber hecho el máster en dirección de empresas, ¿sabes? —Tim arruga la corbata y la tira en la mesa—. No tendríamos que habernos comprado el piso, Eme.

Morgan te pasa el brazo por los hombros.

—Bueno, por lo menos no nos hemos ido a un barrio residencial. ¿Eh? No vivimos en Kendall, Doral ni ninguna de esas ciudades dormitorio horribles.

—Eso es verdad —dice Tim, que levanta su segunda lata de medio litro hacia ti—. Por lo menos no es *El show de Truman*, con la casa con la cerca y toda la pesca.

Morgan te da una palmada en el pecho.

—En esta relación está prohibida la casita bonita y la familia feliz. Es una regla muy estricta.

—Tiene sentido.

—Bueno, dinos —tercia Tim—. ¿Te ves haciendo esto? Sé que es una petición un poco rarita.

—Rarita no —dice Morgan—. No digas *rarita.*

—Entonces especial. Trelawny, a nosotros nos has gustado. ¿Qué dices tú? ¿Estás preparado para una experiencia especial?

Y, siendo como eres tonto, dices que sí.

La primera vez te limitas a mirar. Vas con tu Dogdge Raider del 87 por la Old Cutler Road, pasando por Palmetto Bay y Pinecrest, y luego sigues hacia The Gables y Coocunut Grove hasta llegar al barrio de Brickell, en concreto, a un rascacielos con vistas al río Miami. En cuanto el aparcacoches ve acercarse tus faros, corre a recibirte. Pero, cuando tu jeep se le acerca con sus estertores, aminora el paso y te da un repaso con cara de perplejidad.

—Voy a tener que explicarte dónde está el fusible para pararlo —le dices conforme se acerca.

El tipo se pasa la mano por el pelo grasiento y aprieta los dientes. Tiene la expresión de un hombre al que encargan que corte el cable rojo o el negro.

—¿Vas a estar mucho rato? —Y, como sabe antes de que respondas que no estarás, añade—: Déjalo ahí delante y ya está.

Pasas el control de seguridad. Dejas tu nombre bien legible y escribes «De Cutler Bay» al lado, como si hubiera más de un Trelawny dando vueltas por esta ciudad mientras toma nefastas decisiones vitales. El guarda llama para que le den el visto bueno antes de pulsar un botón que abre una barrera de cristal esmerilado y da acceso a los ascensores. Antes de irte, preguntas:

—¿Conoce a la pareja del piso tres de la cuarenta y dos?

—¿Tim y Morgan? Claro. Buena gente.

En la planta cuarenta y dos, el suelo de mármol del pasillo refleja tu silueta semisólida. Unos espejos hasta el techo separan los accesos a cada vivienda y reflejan duplicados tuyos sorprendentemente vivos. Te detienes para contemplarte antes de acceder a la vivienda 4203: pantalones negros pegados y corbata con camisa de vestir blanca remetida por dentro. Por el aspecto, no diría uno que eres un voyeur: más bien podrían confundirte con un camarero que acaba de salir de turno del Olive Garden. Mientras no te confundan con un ladrón de casas, vas bien. Aun así, te preguntas, como has hecho antes mientras repasabas tu armario, cuál es la ropa más apropiada para ver a otros follar.

Recuerdas a un Delano de dieciocho años apareciendo inesperadamente en la puerta de casa de tu madre, una noche de tu primer año de instituto. Tenía a la novia cogida de la mano y la parejita irradiaba amor primaveral. Tu madre se habría emocionado al verlo, pero, como ya estaba desmayada en el sofá del salón, arropada por el cuchicheo de la tele, Delano te dijo que no la despertaras. Te explicó que pasaban por allí y, como llevaba tanto tiempo sin ver a su hermanito... El caso es que los tres decidisteis ver una película en tu cuarto y, mientras tú te sentabas en el suelo, de cara al televisor y con la espalda apoyada en la cama, ellos se pusieron a follar sin hacer ruido detrás de ti. La novia soltaba gemidos suaves en tu oreja mientras él bombeaba y el colchón vibraba contra tu espalda. Fue el olor lo que más te llamó la atención, el olor a humano abierto en canal. Te preguntas, todavía hoy, si es que querían que los vieras, si era la idea desde el principio, pero estabas demasiado asustado para girarte antes de que terminara la película.

Y un verano de los de la universidad tu amiga Caitlyn te pagó un vuelo a Ámsterdam, donde a ambos os dio demasiado corte entrar a un sex show del barrio rojo. «Setenta euros —dijo ella refunfuñando—. ¿Solo por mirar? Seguro que no lo vale.» Tú estuviste de acuerdo, pero dudaste de que el fin último fuese que lo valiera o no. Mientras paseabais por las calles adoquinadas, debatisteis sobre si compartir entre los dos a una de las mujeres encaramadas en la puerta de los burdeles. ¿Qué llevabas puesto tú en ese momento? ¿Algo respetable? Especulasteis sobre lo que cobrarían esas mujeres y sobre si sabrían suficiente inglés para regatear. ¿Costaría el doble si participabais los dos? ¿Y si Caitlyn solo miraba? Todo parecía exageradamente complicado, concediste, como si lo esperable fuese que tuvieran etiquetas con el precio colgadas del cuello. Lo cierto era que ¿cómo ibas tú a regatear ni nada parecido cuando, al pasar por delante, no te atrevías ni a mirar a los ojos a esas mujeres?

Quizá, si ya se hubiese puesto el sol, o si hubieseis pasado antes por un bar, las cosas habrían acabado de otra forma. Tiempo después, decidiste que en Ámsterdam habías aprendido algo sobre ti mismo, algo que no te gustaba. Tenía poco que ver con la moralidad. Tenía todo que ver con la falta de valentía.

Entras en el 4203 sin llamar a la puerta, según lo acordado. El piso está a oscuras, pero el ventanal de la derecha muestra un paisaje urbano titilante, con rascacielos casi idénticos que abrazan la otra orilla del río. Los pisos adyacentes arrojan un resplandor que da ambiente a la habitación.

Ubicas una puerta al fondo del salón y entras. Dentro te encuentras a Morgan y Tim, iluminados por un corte ligeramente distinto al del horizonte de Miami. Podría decirse que ya han empezado. Imaginas que habrán calculado cuando los ha llamado el de seguridad. Ella está sentada en el filo de la cama, recostada hacia atrás sobre los codos. Tiene el vestido abierto y le deja a la vista los pechos y la barriga. La cara de Tim le eclipsa la pelvis. Él tiene la rodilla izquierda hundida en la alfombra de pelo, mientras que la otra pierna la ha extendido en un estiramiento de ballet. La luz de la orilla de enfrente baña la espalda y el culo desnudos de Tim.

Te están pagando para mirar, pero apartas la vista. Y, aunque ellos querrán saber que estás presente, cierras la puerta al salir con todo el sigilo que puedes. Cuando te acostumbras a la oscuridad, te acercas a un carrito de bebidas que hay al lado de las puertas que dan a una terraza. Un sobre blanco reposa contra una botella de Patrón embutida en una cubeta de hielo recién sacado del congelador. Tu nombre en rotulador se extiende por el sobre, que levantas y te apresuras a guardarte. Qué raro que alguien que ha estado toda su vida sin blanca sepa reconocer el peso del dinero contante. Hay al menos doscientos dólares; la cantidad que habíais acordado.

Los murmullos de Morgan hacen que vuelvas la atención hacia ella. Está cogiendo la cabeza de Tim con ambas manos, ahogándolo con su entrepierna. Está diciendo algo, pero no queda claro qué. «Eres... Eres...» El ritmo sugiere que son las mismas palabras una y otra vez: «Eres uno, dos. Eres, uno, dos, tres, cuatro. Eres, uno, dos. Eres, uno, dos, tres, cuatro».

Los dedos de Tim trabajan también enérgicamente justo por debajo de su barbilla.

Morgan se corre. O se acerca a los síntomas del orgasmo. Espasmos suaves le recorren el cuerpo. Aparta entonces la mano de Tim y se derrumba en silencio.

Él reflota, jadeando, como si hubiera salido de las profundidades del Atlántico.

Pasan varios cientos de segundos antes de que se mueva alguno. Tú descorchas el tequila y te tomas todo lo que puedes sin ahogarte. Si Tim o Morgan se vuelven para reconocer tu presencia, aún estás demasiado lúcido para reaccionar.

Morgan se despereza y atraviesa a gatas el colchón hasta la mesilla de noche. Tim se incorpora sobre las rodillas, de cara al horizonte y de perfil respecto a ti. Ella se le acerca por detrás y le pasa algo alrededor del cuello. Una corbata, te parece. Tim se coge el pene semiduro en la mano y Morgan tensa la corbata, de modo que el nudo se le clave en la carne. Él se masturba, con furia, y ella le hunde una rodilla entre los omóplatos al tiempo que tira hacia atrás de la corbata.

Empieza otra vez con su ritmo: «Eres un, dos. Eres un, dos, tres, cuatro».

Pero ahora sí distingues las palabras. Suben desde el susurro y culminan en un grito:

—Eres un don nadie, un don nadie blanco y despreciable.

Te llama tu madre. Te llama por una conexión de internet que la hace sonar a miles de kilómetros de distancia, lo que viene bastante al pelo, te parece, cuando te explica que está a ocho mil kilómetros, en Florencia.

—¿De vacaciones? —le preguntas desde la cama, mirando el gotelé del techo.

—Una entrevista de trabajo. Han abierto una vacante en la embajada. Sería mi oportunidad de practicar el italiano por fin.

—¿Ahora te vas a mudar a Italia? —Hace tres años y medio que dejó Estados Unidos y se volvió a Jamaica—. Yo creía que querías estar con jamaicanos. ¿No decías que echabas de menos a tu gente?

—A veces pasa que ya no eres de tu gente. No sé si tiene sentido o no...

—Lo tiene, sí —dices. Y a veces, piensas, nunca has llegado a serlo. Sabes que es mejor no amargarle el ánimo mencionándolo a él, pero la desesperación levanta su cabeza deforme—. Papá quiere que le compre la casa.

—¿Cómo que «que le compres»? Se supone que os la tiene que dar a tu bróder y a ti. Cuando él muera —añade.

—¿Eso está escrito en alguna parte?

—Quedamos en eso —dice en ese tono familiar que quiere decir: «Ni se te ocurra preguntarme nada más sobre el tema»; ese tono que ha cortado de cuajo tantas conversaciones, que ha sembrado tantos misterios en una generación tras otra de jamaicanos.

—Dice que, si no se la compro yo, se la venderá al primero que pille. ¿Tú me puedes prestar algo de dinero?

Los miles de kilómetros no pueden atenuar el sonido del aire que aspira entre los dientes.

—¿Te ha dicho él que me lo preguntes? Ya tendría que ser yo ful para volver a comprar una jaus que ya compré y luego regalé. —Se detiene para que reacciones, pero, por lo que tú sabes, un tonto es un tonto—. ¿Y qué pasa con tu bróder? ¿La vais a comprar entre los dos?

—El problema es él. Delano lleva ya un tiempo sin pagar su parte de la hipoteca.

—¿Hipoteca? Trelawny, esa jaus la compramos hace treinta años con un préstamo de quince. Haz los cálculos. —Lo intentarías, pero tus treinta y dos años te han enseñado que las cosas rara vez cuadran—. Enigüei, tú no quieres esa jaus a no ser que él te la dé gratis, y, aun así, véndela en cuanto puedas. —Luego dice algo sobre lo que te pasarás varios días meditando—: Dime tú a mí: ¿esa jaus cuándo le ha traído felicidad a alguien?

La siguiente vez que te cruzas a tu hermano por el pasillo, te dice las dos palabras que nunca le has oído decirle a nadie: «Lo siento».

Ni cuando te dislocó el hombro haciendo lucha libre contigo en el jardín de casa de tu madre cuando tú tenías quince años. Ni cuando le pidió prestado el coche a tu padre y lo dejó siniestro total. Ni cuando la madre de sus hijos se cansó de su infructuosa fidelidad a sus aspiraciones musicales (o eso cuenta la leyenda) y lo dejó.

—¿Que lo sientes?

—Lo siento por lo que tengo que hacer.

Te gustaría creer que su agresión se deriva en exclusiva de la locura que esté apoderándose de él, sea la que sea, pero sus orígenes surgen de una fuente que lleva largo tiempo supurando y es más difícil de curar: el privilegio.

—¿Qué es lo que crees que tienes que hacer?

—No es que *lo crea*. Estamos en una travesía. Nos dirigimos a toda velocidad hacia nuestro destino, rud boy, y el mío es el top. —Te señala con el dedo y, cuando lo detiene a centímetros de tu pecho, a ti se te erizan los pelos de la nuca—. ¿Lo sientes? Es superior a nosotros.

—Eso es tu ego —replicas—. Es Sadie llenándote la cabeza de pájaros. ¿Cuánto llevas sin hacer un bolo? ¿Qué va a pasar cuando pierdas tu querido concurso? —Esperas a ver su reacción, pero su cara es tan inexpresiva como el sol—. Si no puedes ni cubrir tu parte de alquiler..., ¿cómo te crees que vas a poder pagar la mía?

—Es el destino. No solo el mío, sino el de mis pickneys. Ganaré y los recuperaré. Y que God ayude al que se interponga en mi camino.

Sientes que las paredes y el techo se te acercan cuando le preguntas:

—¿Y qué hay de mi destino? —Vuestros cuerpos acaparan el pasillo en penumbra, el tuyo con una ventaja de trece kilos.

Pero existe una cosa que se llama fuerza del canijo y fuerza del rastafari, aparte de la fuerza de hermano mayor, y las tres juntas te ponen en desventaja frente a Delano. Y hay otras fuentes de poder improbables —desesperación, por ejemplo— a las que podéis recurrir los dos. Pero ¿qué pasa con la fuerza que se deriva de soportar el azote de la infravaloración? ¿Qué pasa con la fuerza del marginado, la que uno gana soportando treinta años de puta mierda?

—¿Y si soy yo el que se interpone en tu camino?

—Entonces perderás, Trelawny. Y que God te ayude cuando eso pase.

Cuando Morgan te escribe «¿Puedes venir ahora a casa?», hace tres días que asististe a su espectáculo de rarezas. Es primera hora de la tarde. Un jueves. Creías que no volverías a saber de ellos, no después de que huyeras de su dormitorio un suspiro después de que Tim eyaculara sobre la alfombra. Ni siquiera tenías claro que te hubieran visto esa noche, pero Morgan te pregunta: «¿Puedes ponerte esta vez ropa más holgada? ¿Tienes alguna sudadera con capucha?».

«Tenéis que avisarme con un poco más de tiempo, chicos. Tengo una semana complicada», escribes, y le das a Enviar antes de taparte la cara con las mantas. Sobre el papel, estás libre hasta enero. Pero declaras que el de hoy es un día para cuidar la salud mental. Nada de hurgar en Craiglist en busca de planes descabellados. Nada de mentirle a Jelly, que está de compras de Navidad con su madre. Nada de encontronazos con tu hermano el pirado. Y nada de cogerle el teléfono a tu padre si te llama. Le puedes decir mañana, pasado o cuando sea que, definitivamente, no vas a comprarle la casa.

Sientes que con tu respuesta pones fin a esa historia, así que exhalas aliviado. Te faltan 11 398 dólares: ya no te da tiempo de juntar el dinero. No antes de que tu padre encuentre otro comprador. No antes de que Jelly te deje. Se siente cierta seguridad cuando uno acepta la derrota. Si tu objetivo estuviera dentro de tu alcance, sin duda serías capaz de autodestruirte con tal de alcanzarlo.

Pero Morgan responde: «Te subiremos a 300 por esta vez», aunque la última ocasión, de vuelta en el jeep, descubriste que habían metido 300 euros en el sobre, cien más de lo acordado. Estás convencido de que no fue un error. La capacidad para ejecutar sumas simples debe ser un requisito para eso de *metidos en finanzas,* trabajen en lo que trabajen. Das por hecho que no es una gratificación extra, sino dinero cargado de culpa, puesto que te ganaron en el regateo; puesto que, evidentemente, se aprovecharon de tu necesidad.

«Que sean 500 y dejo lo que estoy haciendo», respondes.

El mensaje de Morgan te llega al instante: «Vale. Pero no te olvides de la sudadera».

Te pones los vaqueros más holgados que tienes, un par catalogado como uniforme de jardín, y coges también tu sudadera de la universidad, la única con capucha que no vendiste o tiraste cuando te volviste a este horno de ciudad del vicio en 2009. No sientes nostalgia de tu época universitaria, pero incluso ya sueñas con que algún día envuelvas de romanticismo tu temporadita en el Medio Oeste.

Te imaginas contándoles a tus hijos y a los hijos de estos que escapaste de Miami, aunque solo fuera por una temporada corta; que en otros tiempos habitaste una tierra tan fría que se te congelaba el pelo cuando ibas andando al campus, una tierra donde caían semisólidos blancos del cielo, como arrojados por bandadas de palomas leviatán. Imaginas que, en caso de sobrevivir los años suficientes para convertirte en abuelo o bisabuelo, subsistirás al invierno; subsistirás a los glaciares, a los osos polares y a la nieve. Y ahora caes en la cuenta de que, en caso de que sobrevivas para ver cómo se reproduce tu progenie, subsistirás y por lo tanto tendrás que explicarles Miami a esos descendientes —que en tu mente tienen rasgos tuyos y de Jelly— mientras la ciudad, para entonces, como en gran medida Port Royal y la Atlántida antes que ella, habrá vuelto al mar.

Caes en la cuenta de que las personas como tú —gente que se inmola en su búsqueda de la supervivencia— rara vez sobreviven a alguien o a algo.

Esta vez, cuando paras delante del edificio de Morgan, le preguntas al aparcacoches: «¿Aparco aquí en la calle?». Señalas un espacio detrás de un Lamborghini color verde pastel.

—¿Cómo iba a permitirlo? —pregunta el tipo, y se va con tu jeep.

Luego tendrás que acompañarlo, a él o a quien esté de turno cuando vuelvas, hasta el garaje para arrancar tú mismo el coche. Ya te has visto antes en las mismas; el aparcacoches te juzgará, le des una buena propina o no.

Los de seguridad te dejan subir a la planta cuarenta y dos. Antes de llamar, te pones la sudadera para aligerar el tema. Esperas que esto acabe pronto y que puedas llegar a casa antes que Jelly. Cuando Morgan te abre la puerta, lleva puesto un bikini y un pareo.

—¡Vamos a subir a la piscina! —te anuncia.

—Yo no traigo bañador.

—No pasa nada —responde, pero no te ofrece uno de Tim y en el bar de la piscina no hay ninguno que puedas pedir prestado.

Desde el antepecho de la terraza ves la bahía tachonada de yates y, por un momento, te pega con fuerza ese aroma a promesa que Miami te lleva balanceando delante de la cara toda tu vida: estás a un tiro de piedra acertado de convertirte en uno de los pudientes.

Tim está haciendo largos en la piscina cuando os acercáis al agua. Te saluda con la mano por un momento antes de seguir. La mayor parte de los bañistas están más interesados en el bronceado y la pose con cóctel que en el ejercicio.

—¿Es que aquí no trabaja nadie? —te preguntas en voz alta: no puede ser que todos sean profesores disfrutando de sus vacaciones de invierno.

Empiezas a quitarte la sudadera, pero Morgan te coge del brazo y te dice:

—¿Qué haces?

—Hace como treinta y cinco grados aquí fuera.

—Por lo que vamos a pagarte, seguro que podrás soportarlo. —Morgan se te pone delante, te tira del dobladillo de la sudadera y se queda mirando el emblema de la universidad; por primera vez, tienes la sensación de que es tu jefa y te está evaluando—. Habría preferido algo menos... estudiantil. —Pero lo dice en tono juguetón mientras te pone la capucha—. Ponte esto. —Son unas gafas de sol de la época de Eazy-E.

Te conduce entonces hasta dos tumbonas de mimbre bien trenzado que hay en la esquina más al fondo de la terraza, pasadas las camas balinesas.

Morgan se saca un canuto de maría y un mechero de a saber dónde, acerca la llama, le da una calada y te echa el humo en toda la cara.

—Señorita, le dije que doy clase en un instituto, ¿no? ¿Le suena de algo lo de análisis sorpresa de sustancias?

—Relájate —te dice Morgan, que le da otra calada y te sopla más nubes.

Dudas de que se lo haya tragado siquiera.

—¿Cuál es la idea, Morgan?

—A ver —dice cogiendo el canuto por encima de tu cabeza mientras utiliza la mano libre para orientar el humo hacia tu sudadera—. Tim ha tenido una semana muy dura en el trabajo, así que tenemos que hacer algo especial para él. —Tira el porro en una rejilla que hay al lado de la tumbona y, del fondo poco profundo, surge el humo—. La idea es que tú te quedes aquí y no te muevas hasta que yo vuelva. —Y con esas, se quita el pareo y se tira de cabeza a la piscina.

En otros tiempos, diciembre traía consigo un alivio del bochorno, pero hasta el invierno de pega de Miami ha empezado a retrasarse. Mientras más usuarios de la piscina rellenan tu parte de terraza, esperas cociéndote en tu sudadera y viendo cómo la gente olisquea el aire y te examina con suspicacia, curiosidad o indignación.

No necesitas entrar en el juego al que está jugando Morgan, sea cual sea. Sacas el teléfono y miras el correo. Tu bandeja de entrada contiene un nuevo mensaje de Bob, de asunto y cuerpo idénticos: la interrogación ????? y nada más.

Lo borras, abres el navegador y buscas «Por qué se hunde mi casa?». Los resultados muestran que un sinfín de factores podrían ser los causantes del hundimiento, pero la posibilidad más convincente es esta: «Los árboles circundantes podrían estar robándole la humedad a la tierra que rodea los cimientos». Piensas en la selva en la que se ha convertido tu jardín delantero. Por supuesto, el culpable tenía que ser Delano. El encabezado de una sección al final de una de las páginas web más útiles es: «Ayuda profesional». En el párrafo que sigue dice así: «Estabilizar unos cimientos con hormigón o pilares de acero costaría entre 1000 y 3000 dólares por pilar».

—Jooder.

Levantas la vista y ves que, mirándote desde arriba, tienes a una mujer con un vaporoso pelo color plata y una piel que parece *soppressata* cortada muy fina.

—¿Cómo va eso? —le preguntas.

Tiene los nudillos apoyados en las caderas: postura de superheroína. No sabes cómo, se ha materializado en tu espacio personal y, a juzgar por su semblante, tampoco sabes cómo ni por qué, se siente con derecho a quedarse.

—¿Con quién está usted?

Te quedas mirándola desde tus lentes tintadas, pensando: «Calla, calla, calla», pero dices:

—¿Podría ir directamente a la intención de su pregunta? —Esto no suscita respuesta alguna, de modo que lo expresas de otra manera—: Profundice en el tema.

—Esto es una piscina privada. —La turbación la agita como una montaña rusa de madera, como si sus antepasados esclavizados hubieran muerto erigiendo el armazón sobre el que se construyó la terraza de esta piscina.

—¿Está usted diciendo que esta piscina es suya? —Las hebras blancas de las cejas de la mujer se erizan—. ¿Me está contando que todas estas personas son invitados suyos?

—Esta piscina es para los residentes y sus invitados.

—Fenomenal. Es bonito que dos desconocidos puedan coincidir en un tema que genera tantas fricciones.

—Usted no vive aquí. Yo pertenezco a la junta de la comunidad de vecinos. Yo tendría que haber dado el visto bueno.

—¡Felicidades! Ha acertado dos de dos. Reconozco que yo no resido aquí.

—Entonces, se lo vuelvo a preguntar. ¿Con quién está usted? ¿Quién lo ha dejado entrar?

Señalas hacia la piscina, pero, cuando tú mismo miras, no hay ni rastro de Morgan ni de Tim. Tampoco están en el bar ni por las camas balinesas.

—Estaban aquí hace un segundo. Tim. Morgan. —Coges del suelo el pareo de esta y lo levantas en alto, como diciendo «¿Lo ve?».

—Bueno, yo no conozco a ningún Tim ni a ninguna Morgan. Y, si ellos no están aquí ahora, usted no puede estar.

Con este juego sí que estás familiarizado y sabes que no puedes tomártelo por lo competitivo, porque lo cierto es que, una vez que empieza, significa que tú has perdido. Morgan podría doblar la esquina y aclarar las cosas, pero eso solo sería otra prueba más de que esta tipa puede exigirte que justifiques tu existencia cuando a ella le plazca.

—¿A esto se dedica usted en la vida? ¿De verdad no tiene nada mejor que hacer? —preguntas.

—Voy a contar hasta cinco.

—¿Y luego qué? ¿Me puteará hasta la muerte? —La mujer se tambalea, llevándose una mano a unas perlas que no están, y tú, sin pensarlo, o puede que pensando con la parte asoleada de tu cerebro, le dices—: Que le den por culo.

La mujer se tambalea hacia atrás, con su decoro fundiéndose como corcho blanco en microondas. Mientras se desploma, te percatas de que has cometido un error para el que no hay botón de reinicio.

—¡Jerome! —grita la mujer en un chillido espeluznante.

Un mar de caras se vuelve hacia ti.

«Haz como si nada», piensas. Baja la cabeza, levanta la pantalla y ponte a mirar el móvil. «La marea real llega a tiempo para la Nochebuena», anuncia un artículo del *Miami New Times*. «Saquen los kayaks y pongan sus coches en alto...»

—¡Jerome! —vuelve a chillar la tipa.

No tienes claro si está invocando a alguien llamado Jerome o es que cree que todos los negros se llaman Jerome y te está hablando a ti. Puede que la leyenda urbana que circule entre ciertos sectores demográficos sea que, si gritas *Jerome* cinco veces, puedes hacer desaparecer a un negro, lo contrario de repetir *Candyman.* La respuesta no tarda en revelarse. El océano de espectadores se divide en dos para dejar paso a un ente con la velocidad y el tamaño de un gorila espalda plateada.

Sientes que te arranca de la tumbona una fuerza tan poderosa que no aciertas a saber de qué parte del cuerpo te han levantado; no descartas que te haya arrastrado una atracción gravitacional. El móvil se te cae en picado al suelo. La pantalla detona en una telaraña de esquirlas. El ente es un gigante trajeado de negro y con una cabeza de moái en equilibrio sobre los hombros.

—¿Qué está pasando aquí? —pregunta, pero tu denunciante responde primero.

—Me ha importunado —dice—. Ha amenazado con sodomizarme.

—He dicho *que le den,* no que le vaya a dar yo.

—Grr —es la respuesta de Jerome, que te arrastra entonces hasta los ascensores atravesando la muchedumbre—. Así no se le habla a una señorita. ¿Le hablaría así a su madre? Grr.

Te tropiezas y vas derrapando tras él, arrastrado por el enorme puño que te aplasta el tríceps. Tu denunciante te sigue y te va azotando con «No vuelva a intentarlo», «Tendrían que haberle educado…» e «¡Intolerable!».

En el pasillo, Tim y Morgan están ante los ascensores, como esperando.

—¿Qué está pasando? —pregunta ella—. Quita tus garras de mi invitado, ogro.

—Estaba molestando a una residente —explica Jerome, pero te suelta—. A la señorita Mann.

—Lo dudo muchísimo —interviene Tim.

La señorita Mann se adelanta:

—¿Conocen ustedes a este joven?

—Es un invitado nuestro muy especial. Y un cliente de mi banco, para más datos —dice Tim.

—¡Es la hostia! —protesta Morgan—. ¿Es que no lo reconocen?

Jerome se echa hacia atrás para inspeccionarte mientras la señorita Mann se lleva la palma de la mano a la boca.

—¿Es que no ven la CNN? ¿Es que no leen el *Times,* el *Post* ni nada? —insiste Morgan.

La señorita Mann gorjea por lo bajo y dice:

—No habría podido. Entre las gafas y la... lo he confundido con...

—¿A cuántos famosos hay que acosar allá donde van? —Morgan se vuelve para mirarte—. ¿Estás bien? ¿Te ha hecho daño?

Aunque el guarda jurado te ha liberado el brazo, te da la sensación de que una enfermera está comprobando tu presión sanguínea. Como un niño, balbuceas:

—Me ha roto el móvil. A estas alturas me lo habrán robado.

—No, no —dice Jerome, que sale corriendo de vuelta a la piscina.

—No sé qué decir —dice la señorita Mann a nadie en concreto.

—Esto es porque es negro —dice Morgan—. Reconózcalo. —Se pega mucho a Mann, haciendo que la mujer parezca una miniatura—. Es discriminación étnica de manual.

La señorita Mann se acaricia la clavícula.

—No creo que eso sea verdad. —Luego añade dirigiéndose a ti—: Estará usted de acuerdo en que... —Y, cuando no lo estás, añade—: ... tiene pinta sospechosa.

—¿Que tiene pinta sospechosa? Es negro. ¿Qué otra pinta quiere que tenga?

—Todavía funciona —dice Jerome con voz entrecortada cuando aparece con el móvil en la mano—. Lo he comprobado y es solo la pantalla, que se ha partido. —Te lo pasa—. Lo siento, hermano.

—No basta con eso —interviene Tim—. Agredes a mi invitado y estropeas sus pertenencias. *Lo siento* dista mucho de valer como disculpa. Pienso hablar con el gerente del edificio.

—Dejadlo ya —dices tú.

—No podemos permitir que te traten…

—No es culpa de él.

Pulsas el botón del ascensor. La señorita Mann se remueve en tu periferia, pero no le dedicas ni una mirada más. Te metes dentro y, cuando Tim y Morgan te siguen, pulsas el botón para la cuarenta y dos.

—Lo sentimos mucho —dice Morgan—. Es increíble la arpía esa…

—Vamos al lío y ya está —contestas en voz baja.

Una vez dentro del piso, Tim va directo al dormitorio, pero Morgan se queda contigo y te dice:

—Me siento fatal, de verdad.

Estudias su cara, una ventana a nada a lo que tú seas capaz de acceder.

—¿Acaso no era eso justo lo que habíais planeado?

—¿Cómo iba yo a saberlo? Mira, tengo una idea. Creo que sé lo que podría ayudarte a sentirte mejor. —Te hace una seña para que la sigas al cuarto, pero tú la retienes por el antebrazo.

—Primero respóndeme a una cosa: ¿conoces a esos dos? ¿A Jerome? ¿A la Mann?

Morgan lo piensa por un segundo.

—Te prometo que no los había visto en mi vida.

—Entonces, ¿cómo sabían ellos que vosotros dos viviais aquí?

Morgan te pone la palma de la mano en la mejilla y te dice:

—Ay, cari.

Dentro del cuarto, Tim ya está desnudo y de rodillas. Te quitas la sudadera, haces una bola con ella y la tiras en el suelo del salón antes de ir al carrito de las bebidas.

—Oye, ponte eso —dice Morgan.

—A la mierda —dices. Repasas el carrito en busca de tu sobre y, al ver que no hay nada, te echas tequila por la mitad del vaso; luego levantas la tapadera de la cubitera—. ¿No hay hielo para vuestro invitado especial?

Cuando te vuelves, Morgan tiene esa misma sonrisa socarrona subiéndole por la mejilla. Tim está concentrado al otro lado de la cristalera, con la cabeza ligeramente inclinada. Cualquier vergüenza que pudieras sentir por mirar a ese hombre desnudo ha quedado sustituida por algo que te hierve por dentro. Tim está en una forma magnífica, y te preguntas si será la natación lo que le ha esculpido el cuerpo de esa manera o si esas franjas tensas de músculo se le han formado solo por su condición de psicópata americano.

Morgan saca la corbata de la mesilla, pero, en lugar de pasarla por la cabeza de Tim, te la tiende a ti.

—Ten. Esta vez quiero que lo hagas tú. —El sol que entra por el oeste le da en los iris y le confiere un resplandor salvaje.

—Con todos mis respetos, voy a tener que declinar tu oferta —dices, pero Morgan vuelve al cajón y saca un taco de billetes. Deja cinco de cien sobre la cama, lo que no merma apenas el fajo. Ben Franklin te pone ojitos y te confiesa: «Qué situación más incómoda».

—¿Qué es lo que quieres? —pregunta Morgan—. ¿Para qué has venido entonces?

Vacías la mitad del vaso y piensas. Quieres estar fuera del alcance de estos perversos titiriteros. No quieres ser su juguete. Pero tu lista de deseos va más allá del momento: quieres once mil trescientos noventa y ocho dólares más los tres mil para arreglar los cimientos.

Quieres una casa.

Quieres recuperar la admiración de tu novia.

Quieres demostrar que tu padre apostó por el hijo equivocado.

Pero no dices nada de eso.

—Un préstamo. Un préstamo de quince mil dólares. Eso es lo que quiero.

Tim inclina la cabeza unos grados.

Morgan sonríe y te tiende la corbata.

Tú coges la corbata, la pasas por la cabeza de Tim, le hundes la rodilla en la columna y empiezas a tensar el nudo.

En el camino de vuelta a casa, casi no te crees que hayas ganado. Necesitas una ducha como el que más, pero has salido de allí con quinientos dólares y una cita para ver a Tim en su oficina mañana y recoger un cheque y el papeleo con las condiciones de amortización.

Quieres bailar. Pones la 99JAMZ y está sonando *Juicy* de Notorius. Es una señal. Elevas el volumen y rapeas con él, subiendo y bajando los hombros, metiendo tajos al aire con las manos. En el cruce de McFarlane Road con Grand Avenue, el conductor del Aston Martin que tienes a la izquierda sube las ventanillas y aprieta el acelerador, pero los tres chavales que tienes detrás en un Honda Civic buscan la cadena donde suena y se unen a ti en el canto, haciendo impro, «eii… eiii… eii», en la parte más pegadiza. Te da igual que el tráfico de la hora punta te haga perder hora y media en llegar a tu casa y, cuando te das cuenta de que con tu bailecito sentado se te han pasado varias llamadas de Jelly, no te preocupa que vaya a preguntarte dónde has estado toda la tarde.

—¡Bebé! —gritas por el teléfono estrellado cuando lo coge.

—Lo ha hecho —contesta, así que apagas la radio.

—¿Hecho qué? ¿Quién?

—Tu hermano. Ha sacado todas nuestras cosas al jardín. —Te impresiona oírla llorar—. Ha cambiado los cerrojos, Trelawny. ¿Qué vamos a hacer?

—Yo me encargo. Voy de camino. No te preocupes, Jell.

—Vale. —Por primera vez en mucho tiempo, suena como si te creyera—. Estaré en casa de mis padres, ¿vale?

—Todo saldrá bien. —Por primera vez en mucho tiempo, te crees a ti mismo.

Haces una inspección desde el coche. El reflejo del sol de poniente embota los contornos de Cutler Bay, pero ves tus pertenencias —entre hojas y frondas mustias— desperdigadas por el jardín, tal y como acaba de describirte Jelly. Tu cama está a horcajadas sobre el vientre del jardín, la estructura, el somier, el colchón, todo, dispuesta bajo el akí colgante y los racimos de cocos como un escaparate del Rooms to Go con temática selva. Te preguntas cómo lo habrá sacado tu hermano todo de la casa, y si lo ha ordenado así a consciencia.

A continuación vas a casa de tu padre, para lo que vuelves un cuarto de hora sobre tus pasos.

Antes de llamar intentas atisbar por encima de la cerca trasera para ver si el akí se ha recuperado, si ha echado algún fruto desde que intentaste talarlo. Pero las vistas no te valen.

Tu padre abre una rendija de la puerta después de varios timbrazos tuyos y asoma la cabeza por el estrecho hueco que ha dejado. La casa es un enorme caparazón de tortuga a su alrededor. Desde el incidente no se te permite el paso. Desde tu arrebato. Le dices que tu hermano ha perdido la cabeza.

—Tienes que hacer algo.

Tu padre asiente prudentemente y se rasca la barbilla, deliberando, pero cuando terminas de hablar dice:

—Ya sabes que no puedo elegir un bando.

—¿Desde cuándo?

—Tendréis que arreglaros entre vosotros.

—¿Y qué pasa con la hipoteca? ¿El alquiler? ¿Te crees que voy a pagar por vivir en el jardín?

—Bueno, hablé con tu hermano y me dijo que tendrá el dinero para comprar la casa el mes que viene. Así que voy a darle la oportunidad.

—¿Y a mí qué? ¿Qué oportunidad me das a mí?

—Cómo te gusta dar lástima, eey. El boy tiene responsabilidades que tú no tienes. Piensa en tus sobrinos.

—Claro, otra vez soy yo el malo. Como siempre. —Tu impulso de huir entra en escena, pero te mantienes firme ante el cuello de tortuga torcido de tu padre—. ¿Te ha contado cómo piensa conseguir el dinero? Se cree que va a ganar un concurso. Se cree que le va a tocar la lotería.

—Quién sabe —musita tu padre.

—Yo lo sé. Y tú lo sabes.

—A veces hay que creer en la pípol.

Eso tú ya lo sabes. Es solo que a veces te gustaría ser una de esas personas en las que las personas creen.

El sol está ya arropado bajo el horizonte para cuando intentas girar la llave en la cerradura. Que no funciona. Aporreas la puerta de entrada, pasas a patearla cuando los huesos del puño empiezan a dolerte. Retumba música por las paredes.

Un altavoz proyecta la voz de tu hermano, que habla en patois en un rítmico *staccato* sobre la melodía de Sadie.

Los gecos caribeños salen disparados por la pared de estuco mientras vas de un lado a otro del jardín delantero. Las emanaciones pestilentes del Trashmore te queman los pulmones y, al tiempo que se te va subiendo la sangre a la cabeza, el hedor te plastifica la piel y te va asfixiando lentamente. Le pegas una patada más fuerte a la puerta y luego pasas a las ventanas.

Por fin dejan de tocar y un fornido rasta abre la puerta. Asoma por el umbral, el pomo engullido por sus gruesos dedos.

—Bredda, llamas a mi dor como un babilonio, pero no tienes luk de babilonio.

—¿Tu puerta? ¿Por qué estás tú en mi casa?

—Ah —dice, y asiente comprensivo—. Debes ser el boy al que hemos ayudado a mudarse. El hermano de nuestro sínguerman. —Haces amago de entrar, pero te planta la palma de la mano en la cara—. No puedes pasar, bredda. ¿No oyes que estamos haciendo máyic?

—Déjame hablar con mi hermano. ¡Delano!

—¿Es que no escuchas? Te digo que nuestro sínguer está bisi. No puede estar parando para todo el que quiera un pase especial.

En esas, te impulsas hacia la apertura, intentando colar un pie o encontrar un hueco para meter los dedos y abrirte paso, pero el rasta tiene la robustez de un tronco. Te repele de un manotazo con la fuerza de Marcus Garvey, el rey Emmanuel y el mismísimo emperador Haile Selassie.

—No puedes echarme. Esta es mi casa.

—Bredda, si esta jaus fuera tuya, lo normal sería que estuvieras dentro.

Tus dedos vuelan hacia el duro pomo cuando él cierra la puerta. Le pegas un puñetazo sin querer y sueltas un grito de dolor.

Con la mano no herida, le escribes a Jelly: «Sigo en ello. ¿Qué posibilidades hay de que me quede esta noche en tu casa?».

Jelly responde: «Ninguna».

Tendrías que haberlo sabido. El mes pasado sin ir más lejos, en la comida de Acción de Gracias de su familia —comida a la que Jelly insistió para que fueras, aunque técnicamente no estabas invitado—, desde la otra punta de la larga mesa, embutida entre la tía Betty y la tía Linda, su madre se dedicó a levantar el dedo para utilizarte como referencia cada vez que pronunciaba la palabra *negro*.

—Que no, Linda, siempre tienes que verlo todo negro —argüía, y te señalaba.

—Betty, si estuviera quemado, tendría la piel negra —decía, y te señalaba.

Cuando empezó a relatar una historia sobre un perro de su infancia, un labrador negro, volviste la cara para decirle a Jelly:

—¿Piensas quedarte ahí de brazos cruzados? —Puso una cara que interpretaste como «Por favor, no montes una escenita», de modo que insististe—: ¿No piensas hacer nada?

—Mamá, para —dijo entonces tu chica—. Por favor.

—¿Que pare el qué?

—Ya está bien —le pidió también el padre.

—¿Por qué? ¿Es que no sabe que es negro?

Te levantaste de la silla y te fuiste a tu Raider, a paso lento, para que Jelly pudiera alcanzarte si salía corriendo a buscarte. No lo hizo. Al día siguiente, cuando su prima la llevó a tu casa, te dijo:

—Vas a tener que darles tiempo. —Como si el racismo fuera un fenómeno que se pueda vencer con paciencia.

A estas alturas hay conversaciones que ya tendrías que haber iniciado, pero, cuando uno está siempre agotado, siempre a un trabajito de verse en la calle, siempre temeroso de que esto sea lo mejor que va a ofrecerle la vida, es muy fácil dejar que pase el tiempo, decirse a uno mismo: «Dentro de poco».

El ensayo se reanuda y, cuando estás bajando por los escalones de la casa donde te criaste, el vecino de al lado, el padre de la familia, sale de la suya y se te acerca. Tú aceleras el paso, saltándote un peldaño con verdín. Otro. Si logras llegar a la calle y adonde estás aparcado, puedes encerrarte en el Raider y quedarte mirando por el parabrisas. Quizá las quejas del vecino convenzan al grupo de que aquel no es sitio para hacer ensayos, pero el tipo te corta en seco la trayectoria y centra toda su atención en ti.

—Suena potente —dice.

—Suena potente —concedes; te haces entonces a un lado y señalas hacia la puerta, invitándole a dejar su queja directamente allí, pero en cambio él sigue mirándote—. A lo mejor tendría usted que llamar a la policía —añades.

—¿A la poli? —Sacude la cabeza—. No. —Forma una pistola con la mano y la apunta a tu cabeza—. Os disparan.

—Sí, eso es verdad. Les gusta dispararnos. —Comprendes que el tiro podría salirte por la culata y te imaginas el titular: «Un vagabundo herido de bala cuando dormía entre los arbustos».

—No, nada de policía. ¿Cómo dicen los raperos? ¿«El que la chiva la paga»? —Suelta una risita y se enciende un cigarro.

Al verlo así, sin su mujer y su hijo, te das cuenta de que es más joven de lo que pensabas. No mucho mayor que tú, o nada.

—El que la chiva la paga, sí —dices—. Buena observación. Aun así, no deberían importunar el sueño de su familia. Vaya y dígaselo. —Señalas la puerta.

—¿El sueño? —dice y vuelve a reír—. Pero si son las siete, hermano. Solo he salido para oírlo mejor. Suenan de puta madre.

Se queda a la escucha el tiempo que tarda en fumarse el cigarro y luego, mientras él se vuelve a su casa, lo que más te fastidia es que tiene razón. Contra todo pronóstico, no suenan nada mal.

Esa noche, bajo el akí y el mango y las mantas, Jelly se desliza hasta tus brazos; su frente, una compresa fría contra tu mejilla acalorada; su pelo envolviéndote los hombros como un chal, unos dedos enroscados con la suavidad de un crío en tu clavícula. En tu estado de seminconsciencia, entiendes que su regreso simboliza una lealtad, la demostración de que, da igual por qué bache estéis pasando, será pasajero. Lo vais a superar juntos.

Te despiertas por la noche y ves que tus brazos están vacíos, que de tu lecho demasiado caluroso se ha fugado todo salvo el aroma de Jelly.

En su ausencia espectral, vienen a visitarte los animales de tu infancia, todo lo que mataste de pequeño. Los milpiés se te acoplan en el hueco de los brazos y por el cuello. Cuando los alumbras con el móvil, se evaporan, pero, una vez que te quedas sin batería dos horas antes de amanecer, se vuelven más pesados, se multiplican.

Un cric-crac acecha por los arbustos y piensas en los cangrejos que en otros tiempos inundaban las carreteras de Cutler Bay, te imaginas que vuelven para sacarte los ojos y arrastrarte hasta el mar. Algo te aporrea el plexo solar y luego se lanza más allá de tu cabeza, hasta la hierba de alrededor.

Está cayendo fruta. A cada tanto la oyes partiéndose de las ramas de arriba y cayendo a la tierra. Aunque lo que antes se ha lanzado desde tu cuerpo parece tener patas…

Te niegas a recoger tu ropa de cama y apretarte en la parte de atrás del Raider como si volvieras a estar en la calle. Esa de ahí es tu casa, y mañana, en cuanto recojas el cheque que te va a dar Tim, la reclamarás. Le demostrarás a tu padre que tienes el dinero y fallará a favor del bando que siempre ha escogido: el suyo.

Parpadeas y ya ha salido el sol. Casi no te quedan bichos por la piel, más allá de alguna hormiga o insecto sueltos. Los mosquitos te han marcado el cuerpo solo de cuello para abajo. Es un buen presagio. Por encima, en los árboles, hay decenas de palomas mirando de medio lado, conscientes de todo. Puede que ellas también sepan que se avecina un cambio, que la casa que compartís pronto tendrá nuevo propietario, que estarán en tus dominios; han venido para rendirte tributo. Pero, cuando sales de la cama, no levantan el vuelo. En lugar de eso, se van andando, y te das cuenta entonces de que no es ninguna bandada de palomas, sino montones y montones de roedores.

Cuando vuelves a Brickell para ir al banco de Tim a recoger el cheque, no quieren dejarte pasar a verlo. Una versión más baja y joven de Tim te lleva en cambio a una oficina austera donde te hace una serie de preguntas intrusivas: «¿Cuál es el apellido de soltera de tu madre?», «¿Sigues viviendo en esta dirección?», «¿Por qué vas tan retrasado en el pago de tus préstamos universitarios?». Su expresión sugiere preguntas que su boca no plantea: «¿Por qué tienes hojas en el pelo?», «¿Conoces un aparato llamado *plancha?*», «¿Cuándo fue la última vez que te duchaste?».

Sacude la cabeza y chasquea la lengua.

—Me temo que no podemos extenderle un crédito a su nombre.

—¿Un crédito? Se supone que Tim iba a prestarme el dinero. He venido por eso.

—¿Creía usted que Tim iba a prestarle personalmente quince mil dólares? ¿Así sin más, de su bolsillo?

Asientes.

—Tenemos un acuerdo.

—Entonces ¿para qué ha venido a una institución financiera?

—Él trabaja aquí, ¿no? ¿Por qué no lo busca y se lo pregunta?

Inspeccionas la inhóspita oficina con la sospecha de que Tim está viéndoos desde algún sitio, tocándose, empalmándose con cómo te degradan. Sacas el móvil, que has cargado en el coche de camino al banco, y mandas un mensaje al grupo que tienes con Tim y Morgan: «Estoy aquí con vuestro vasallo. Tim, espero que te estés divirtiendo. Pero ¿podemos acabar con esto, por favor por favor por favor?».

Morgan te responde por privado: «Nos hemos peleado. Tim dice que no hay trato. Nos vemos en mi casa dentro de dos horas?».

En la furia que de pronto te ciega, le mandas a Morgan una respuesta y luego sales de la oficina tambaleándote. Hasta que no estás en la acera no ves lo que le has escrito: «Dequecoñovasssssssssssssssss?».

El piso de Morgan está a minutos a pie del banco, así que, en lugar de llegar antes de la cuenta y que te traten como a un vagabundo, paseas por Brickell Avenue en dirección al parque de Bayfront. Tal y como predices, te encuentras la carretera y la acera anegadas y malolientes, porque la marea real ha hecho que se eleve a la altura de la calle no solo el mar, sino también las aguas fecales de Miami. Para cuando llegas al parque, se te han calado las zapatillas y posiblemente tengas que tirarlas.

Por todo el recinto vallado del parque, hay carteles que anuncian próximos conciertos, incluida la batalla musical de esta noche. Entras en el anfiteatro vacío y hundes el cuerpo agotado en uno de los bancos cóncavos que miran a la concha acústica. Con la vista fija abajo en el escenario, te sobreviene: tu hermano va a ganar el concurso y te va a quitar la casa. No es posible que lo sepas con certeza. Y aun así sabes que es verdad.

Sacas el móvil y escribes una respuesta al mensaje original de Bob: «¿Un brote de pelo nappy? ¿Estás comparando a nuestros alumnos negros con monos con ébola? ¿Es que quieres que un correo así llegue a la opinión pública?». Le das a Enviar.

La respuesta de Bob llega en cuestión de minutos: «QUIERES CHANTAJEARME??».

Pulsas Redactar y escribes en el asunto del mensaje nuevo: «Se llama dar ejemplo.» Le das a Enviar.

Bob responde: «A ver, seamos razonables. No hay necesidad de actuar precipitadamente ni de dejarse llevar por las emociones, Trelawny. Pensar con la cabeza fría vale por dos, ya se sabe. Déjame apelar a tu lealtad al colegio Palmetto y su extensa comunidad. Yo no puedo decidir nada sobre adelantarte el sueldo sin convocar una reunión de la junta directiva, que podría llevar semanas concertar. Pero estoy dispuesto a planteármelo cuando empiece el año, si puedes prometerme cierta discreción».

«No te molestes», respondes.

«Trelawny??? —escribe—. No hagas ninguna tontería.»

Pero te gusta hacer tonterías. Y, si no vas a conseguir el dinero para la casa, entonces piensas buscarle la ruina a todo aquel que ha puesto su granito para impedírtelo. Marcas su correo electrónico como no deseado y luego te pasas media hora buscando redactores. Reenvías el mensaje original de Bob, cambiando el asunto por «La guerra del colegio Palmetto al cabello natural». Lo mandas al *The New York Times, Miami Herald, Miami New Times, Caribbean Today, The Root,* Color of Change y WorldStarHipHop.

Cierras el correo y llamas a tu madre por Skype. Te lleva varios intentos que responda y, cuando lo hace, te dice:

—Boy, qué mala cara tienes.

—*Buongiorno* a ti también.

—*Buona sera.* Aquí es de noche. ¿Va todo bien?

—Estupendamente. —Es la mentira que llevas tanto tiempo contando que casi no recuerdas por qué empezaste a decirla—. Aunque la verdad es que no me imaginaba así la vida.

—Suenas deprimido, jonei. ¿Es por lo de la jaus? —Antes de que puedas responder, añade—: ¿Sabes qué? Llamé a tu padre para preguntarle por qué pedía préstamos sobre la herencia de sus hijos y ¿sabes lo que me dijo? Que no es onli una hipoteca lo que has estado pagando. Que son multas. Que la jaus tiene un embargo pendiente, ¿me ves?

—Tiene sentido.

—Así que ahora son multas, más recargos de demora sobre esas multas, más los intereses. Por no hablar de lo que cueste arreglar la jaus, para empezar. No me extraña que quiera endilgártela, son.

—¿Y te ha reconocido todo eso?

—Yo tengo mis trucos, son. Así que, como verás, no querrás ser el propietario de una manzana envenenada.

Pero sí que quieres. Porque eres un necio, aun así sigues queriendo la casa.

Una hora después, en el sofá blanco de Morgan, ella te dice:

—Tim quiere a una chica negra.

—Suerte con la adopción —le dices.

—No —te aclara ella, como si no te hubieras enterado—. Una mujer. Quiere que le encuentres una.

—¿Qué soy ahora, proxeneta?

—Él cree que tal vez conozcas a alguien. ¿No?

—¿Para hacer qué con ella? —Morgan aparta la vista y mira la mesa de centro—. ¿Algo más que mirar? —Los párpados se le retraen entonces y por una vez parece bien despierta—. Puede que no lo sepas como gentrificadora que eres, aquí en tu torre de cristal, pero vives a cinco minutos del Biscayne Boulevard. Recorre un kilómetro y medio en dirección norte y te encontrarás con todas las trabajadoras sexuales que vuestros corazones frikis deseen, de todos los tonos y géneros imaginables. Bueno. —Alargas la mano abierta—. Yo he cumplido con mis servicios. Y ahora, ¿dónde está mi cheque?

—Tim no quiere eso —dice Morgan, que vuelve a buscarte los ojos—. Él quiere... necesita... humillación. Necesita... —Se lleva la palma a la frente y cierra los ojos—. Yo ya no sé lo que necesita.

—¿Y qué pasa con lo que yo necesito, Morgan? Teníamos un trato.

Niega con la cabeza.

—Dice que o haces lo que te está pidiendo u olvídate del préstamo.

—Entonces hazme tú el cheque.

—Te lo dije: somos un equipo.

—Eso me lo dijiste, sí, pero te abstuviste de mencionar que sois unos sociópatas.

Morgan no reacciona. Después de un minuto de silencio, dice:

—Tim no quiere a una profesional. Perdería la gracia. ¿No tienes una prima o algo así? ¿Una amiga de la infancia quizá?

—No todos estamos a la venta. Vuestro dinero no os da derecho a todo.

—Permite que lo dude. —Morgan vuelve a abrir los ojos—. Me da que tú no has visto dinero de verdad en tu vida. —Se va al dormitorio y vuelve no con dinero, sino con dos vasos con hielo y una botella de tequila.

—Vamos a beber. La he comprado especialmente para ti.

—Debería irme.

—¿Porque te esperan en algún sitio?

—Tengo que salvar una casa. Se está hundiendo, me cago en todo.

—La ciudad entera se hunde. Quédate conmigo, anda. Si desaparece en cuestión de una hora, ¿qué más da lo que hagas? —Se llena su vaso y luego el tuyo con mano temblorosa.

—¿Y qué es lo que quieres *tú,* Morgan? —No responde—. ¿De verdad quieres pasarte la vida dándole bola a la siguiente chaladura de Tim?

Morgan se bebe un buen trago y luego te da una palmadita en el muslo.

—Quiero que te quedes. Tim va a estar casi una semana fuera. Ha salido de viaje esta mañana. Podemos pedir algo de comer y echar la noche.

—Que ha salido de viaje esta mañana —repites—. Increíble. —Te levantas para buscar por la terraza, los vestidores, el baño del cuarto principal, incluida la ducha—. ¿No está aquí de verdad? —preguntas de vuelta en el salón—. ¿No será esta otra pantalla de vuestro juego?

—No está —te dice alargando la mano para entrelazar los dedos con los tuyos—, así que, ya puestos, quédate conmigo. —Esta vez estás seguro de que los ojos ensoñados de Morgan quieren seducirte—. ¿O te echaría de menos tu novia racista?

Aunque no puedes afirmar que te echaría en falta, le dices a Morgan:

—No puedo quedarme. Si no vais a cumplir vuestra parte del trato, tengo que solucionarlo de otra forma.

—A lo mejor podemos llegar a un acuerdo aparte. Solo entre nosotros.

Y, como no tienes ningún otro sitio donde ir, o puede que porque nadie te ha deseado en mucho tiempo, o quizá porque estás enganchado al subidón de joderte un poquito más la vida, dices:

—Pero solo hasta que empiece el concierto.

Os termináis la botella entre los dos y, en cuanto se acaba, aparece otra, como teletransportada hasta allí. El día se vuelve noche. Esperas su propuesta sin tener claro qué estás dispuesto a darle. Al principio solo te pide tu compañía, de modo que esperas. Tú hablas y Morgan habla y esta vez te revela secretos: el enganche a las pastillas que fue marginal y el trastorno alimenticio que fue por todo lo alto. Las movidas con la mamá, con el papá y el novio de la universidad, que era como Tim solo que más depravado.

Se levanta la falda para enseñarte dónde se hacía cortes cuando se autolesionaba en el instituto, en el interior del muslo para que nadie los viera, y dice que es un rollo para ella vivir en Miami porque con este clima se espera que vaya medio desnuda a todas partes.

Te apena su pena, y los dos te dais pena porque vuestras heridas no son especialmente originales, por auténticas que sean. Tú le describes lo que se siente cuando no eres el favorito, cuando eres lo opuesto al favorito, y ella te dice:

—Ser hija única es casi peor.

Cuando le cuentas lo que es pasar hambre, ella acerca la cara y te dice:

—Qué putada, tío. Nadie debería pasar hambre. —A lo que tú le contestas que tiene razón, que ha llegado a la conclusión correcta.

Le cuentas por qué te echó tu padre de su casa. No solo el hecho en sí, sino también el subtexto. Porque dijo algo durante su fiesta de jubilación de que eras defectuoso y el hijo inferior, de modo que cogiste un hacha de la caseta del jardín e hiciste astillas tus lazos patrilineales.

—Agredí su árbol favorito. —Morgan responde con una risita entrecortada—. Supongo que estoy chalado —aseguras.

Pero ella te tranquiliza:

—Todos lo estamos.

Morgan va a la cocina a recargar la bebida y, mientras oyes cómo le pone sal al borde de los vasos, miras tu móvil moribundo y ves que hay tiempo de sobra. El tequila te surca el cuerpo y te hace sentir que estás en el sofá de Morgan y a la vez disperso por el universo entero, en una trayectoria infinita lejos de tus problemas.

En este estado de multiplicidad, ves con bastante claridad lo que va a pasar, aunque, en cuanto se disipe la visión, lo olvidarás: a demasiada velocidad y tan plenamente que no podrás impedir que ocurra.

Morgan volverá y tu vaciarás tu copa. Le dirás que tienes que irte y ella te ofrecerá algo para retenerte, porque siente una soledad que solo los que viven en pareja padecen. Te ofrezca lo que te ofrezca, no será suficiente.

Vagarás por las entrañas de Miami y sus deshechos regurgitados de camino al concierto. Pagarás la entrada y, cuando el grupo de Delano suba al escenario, saltarás la barricada frontal, después de dejar atrás a los de seguridad y de mandar a uno al suelo como si fueras un ariete. No sabrás qué hacer o decir cuando llegues a la altura de Delano, que tendrá el pie de micro entre las piernas, con Sadie y el batería tras él, cada uno en su puesto. Cuando te vea acercarte, se apartará del micro y adoptará posición de combate, y es entonces cuando lo sabrás: que tu hermano irá a la guerra por los dos, por sus hijos. Llegarás hasta él y levantarás el puño para que lo choque contigo y le dirás: «Buena suerte, bredren», porque en ese momento no querrás coger lo que te arrebataron y porque por fin entenderás que el sentido de todo esto nunca ha sido derrotar a tu hermano, que ganarle a él no es el camino para conseguir lo que tú necesitas.

Los de seguridad te atraparán y te sacarán a rastras del escenario, aprovechando cualquier oportunidad para pegarte en las costillas y la cara antes de entregarte a la policía. Escucharás los riffs de apertura de tu hermano y su voz diciendo: «¡Grande, mi bróder!». Después la portezuela del coche patrulla se cerrará tras de ti.

En el calabozo te asombran tres cosas. La primera es que sin ninguna duda se trata del lugar más gélido de la tierra. La segunda es la cruel ironía de los letreros de los pasillos donde te proporcionan un número 1-800 para denunciar violaciones, a pesar de que tus carceleros te han despojado de toda posibilidad de acceder a un teléfono una vez que te conceden la llamada inicial. Por lo demás, como te han confiscado todo aparejo de escritura, tendrás que echar un vistazo rápido y memorizar el número —en caso de necesidad—, por si se diera la circunstancia de que volvieras a entrar en contacto con un teléfono. Esto es todavía lo segundo. Lo tercero es que la cárcel alberga las paredes públicas más limpias de todo Miami. Pocas horas después de que te hayan fichado y te hayan llevado a una celda llena de literas, te subirás a una para ver el solitario verso de grafiti garabateado en una bonita tinta azul sobre ese techo demasiado bajo: «La cárcel no le hace bien a nadie».

Pero antes de que terminen de ficharte, antes de la celda con las literas y el pasillo con la línea de ayuda a violados, harás cola para hacer tu única llamada telefónica. Los funcionarios pasearán por delante de la cabina mientras sueltan sus «No te enrolles» en tono cantarín y apartan a tirones de los teléfonos de pared a quienes no cumplen esta advertencia.

Cuando se acerque tu turno, tomarás una decisión: no llamarás a Jelly. Porque, venga o no venga, sabrás, en ese momento decisivo, que lo vuestro jamás funcionará, que da igual el amor o la obligación que ella sienta hacia ti: tú nunca te impondrás sobre los lazos que la atan a su familia.

Marcarás en cambio el teléfono de tu padre y le dejarás instrucciones para que pague tu fianza. En el buzón de voz.

Luego esperarás.

Pasarán las horas.

Entrarán y saldrán detenidos.

Los clasificarás. Este estaba aquí cuando llegaste. Ese lo trajeron luego, sin duda. A estos tres los han parado y estaban bebidos. Ese de ahí le ha hecho daño a alguien a quien quiere. Un par de ellos hablarán consigo mismos y gritarán a las paredes demasiado limpias y cagarán en el váter sin tapa que hay en medio de la celda, a pesar de que no hay papel para limpiarse. Otros harán flexiones para entrar en calor y matar el tiempo. La mayoría, como tú, se abrazará el pecho y mantendrá la mirada baja.

Cada hora, los funcionarios echarán su partidita de recuento. Te sacarán de tu celda para ponerte contra la pared del pasillo, en fila, quince centímetros de separación, la cabeza recta, los ojos en quien tengáis delante, no os mováis, no os mováis, cabrones. Luego pasarán lista y te horrorizará a la par que te aliviará oír lo que te cuentan. Una de esas veces, antes de devolverte a la celda, te darán una bandeja con un bocadillo de queso con salsa boloñesa.

«¿Por qué he hecho que me metan aquí? —piensas una y otra vez—. Este no es mi sitio.»

En los calabozos hay un sonido peculiar —en eso también te fijarás—, un ruido blanco sepulcral en el que escucharás tu nombre dicho una y otra vez, como pronunciado desde el fondo de un túnel, y por eso tragarás saliva sin cesar para aliviar la presión de los oídos y mirarás la pesada puerta que te confina, por miedo a no escuchar cuando digan tu nombre, por miedo a que se olviden de ti para siempre allí.

Para cuando la mayoría de tus compañeros de celda se hayan ido, comprenderás que te han abandonado a la congelación eterna. Te devanarás los sesos para ver qué sabes sobre abogados de oficio y tu derecho a un juicio rápido, en busca de lo que te enseñaron en Educación Cívica y de las cosas que aprendiste en la tele. Un agente gritará entonces tu nombre, alto y claro, y te pondrán en libertad con tus pertenencias —móvil, cartera, llaves, cinturón y cordones— devueltas en un gurruño sellado al vacío.

Cuando te suelten en el pegajoso amanecer de Miami, después de lo que te parecerá una eternidad desde que te ficharon, tu padre estará esperándote en el aparcamiento.

Se bajará de la camioneta —«¿Qué ha pasado?»—, preocupación y melancolía grabadas en su rostro.

Dudarás antes de hablar, sin saber cómo afirmar en voz alta la gravosa verdad.

De momento, sin embargo, estás en el sofá de Morgan, escuchando el crujido de la sal entre el granito y el cristal, unos instantes antes de perder esta premonición, este portal al futuro, ahora mi pasado. Dile —a través de la extensión de tiempo y distancia, como te lo estoy diciendo yo a ti ahora— todo lo que yo no puedo decirle. Empieza con el resentimiento y los sentimientos de abandono y tu temeridad resultante. Cuenta cada herida, cada cicatriz que os habéis hecho el uno al otro. Y, cuando hayas terminado y estés seguro de que tu padre lo ha escuchado, haz lo que quizá os aparte del camino de la autodestrucción: perdonaos a vosotros mismos.

Agradecimientos

Cuando te pasas un cuarto de tu vida trabajando en un libro, el número de personas que te brindan contribuciones de peso, directa o indirectamente, es abrumador. Las palabras no bastan para expresar mi gratitud y cualquier número de páginas se queda corto.

Para mi sabia y leal agente, Renée Zuckerbrot, quien me guio y me defendió de mis propios caprichos y de mi impaciencia, y quien perfectamente puede haber leído este libro tantas veces como yo, vaya mi agradecimiento. Gracias a Rob McQuilkin y Maria Massie, así como a Rachel Clements, a la Dra. Petra Eggers y a Catherine Lapautre por encontrar hogares para este proyecto más allá de nuestras fronteras.

Para mi editor Jackson Howard: gracias por creer en mí, por tu entusiasmo y tu visión..., y por ayudarme a mejorar este libro infinitamente. Gracias al resto del equipo de MCD y de Farrar, Straus and Giroux, colaboradores tanto internos como externos, y sobre todo a Sean McDonald, Caitlin Van Dusen, Gretchen Achilles, Brian Gittis y Na Kim. Gracias a Michael Taeckens por tu apoyo y tus ánimos.

Gracias a mi editora en Reino Unido, Kishani Widyaratna, por tus cuidadosos apuntes y tu dedicación, así como al equipo de 4th Estate, y en particular a Sade Omeje y a David Roth-Ey.

Gracias a Thomas Tebbe y Hannes Ulbrich de Piper Verlag, a Francis Geffard de Albin Michel y a Joe Lee y Jared Bland de McClelland & Stewart, por haber creído siempre en este libro.

Estoy en deuda con los programas e instituciones cuya financiación, formación, espacios y comunidad hicieron posible que este libro pudiera completarse: el National Endowment for the Arts, el programa Aspen Words, la Bread Loaf Writers' Conference, Kimbilio Fiction, la Writer's Room de Boston, el Anderson Center, el Somerville Arts Council, el programa de becas DOVE, el programa Community of Scholars, la Wellspring House, el programa de doctorado de artes de la Universidad de Minnesota, el programa de doctorado en Escritura Creativa y Literatura de la Universidad de Southern California, así como la beca Stegner de la Universidad de Stanford.

Gracias a mis muchos profesores: a Debbie Gyenizse por recordarme que tenía un don y que más me valía utilizarlo; a Diane Marshall, John Dufresne, Lynne Barret, Debra Dean y Campbell McGrath, por darme una base sólida; a Charlie Baxter por —entre otras muchas cosas— ayudarme a ser un intérprete más cuidadoso del mundo que me rodea; a Julie Schumacher por ser una cuerda de salvamento para sus alumnos; a Dana Johnson por ser una fuerza motora y una inspiración como persona; a Aimee Bender por sus comentarios de lectura, tan atentos como brillantes; a Danzy Senna por desafiarme a escribir historias que nos hagan progresar; a Percival Everett por empujarme a escribir inquebrantablemente; y a Adam Johnson por incitarme a ahondar más en las motivaciones de mis personajes.

Gracias a Emily Nemens (¡me cambiaste la vida!), así como al equipo de la *Paris Review,* en especial a Hasan Altaf,

Nadja Spiegelman y Jeanne McCulloch. Y gracias a todos los redactores de revistas que me han mostrado su apoyo en esta última década, en concreto a Kwame Dawes, Jennifer Maritza McCauley, Bill Pierce, Oscar Villalon, Brandon Taylor, Adeena Reitberger, Sarah Green y Jennifer A. Howard. Soy mejor gracias a haberos visto trabajar.

Vaya otro agradecimiento para todos los escritores que estuvieron pendientes a lo largo del trayecto: Mat Johnson, Danielle Evans, David Haynes, Tiphanie Yanique, Gary Dop, dr. Ralph E. Rodriguez, Nana Kwame Adjei-Brenyah, Maurice Carlos Ruffin, Gabriella Garcia, Kerry Ann Moore, Kathleen Glasgow, Ani Gjika, Alysia Abbott, Shubha Sunder, Xochitl Gonzalez, Desmond Hall, Val Wang, Jenn De Leon, Jeff P. Jones, Stacy Mattingly, Christopher Romaguera y Dolores Johnson. A la cuadrilla de talentos increíbles que compartieron conmigo el Bread Loaf Waiter de 2018, a mis compañeros de Kimbees, de Aspen Words y de Stegners, gracias por crear comunidad.

A las buenas gentes de Kingston que me acogieron, me alimentaron, a mi estómago y a mi espíritu, porque este libro no habría sido posible sin vuestra generosidad: Jennifer, Tubby (RIP), Andrew y Christi Grahame; Liane Chung; Ruddy (RIP) y Joy McHugh; Neville (RIP) y Pauline Bryan; Tiffany Chérie Simmonds; la aunty Marie Evans; y la aunty Chubby. Y un agradecimiento colosal a mis tíos Greg y Pat, por acogerme en su casa y ponerme en contacto con tanta gente estupenda.

Para el Boston literario, en particular al personal de GrubStreet, actual y pasado, ¡qué educación de primera categoría me disteis! Un agradecimiento especial para Eson Kim, Sonya Larson, Chip Cheek, Chris Castellani, Eve Bridburg, Ian Chio, Alison Murphy, Lauren Rheaume y Colwill Brown.

Para mi familia escritora de Los Ángeles: Leesa Fenderson, Tom Renjilian, Laura Roque, Erin Lynch, Marcus Clayton, Melissa Chadburn, Tisha Marie Reichle-Aguilera, Taneum Bambrick y Ben Bush: ¡estamos metidos en el ajo (literario), colegas!

Gracias a mi peña de Miami —Ashley Barrington-Calunga, Kelvin y Eunice Rivers, Evelyn Suarez y Priscilla Jade—, a quienes les importa un carajo si tengo talento o no y a quienes solo les importa que esté aquí.

A mis hermanos de armas eternos, Dariel Suarez y Fausto Barrionuevo: sabíamos que nuestras palabras nos salvarían. Un aplauso especial para Dariel, que fue el primero que vio que tenía un libro entre manos con estos personajes, y para Alina Collazo, que siempre, tanto en los buenos como en los malos tiempos, me dejó un sofá donde dormir.

A Carol Bellak-Escoffery (a la que he perdido demasiado pronto), que leyó todos los relatos: ojalá hubiera terminado el libro antes.

Para los Escoffery y para los Graham y para todos los jamaicanos de la diáspora: este libro es para nosotros.

Vaya un hurra muy especial para la aunty Lizzy, por dejarme sus libros cuando yo era un pickney.

Y, ante todo, para mi mamá, que me enseñó a soñar. Y para mi papá, que me adoctrinó en el pragmatismo. Y para mi hermano, Jason, que me enseñó a vivir en el mundo.

Y para Aja, mi corazón.

Nota a la traducción

En esta novela en relatos conviven principalmente dos variantes del inglés —la estadounidense estándar y la jamaicana estándar— en una representación de la oralidad que es quizá más habitual en las narrativas anglosajonas que en las de expresión española. El uso que hace el autor de este cambio de variantes nos cuenta mucho sobre la identidad y la búsqueda de esta por parte de los distintos personajes y de las distintas generaciones, al tiempo que introduce sutiles guiños a cuestiones socioeconómicas e históricas que he creído importante verter de algún modo. Dado que la traducción es siempre otra capa de ficción que sobreponemos a la ficción original, me acojo al derecho a la creación para hacer llegar a quienes lean este libro en español un espanglish *ad hoc* que dé cuenta de la idiosincrasia de los personajes cuando utilizan el inglés jamaicano. He procurado que no obstaculice el sentido durante la lectura, pero siempre teniendo en cuenta que a quienes leen el original también les puede resultar difícil comprender una variante inglesa que no es la mayoritaria. Me han sido de especial ayuda para la reflexión los artículos de Miguel Sanz Jiménez sobre la traducción de la variación lingüística.